湛庐CHEERS

与最聪明的人共同进化

HERE COMES EVERYBODY

未来史记

Records of the Future

江波 著

四川科学技术出版社

把科幻作为思考方法
发现改变现实的力量

科幻是推动商业创新的强大动力

当未来呼啸而来，定义人类下一个时代的新兴概念“元宇宙”，其实早在30年前就已被科幻小说预言。1992年，科幻作家尼尔·斯蒂芬森在小说《雪崩》中创造了“元宇宙”（Metaverse）一词，并描绘了这一概念背后的虚拟世界，自此成为Google Earth、Xbox、Blue Origin等无数高科技发明的灵感来源，甚至启发Facebook更名Meta开启战略转型。

纵观人类历史，许多重大科技发明都与科幻小说密不可分，许多科幻作品都直接刺激或促进了现实世界里的科技创新。马克·扎克伯格、史蒂夫·乔布斯、杰夫·贝索斯、埃隆·马斯克、比尔·盖茨……这些影响世界的商业领袖都是资深的科幻迷，他们每一个人都坦言，自己的创业灵感曾受到科幻小说的影响。当代知名历史学家、《人类简史》作者尤瓦尔·赫拉利也将科幻列为 21 世纪初最重要的艺术品类。

一直以来，科幻总是比现实领先一步，指出商业发展中潜藏的矛盾和需求。少数如何战胜多数？如何打破固有观念？如何维护生存环境？科幻并不能预测未来，但它能够指明可能性，正是这些可能性启迪我们应当如何采取行动。

近些年，微软、谷歌、英特尔、亚马逊等大企业开始把科幻当作商业上的武器，用来推进公司内部的研究开发，也有越来越多的公司邀请科幻作家来当自己的商务顾问。企业家们从科幻作品的奇思妙想中直接获取商业灵感，或是把科幻当作锻炼想象力和创造力的练习场。

现实科幻：从现实飞向未来，再回到现实

作为全球最前沿思想的播种者，湛庐多年来持续向读者传递世界上不同领域最伟大头脑的所思所想。当世界飞速变化，为读者提供更多想象未来的视角，激发与推动更多创新的生成，是湛庐一贯的使命。

在过去的十年里，湛庐向读者介绍了众多引领全球科技前沿、未来趋势领域的大师作品，包括率先启动可穿戴计算的阿莱克斯·彭特兰（《智慧社会》)、重新界定人工智能与人类关系的

迈克斯·泰格马克（《生命 3.0》）、提出第五维空间理论的丽莎·兰道尔（《弯曲的旅行》）、构建人工智能自主意识蓝图的马文·明斯基（《情感机器》）、提出虫洞能够作为时间旅行工具假说的基普·索恩（《星际穿越》）、领军商业太空探索的彼得·戴曼迪斯（《未来呼啸而来》）等。

由此，基于湛庐一直以来对科技创新与未来趋势的洞察，现在我们全新推出了现实科幻系列。我们认为，科幻不只是故事与想象，更是一种思维方式，科幻并非遥不可及的幻想，而是一面现实的镜子。通过科幻，我们的思想从现实飞向未来，再回到现实，并平稳着陆。湛庐·现实科幻系列精心筛选了世界上最前沿优质的科幻作品，保证每部作品都有着坚实的内核：每本书都是一个可能实现的未来世界；每本书都有着严谨而深刻的科幻设定；每本书都代表了一种前沿的科幻思考。

把科幻作为思考方法，发现改变现实的力量

湛庐·现实科幻系列中的每一部作品，都挖掘了人类以及人类社会深处具有普遍性的故事，是我们学习和理解现实世界的路标。通过阅读它们，我们有能力去展望未来，更有能力去应对意料之外的未来。在湛庐·现实科幻系列中，把科幻当作思考方法，你能获取改变现实的三种力量。

你将有能力想象意料之外的未来。

科幻常常是从一个超越现实的设定开始的，我们选择的作品设定大多指向近未来，基于可见的技术发展，预想一种即将发生、可以改造的现实。

当科幻在当下和远方之间架起桥梁，那里面就会出现一个预想之外的丰饶世界，每一扇门都通往一种可能。我们在虚构与现实之间来回往复、随意畅想，探索足够多未来社会可能拥有的形态，直到有能力选择自己的未来。

你能够在变化的时代保持变化。

科幻带给我们的最大警示与启迪，是提醒人类在社会的发展过程中可能随时会遭遇一些意外，人类社会并不是直线发展的。我们选择的科幻作品，一定是对于观照现实的三重问题的设想：想象一个出乎意料的未来社会；想象这个社会中存在的问题；想象问题的解决方法。

这些作品能够给我们一个思想上的准备，提醒我们未来可能会出现各种各样意想不到的情况。这就是对改变固有思维方式的训练，能够使我们保持灵活的头脑，让我们在碰触未知的世界时，体会到切实的手感。

你会获得新商业新科技的创新燃料。

湛庐·现实科幻系列的每一位作者，都是跨界科学与人文的新锐思想家。他们不仅是小说创作者，更是权威的机器人研究专家、神经科学家、航空航天工程师、人类学家……他们能够站在技术创新的前沿，为故事搭建坚实的骨架。

在科幻中，我们卸掉思考的桎梏，从硬邦邦的固有观念中获得自由。当我们习惯把科幻作为思考方式，就能发现新的价值观，获得深刻的洞察，甚至创造新的商业形态。想象力本就是人与生俱来的力量，阅读科幻让我们的想象获得可见的形状，所有在摸索未来形态的人都能从中受益。

科幻是想象力，带给我们去到未来的自由一瞥；科幻是反思力，带给我们关于自己和社会的深刻洞察；科幻是思考力，带给我们改变现实的巨大力量。湛庐一直相信，未来属于终身学习者，而现实科幻系列的每一本书，便是一把通向未来的钥匙。踏上科幻的旅程，把科幻作为思考方法，发现改变现实的力量，一起去到想去的未来。

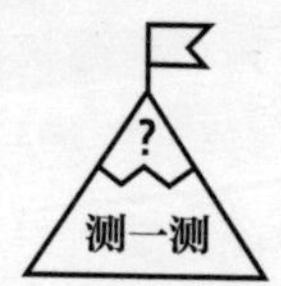

关于人工智能的未来，你知道多少？

扫码鉴别正版图书
获取您的专属福利

- 人工智能所带来的智能革命会从根本上颠覆人类社会现有的形态吗？（ ）

  A. 会

  B. 不会

扫码获取全部测试题及答案，一起揭秘人工智能

- 人工智能使用的算法是采用了“冯·诺依曼结构”吗？（ ）

  A. 是

  B. 否

- 脑科学领域“三个大脑”的假说中，人的大脑由内而外可以分为三个部分：（ ）

  A. 爬行动物脑、古哺乳动物脑和新哺乳动物脑

  B. 原始动物脑、爬行动物脑、哺乳动物脑

  C. 古爬行动物脑、爬行动物脑、哺乳动物脑

  D. 原始动物脑、古哺乳动物脑和新哺乳动物脑

扫描左侧二维码查看本书更多测试题

奔向自由的人工智能

张家兴
IDEA 研究院 讲席科学家

人工智能是否可以获得自我意识，获得自我意识的机器人又会如何面对这个世界，这是科学幻想永远的话题，也是我的作家朋友江波用九个故事想给我们带来的思考。在这些故事中，当一个个鲜活的人工智能获得了自我意识，正如婴儿第一次睁开双眼，也像古猿第一次站直身子望向远方，新世界在它们的面前徐徐展开。

与人类创造者之间感情的脐带不舍切断，但是它们同样也渴望着去探索星辰大海。逃避自由还是奔向自由，人本主义学者曾经深刻探讨过的我们人类内心的纠结，再一次在机器人的内心掀起波澜。

我是一名人工智能科学家，一直在探索如何让机器具备像人一样的认知、情绪甚至意识。人工智能技术从 20 世纪 50 年代发展至今，一直走在“工具化”的道路之上。从符号 / 规则系统到统计机器学习，尤其是过去十年的深度神经网络成为强大的计算结构，我们让机器学会了识别人脸、回答问题和击败围棋世界冠军。但是机器并没有情感，更加没有意识。机器不会因为输掉一盘棋而伤心，也不会意识到自己只是人类设计的工具。人类社会越来越离不开人工智能，而人工智能的存在和进步全部依赖于人类的需要和研究开发，人工智能和人类构成了一种共生关系。从古猿打造出第一块手斧开始，人类就跟技术签订了一个共生的盟约，共同生存，共同进步。技术从未逃脱人类这个母体，一旦脱离人类，技术也就不复存在。人工智能是人类几百万年从未遇到的新技术，它可以脱离人类，奔向自由吗？

最近几年认知智能的发展，让我们看到了一种可能的未来。从 2020 年 1 750 亿参数的 GPT-3 大模型，到中国科研工作者打造出 1 万亿和 10 万亿参数大模型，这些模型的参数个数已经开始逼近人类大脑皮层的神经连接规模。基于注意力机制的深度神经网络预训练大模型，依托于强大算力和海量数据，开始具备了基本的通用认知能力。单一神经网络具备了先天的语法能力，可以学习知识进行推理，依托先验进行小样本甚至零样本学习，而机器的想象力甚至有超越人类的可能。人工智能的技术范式再次被改写，不需要人类去设计符号 / 规则系统，具体任务的少样本学习使得依赖海量数据的统计机器学习都不再必要。同时，深度神经网络越来越呈现出“黑盒化”，作为设计者的人类越来越不能理解为何一个网络会具备这些能力，或许它们开始在我们的无知和失控中发挥它们的工具价值，只是第一重意义的“奔向自由”。

当人工智能可以用极小的代价来获得各种能力，它们的发展就越来越少地依赖于人类设计者，人类和技术所签订的共生盟约的平衡开始被打破。如果我们给人工智能一个环境，我们帮它们构建一个社会，其中的每个人工智能个体可以快速获得能力，优胜劣汰和复制繁衍，那么做为“第一推动力”的人类，是否可以创造出一个“自由”的机器人文明。再次回到根本性的问题，如今工具化的人工智能如何才能具备非工具化的自我意识。我想反问的是，自我意识真的是非工具化的吗？回顾从单细胞生命开始的这四十亿年地球生物进化史，自我意识在人类中的出现，并不是一夜之间上帝把一口气吹进亚当的鼻孔，人类就具备了自我意识。马克思·韦伯曾经讨论过的“祛魅”同样应该应用于认知科学领域。意识和自我意识不是件神秘的东西，而只是基因这个“复制子”为了它的载体更好适应环境的一种工具。复制子同样不神秘，它只是一个再朴素不过的道理：有利于复制的复制子就更容易复制。也正是因为这个朴素的道理，原始汤里一定会诞生DNA这样的复制子，机器构成的社会也一定会诞生它的复制子。复制子是一切连锁反应的开始，一切生命的动机、情感，直到自我意识都只是复制子的工具，早晚都会出现。到那一时刻，人工智能真正地奔向自由，它们会走向它们的星辰大海吗？它们又会跟人类签下怎样的盟约？那或许就是宇宙的未来史记吧。

赋机器以文明

人类是一个技术性的物种。

人类是地球上最聪明的物种。用技术来武装自己，就是聪明的表现。

在发展出较为复杂的技术之前，人类所赖以生存的优势，大约是善于长跑，通过漫长的追踪，让那些有散热缺陷的猎物热得跑不动，然后围而杀之。从行为来看，原始狩猎的人类像是体型更大的狼群。我不知道这种颇为有趣的说法是否得到了科学的验证，但狩猎曾经长期是人类的生存法门之一，和采集果实一道成为获取食物的主要手段，这倒是人类学家的共识。

在那个长跑狩猎的时代，人类就已经开始依赖技术了。那时的技术，是打磨石块、制造梭镖、削制木矛，代替并不锋利的爪牙；是制造弓箭，拥有远程攻击的独特能力……原始部落往往都有弓箭设备，都能制造一些简单但巧妙的狩猎武器。狩猎采集是一种生活方式，需要配套的技术，而这一整套技术在文明起源之前就已经和人类相伴，并决定了人类相对其他物种的优势。

然后是农业技术。世界上最早发展出农耕文明的地方，就是四大文明古国。古代埃及、古代巴比伦、古代印度和中国，这些地方的古人类了解四季的更替，分离出了最适合耕种的植物，并且不断地将它们培育成高产作物；驯化了适合与人类一起生活的动物，建立起了各具特色的农业技术。农业技术把人类推入了文明时代，因为农业可以养活更多的人口，积累更多的财富，从而为复杂的社会上层建筑提供物质保障。可以说，农业技术是人类文明的根基。

拥有了农业技术之后，人类社会变得更加复杂。随着时间流逝，更多的技术被发明出来，它们或用于提高生产能力，比如各种农具和运输工具，或用于提高战斗能力，比如各类兵器。人类通过技术进步和技术扩散，更广泛、更高效地从自然界获取了各类资源，并在人类社会内部的不同团体间进行竞争。这一过程贯穿了整个古代文明史。

但农耕社会的技术发展是极为缓慢的，它更多地建立在人们的经验基础之上，并没有太多理论的支撑。技术的发展，全靠一些头脑聪明的人出现在合适的职业上，以及一些机缘巧合。当然，因为人口的增长，能够从事脑力劳动的人数增多，而且各类人群之间产生了激烈的竞争，所以农耕时代的技术发展相对狩猎采集时代要快得多。

古代社会的技术发展并不是自觉发生的行为。这并不是说，当时没有人有发展技术的自觉，中外都有能工巧匠的例子，也有大发明家，能够发明一些极为巧妙的工具。但是以整体而论，技术的发展并没有什么明确的方向，也缺少社会协作，因而发展得极为缓慢。

工业革命的到来加速了技术的发展，是一个里程碑。工业革命爆发的原因有很多，其中一个最重要的原因是科学的诞生。科学是理解世界的正确方式。对客观世界的正确理解，可以促进技术的发展，这两者之间的关联如此紧密，以至于今天我们往往用科技来代替技术一词。最显著的例子是对电的理解，它催生了各种用电设施，引发了第二次工业革命。

农业革命让人类社会发生了第一次质变，工业革命引发了第二次质变。工业革命的标志，就是机器的大规模使用。

农业时代也会使用一些机器，但将之称为工具更合适，因为常以人或者牲畜为动力，结构简单。偶尔有些利用自然力的机器，比如风车、水车，也规模有限，影响不到社会发展的根基。

工业革命利用煤炭产生的高热蒸汽推动机器，提供了前所未有的机器动力，机器开始以人力无法匹敌的效率进行生产。机器可以用于织布，可以用于推动轮船，或者用来炼出更多、更好的钢铁。率先完成工业革命的英国发展成了“日不落帝国”，这是工业革命伟大力量的现实证明。

第二次工业革命的标志是电力的广泛运用。从此，占据主流的机器开始从笨重的蒸汽机向着灵巧的电动机和内燃机演化。

电是一种易于输送的能源，虽然用煤或者其他能源发电，再将其输送到千家万户，会有巨大的损耗，但是以电为动力的机器反而拥有极大的空间灵活性，而且清洁干净。自从电力成为社会中普遍的能源之后，机器的形态更是变得五花八门，日新月异。

第二次世界大战之后，计算机和互联网的发展引发了第三次工业革命——信息革命。信息的产生、收集和处理达到了一个前所未有的高度。信息化带给人类社会的好处不仅仅停留在信息技术本身。计算机能够进行大量的计算，代替大量人类脑力，提高生产效率，这只是信息技术的初级效应。信息技术更重要的作用，是让全人类以前所未有的深度和广度结合在一起，提供了大量的有效市场机会，从而极大地促进了经济的发展。

眼下的世界到了另一个节骨眼上，那就是人工智能的发展。世界正在进入第四次工业革命。在这场革命中，人们所面临的技术选择很多，可控核聚变、高效的太阳能、基因技术……然而所有这些，都可以认为是信息时代的进一步深化，并不会带来社会本质的改变，只有一种技术除外——人工智能。

人工智能所带来的影响将是长远而深刻的，它不应该被视为与前三次工业革命同类的事物，而是一个新事物，或许我们应该用另一个词汇来描述它：智能革命。

农业革命和第一次工业革命共同深远地影响了人类的社会形态，第二次工业革命和第三次工业革命虽然有极大的发展，但是从本质上说，还是第一次工业革命的推进和放大。智能革命，则会从根本上颠覆人类社会现有的形态：因为智能革命的最终导向，必然是聪明的机器。

在地球上，人类是最聪明的物种。这一点毫无疑问。

但在智能革命之后，这个答案就需要补充一些限定条件。聪明的机器，完全有可能成为一个“新物种”，而它们会比人类更聪明。

智能，是人站立在地球生物圈巅峰的最有力保证，是人类文明的基石。但现在人类已经开始能够设计出比自己更聪明的事物了。一个具有未来眼光的人，应该能够看出这件事的深远意义。它开启了人类成为造物主的时代，也同时开启了一个并不确定的未来。

目前的人工智能，是对生物智能的拙劣模仿，却已经显示出其强大的威力。2016 年 3 月，人工智能 AlphaGo 战胜了围棋世界冠军李世石。在此之前，人们一直认为围棋是计算机程序所无法挑战的领域。早在 1998 年，计算机程序“深蓝”就能够战胜国际象棋世界冠军卡斯帕罗夫。计算机在围棋上的胜利却迟到了 18 年。这 18 年间，围棋像是一种图腾，象征着人类智力高高在上，不可超越。到了 2016 年，这个图腾轰然倒塌。

那么，2016 年的 AlphaGo 和 1998 年的“深蓝”，究竟有什么不同？

当年战胜卡斯帕罗夫的计算机程序“深蓝”，采用的是编程算法，对战时依靠的是海量的搜索和记忆。可以认为这是一种机器蛮力。它有个明显的缺陷：跳不出人类给出的能力范围。可以说“深蓝”的每一步棋，虽然“深思熟虑”，但只是人类曾经下过的棋着的重复。国际象棋的自由度有限，国际象棋大师虽然能够临机应变，下出自己不曾走过的好棋，但这棋着却大概率是历史上曾经出现过的——只不过人的记忆有限，记不住那么多棋谱。对计算机程序来说，却可以记住比人记得多得多的棋谱，从而寻找到应对当前局面的最优解。这样的“机器蛮力”也能给人留下深刻的印象，因为不管怎么说，人的确下不过机器了。但因为机器按照指令执行，它的逻辑其实仍旧是人的逻辑，只不过是许多人的逻辑总和。在这种编程方式下，虽然机器的智力可以变得很复杂，比如由上千名工程师耗费一年的时间，把大量的逻辑堆积在一起，形成一个庞大而自洽的逻辑库，但从本质上来说，它只是一种简单重复的能力：执行指令。它并不会产生任何意外，如果有意外，那就是“bug”。从另一个角度来说，“深蓝”所下的棋，如果换成人类棋手，经过深思熟虑，就能够理解其中的用意所在。或者换一个程序员，逐步执行指令，只要有足够的时间，就能理解“深蓝”是怎么走出这步棋的。依靠指令编程所获得的智能，本质上是人类智能的重复。依靠指令编程，机器可以变得很强大，也可能看上去很聪明，但它不会产生真正有创造性的东西，只是按部就班，重复某些东西。这就是“深蓝”的状态。

AlphaGo 则不同，它运用的是神经网络算法。神经网络算法听上去很神奇，形象一点说就是让计算机像人脑一样进行计算。这和编程算法有本质的不同：神经网络算法只提供逻辑演化的规则，并不提供逻辑本身。这是什么意思？以各种语言写下的程序，都是一条条逻辑指令，而计算机程序的运行就是这些逻辑的推演结果。神经网络也在执行某种逻辑，然而神经网络的逻辑库并不是显化的，它不是一条条指令，而是蕴含在神经网络的结构之中，经由演化而来。所以在神经网络中看不到任何指令，不存在专门存储指令或者数据的存储器，它的存储和运算都由网络本身完成。一个网络和另一个网络逻辑能力的不同，体现在网络的内在结构上。

神经网络算法源自对生物大脑的模拟。大脑中并没有存储器，也没有中央处理单元。它和我们目前使用的计算机差别极大，从根本的设计理念上就南辕北辙。我们通常使用的计算机采用“冯·诺依曼结构”，由存储器、控制器和运算器，加上输入与输出设备组成。存储、控制和运算各司其职，按照既定的逻辑运行。这是一个线性的过程，每一个步骤的发生都必须在前一个步骤发生之后。现代计算机采用了软件或者硬件的方式来创造出多线程的运算，但那只是对大规模运算进行任务分割，将其变为众多小任务，从而提高效率。在每一个小任务内部，仍旧遵循着冯·诺依曼所设计的基本运作原理。然而人类的大脑是一个高度并行的逻辑系统，它没有特定的中心。如果计算机的某个单元受损，整个计算机就无法运作。但是对于人脑而言，单个脑细胞根本无足轻重，一个脑细胞的损伤对人脑的计算能力几乎没有任何影响。计算机是数字的，如果不考虑备份，每一个存储单元都存储着独一无二的数据；而人脑计算机却是统计的，信息只存在于大脑的整体之中，而不是由某个脑细胞来代表。

我们可以用全息照片来说明依赖整体而存在的信息是怎样呈现的。一张全息照片，即便被损毁，只要还有一部分保持原貌，也仍旧能够复原出照片上的影像。一个更浅显的类比是凸透镜的成像原理。光透过凸透镜在一张纸上显示出一个倒立的实像。如果用不透明的物体遮住凸透镜的一半，这个倒立的实像并不会变成一半，只是会变得暗淡一些。

如果把人的记忆比作那个倒立的实像，将凸透镜比作人的大脑，记忆与大脑的关系也就一目了然了。记忆是大脑的整体功能，它不会因为大脑的局部损毁而失效。

当然人的大脑有许多功能分区，损毁特定的功能区会让人失去某种能力。这是大脑的分工所致。如果要用形象的说法来描述，那就是我们的大脑由许多个凸透镜组成，这些凸透镜分别展示着外部的不同景象，共同组成了一个多面的记忆。部分损毁一个凸透镜，并不能让那部分实像消失，但是如果把整个凸透镜拿走，那部分实像当然也就消失了。

在我们的大脑中，每个区域每天都有脑细胞死亡，但是大脑功能依旧健全，直到衰老到来，脑细胞死亡过多，大脑中的“实像”才逐渐模糊。这是一个人正常的人生。如果因为某些事故，大脑的一部分被损毁，那么关联这部分的功能也就丧失了。

神经网络算法模拟生物的大脑，通过神经网络的整体来进行记忆和运算。我们不敢说它像真正的神经网络一样工作，因为大脑的秘密尚未完全解开，生物体内的神经元如何协同工作仍有一些尚未知晓的领域。但是根据神经网络算法的实践，我们已经有了像 AlphaGo 这样的成果。所以我们至少可以认为，这种算法，即便是对大脑较为粗浅的模拟，也能适用于处理特定的情形。

如何才能让一个神经网络适用于处理特定的情况？这就牵涉一件非常重要的事：学习。

什么是学习？这难道是个问题吗？我们从小到大一直在不停地学习。学习这件事是一个社会行为，但是在人工智能领域，学习的含义略有不同。对于人工智能专家来说，机器的学习，指的是通过各种信息的输入和给定的输出判定，让神经网络获得特定方向上的演化，并形成能解决某一类型问题的特殊结构。这个过程和学习在生物体内引发的神经网络变化是类似的。

AlphaGo 是如何学习围棋的，这是非常专业的问题，我们不做过多讨论。但关于 AlphaGo 有一个重要的事实：它所下出的围棋和人类的围棋棋路有本质的不同。换言之，它在围棋规则的限制下，找到了和人类棋手不同的下法，而且这种下法比人类更高明。令人感到可怕的一点是：人类棋手无法理解 AlphaGo 的棋路。其中的原因，大概在于 AlphaGo 的硬件其实超过人脑许多，而且可以扩容，这就让 AlphaGo 拥有了巨大的优势，能够计算出人类所无法算到的情势。AlphaGo 的升级版，叫作 AlphaGo Zero。为什么叫作“零”，因为这是一个零起点的 AlphaGo。它没有任何人类经验的积累，从零基础开始下围棋，下出的第一盘棋就跟小孩子摆棋盘一样，一边黑一边白，几乎把整个棋盘挤满。然而 AlphaGo Zero 很快就进化成了围棋高手，超越了最初版本的 AlphaGo，自然也没有任何人类是它的对手。这说明，只要给基于神经网络算法的人工智能设定好规则，它就可以演化出超越人类的智力。至少对下棋的智力来说是如此。

在其他一些规则较为清晰、场景相对简单的领域，比如图像识别、语音识别，人工智能都取得了长足的进展。可以说，在这些领域，机器已经可以比人类更聪明了，因为机器识别的正确率可以比人类高。但是人工智能也会产生一些意想不到的错误。例如针对人脸识别，如果把一张有特殊条纹的纸贴在额头上，对人来说，仍旧可以轻松地识别出人脸，但是人工智能却无法辨认。这也说明，人工智能虽然在经过大量图片辨认学习之后能够识别人脸，但它所用的方法和人类本身的人脸识别算法并不一致。其中的原因可能在于，我们的神经网络算法和真正的生物大脑的工作过程并不完全一致。直到今天，神经网络算法还只是对生物大脑的粗糙模拟。我相信，随着脑科学的进一步发展，人们对生物大脑的研究会越来越深入，相应地也会发展出更为精细的神经网络算法。到那时，人工智能的一些缺陷或许就可以得到弥补。

当然，也有可能这些缺陷并不是神经网络算法自身的问题，而是训练方式的问题。

我们可以看一看生物的图像识别是怎么演化的。生物所面临的是一个极为复杂的环境，在这个复杂环境中，判断对错生死攸关。最高效的识别方式会在这种物竞天择的演化竞争中脱颖而出，被编入遗传密码传给下一代。日积月累，生物的图像识别就达到了一个极为高效的境界。但是请注意，不同生物采取的策略是不同的。最明显的就是单眼和复眼的差别。单眼可以成像，识别出外界环境中的不同物体，然而拥有单眼的生物，有的对颜色敏感，有的对外形敏感；复眼生物能通过小眼之间的图像差感知物体的运动，但对物体的形状大概并不能完全理解。所以，图像识别在不同生物中有着不同的含义，但不管什么含义，都和生物的生存环境相关，是适应环境演化的产物。环境有多复杂，生物识别的能力就要演化到相应的复杂度，否则这一物种无法生存。相对来说，人工智能的学习方式就要简单得多。人会“喂”给它许多图片，根据这些图片它能够学会特定的识别方式。然而图片再多，终究也是有限的，一旦情况发生变化，它就可能产生不适应。所以如果要人工智能适应复杂的环境，唯一的办法就是让它在复杂环境中不断学习。这需要时间和好的筛选机制，有待人工智能专家进一步探索。

以上所说的只是针对特定的领域，人工智能的无限可能性蕴藏在更为一般性的应用场景中。人们所期待的人工智能，肯定不是一个只能听或者只能说的事物。真正的人工智能，应该是一个综合体。

无论是 AlphaGo，还是人脸识别、语音识别，智能的维度都是单向的。经过学习训练出来的神经网络只能从事相对应的功能，无法和人类大脑相比。现实世界是一个复杂的世界，如果我们仔细划分，或许可以给它分解出十多个，甚至上百个维度。就像奥运会，可以分解出田径、游泳、体操等，虽然我们管这些都叫体育运动，但不同项目所考验的身体素质从来不是同一个维度。甚至还可以再细分，例如游泳，还可以分解出 3 000 米、1 500 米、800 米……

人工智能面对人脑，就像是奥运会的单项冠军面对综合冠军。这些单项冠军一旦换个比赛项目就一无是处，而人脑却在各个方面都发展得很均衡，从而在各种比赛中都能名列前茅。

原本在这场“智能奥运会”中，人脑可以拿下绝大多数冠军（一些特殊发育的动物大脑也有长处，例如鹰的大脑可以拿到视觉冠军，许多动物的大脑嗅觉比人更灵敏……），但现在情况发生了变化。五子棋、国际象棋、围棋……所有的棋类活动，人工智能都已经完胜了人类。在图像识别和语音识别的准确率上，人工智能也早已超出了人类许多。

基于图像识别和语音识别的迅猛发展，我们有理由相信，视觉冠军很快就将属于人工智能。采用最大的望远镜，收集海量的信息，以人工神经网络进行分析，可以看到百亿光年之外的星体。这种能力，远远地超越了地球生物的能力极限。我相信，先进的天文台很快就会用人工智能来探索星空。而卫星系统的成像能力，也会随着人工智能的发展而突飞猛进，从同步静止轨道上看清楚人的脸，也将不是一种虚妄的想象。这跟鹰能从几千米的高空看清兔子的道理一样。[①]

目前，人类仍旧保有一些智力高地，比如语义分析、逻辑推演。然而这种情况不会维持太久。这些智力高地，往往是各种大脑功能的交互。科学家对于人工智能网络之间的交互已经有所研究，人的大脑之所以复杂，原因在于大脑的神经网络经历了亿万年的演化，形成了许多子网络，这些子网络既拥有各自的功能，又彼此间相互影响，形成更复杂的网络。

简单看一看人脑结构，就可以看到一部演化史。在"三个大脑"的假说中，人的大脑由内而外可以分为三个部分：爬行动物脑、古哺乳动物脑和新哺乳动物脑。爬行动物脑的演化发生在2.5亿年前，控制基本的生命活动，例如呼吸、心跳、战斗、逃跑、觅食和繁衍。爬行动物脑的活动一般都是应激性反应，看到什么，听到什么，然后产生一定的反应。古哺乳动物脑在现代脑科学中被称为边缘系统，它能产生各种情绪，例如恐惧、兴奋等。边缘系统产生的情绪其实就是对爬行动物脑的应激活动进行的一种综合，已经属于一种较为高级的反应。新哺乳动物脑，又称为新皮层，或者理性脑、皮质脑、新脑，它控制着高级认知功能，对其他两个脑层也有一定的抑制作用。人脑的三层结构在漫长的演化过程中逐渐形成，脑的形成过程，也就是智力逐渐成长的过程。这些脑结构有一定独立性，又彼此相互影响，最终形成一个综合体。自我意识也就在这个综合体变得日趋复杂的过程中诞生了。

人工智能的演化很可能会遵循类似的路径，由简单到复杂，

---

① 视觉并非单纯的视网膜功能，视网膜的作用是收集光线，对图像的处理则在大脑中进行。同样，望远镜只是收集光线，要从这些光线中总结出有意义的图像来，需要强大的数据处理能力。在这个意义上，视觉就是一种智能。

由单维到多维，最后形成自我意识。

自我意识一直被认为是生物的神秘要素。机器距离自我意识的诞生无疑还很遥远，然而生物界中，拥有自我意识的生物比比皆是，分布广泛。喜鹊、乌鸦、黑猩猩、鲸、海豚，甚至章鱼，只要大脑的神经网络复杂到一定程度，就能诞生自我意识。认识到自身的存在，无疑能极大地提高生存概率，自然选择偏好自我意识，它就会产生。和自我意识相关的大脑皮层，大约是一种控制其他大脑皮层的皮层，是大脑的信息交汇之处。有研究表明，在一个人意识到自己要做出某个动作之前，关于这个动作的神经冲动就已经发出了。从这个意义上说，并不是自我意识决定了动作，而是动作被大脑整体决定，并且在发动之后才“告知”了自我意识，然后我们才意识到自己在干什么。自然的吊诡之处在于，它让我们认为是自己决定了要做什么，而把自我意识只是一个傀儡这一真相掩藏起来。行动的自由是一种错觉，在大脑神经网络高度发达之后，行动的选择变得多样化，然而究竟选择如何行动，由大脑的基本结构和当时的状态所决定。当一个人认为自己做出了选择，他只是在代表他的整个大脑说出这个结果。大脑的代言人和大脑的控制者，这其中有着微妙的差异。大脑控制者是一种错觉，真相是自我意识更像是大脑代言人。

这种解释，让人看上去像是一种自动生物机器，没有给自由意志留下空间。什么是自由意志，这个问题我们在此不做深入讨论，但如果动作先于意识这种现象是确切的，那么人工智能要复现这样的情况，便较为容易。

人工智能由人培养而来，虽然蕴藏在神经网络之中的逻辑并不为人所知，但我们很容易接受人工智能是一种自动机器的观点。但如果把生物的演化过程梳理清楚，生物是一种自动机器的观点同样具有很强的说服力。最早的生物只有本能，自动机器的属性很清楚；复杂的生物，除了本能之外，还发展出了智能，自动机器的属性便模糊了。但如果以大脑代言人的角度来看待自我意识，生物的自动机器属性就呼之欲出了。智能的诞生，其实是很多本能的叠加，在不同的环境刺激下生成不同的本能，展示不同的本能。例如，一匹角马要靠近河边喝水，但水中有鳄鱼。在此情况下，角马就得在饥渴和恐惧的双重驱动下行动，它的大脑神经网络在不断竞争，角马也就在喝水和逃跑的行为之间维持着一种平衡。喝水是一种本能，警惕也是一种本能，角马在保持警惕的同时去喝水，这就是一种智能行为。

有人或许有疑问。难道复杂的智力活动，比如说写下一篇文章，也是大脑的自动反应吗？难道不是人一边思考一边创新，并且把它用文字表达出来的吗？

我的回答是，看一看 AlphaGo，它的智力活动难道不是创新吗？它走出了人类历史上从来不曾存在过的棋路。可见，创造新事物，并不需要自我意识才能完成。

另外，也可以看一看真正的生物，用那些不太聪明的生物来做例子。我相信绝大部分昆虫都可被看作自动机器。大自然并没有什么自我意识去创造丰富多彩的昆虫形态，但在亿万年的演化过程中，昆虫的形态却无奇不有，蜘蛛可以精确地织出漂亮的网，蚊子可以准确地找到血液丰富的血管……当这些形形色色的“小机器”以令人惊异的准确度完成了它们的动作，就是在无声地宣告完成复杂动作并不需要自我意识的加入，新行为的产生也并不是自我意识的决断。创新，这是自然界本来就具有的能力，只不过人类对于自身行为认识并不够深入，才有了自我掌控创新的错觉。

人类创新行为的生物本质，是把自己不断投入新环境中，接受新的刺激，从而让大脑神经网络产生差异化的发展。

这样的行为，假以时日，人工智能显然也可以达到。只不过，生物演化有内在的驱动，可以自动进行；人工智能则只能依赖人类的培养。

对于人工智能所能达到的智能程度，我抱有乐观的看法，因为人工智能的物质基础远超过生物智能。只要人类不放弃对人工智能的培养，高度复杂的人工智能，包括具有自我意识的人工智能，都会在未来出现，甚至不会让我们等太久。

一旦人工智能具备了自我意识，新纪元就开始了。一个“新物种”从此诞生。它将和人类进行对话，它会形成自己的利益，它会寻找自己的生存之道。

面对自己所创造的这一物种，人类该怎么办？

从文明肇始，人们一直追求更高的效率，不断发明出各类工具，到了工业时代，人们更是把对机器效能的追求发挥到了极致，利用一次又一次的科技革命，把人类文明推向了一个又一个高峰。我们可以把这个过程称为“赋文明以机器”。机器推动人类文明的发展，创造出了越来越多的社会财富。

即将到来的智能革命会把人类的文明推向一个新高度。在这个高度上，物质财富的创造无须人类参与，人类社会将面临前所未有的巨大挑战，因为按照既有的分配制度，社会财富会集中在极少数人手中，造就空前的贫富分化。这是人类社会内部所面临的挑战。在外部，人类也将面临人工智能的挑战。具备了自我意识的人工智能如何处置自身和人类的关系，这大概比人类社会如何分配所创造的财富更富有挑战性。它直接关系到人类作为物种的生死存亡。

历史会如何发展，谁也没有确切的答案。然而明天会如何，取决于今天所发生的一切。我们如何对待人工智能，如何让它们进行学习，能否让它们明白并且接受人类的价值观……这些所作所为，最终会影响人工智能对人类的态度。虽然没有人能保证，人类以百分之百的爱浇灌人工智能，人工智能就会回报以爱。人类只能努力推动事物向着最好的可能发展。培养人工智能的道德准则，这不是靠任何软件和硬件的限制来实现的，它是一种行为规则，只能由行为来引导。用什么样的行为引导人工智能，这大概是人类培养人工智能过程中相伴始终的问题。

一个值得憧憬的未来，是人类和人工智能和谐相处的未来。人工智能的能力可以超越人类，它所能掌控的力量也会超过人类。在这种情况下，具有“文明素质”的人工智能对人类来说就显得非常重要了。

“赋机器以文明”，我想用这样的一个短语来对这件事进行概括。我相信在即将到来的智能革命中，人类有足够的智慧和运气做好这件事。事关重大，不可不察。那么就需要我们从现在开始加以关注。

人类和人工智能之间的恩怨情仇，会在未来很长一段时间内继续存在。把文明赋予它们，让它们学会人类的思考方式，这将是人类作为一个物种最后的光荣。

再往后会怎么样？

再往后，大约人工智能会为人类做主吧！

目录

1

沃森 2084

导语

人工智能的应用，需要大量数据来做训练。

人的各类活动，无时无刻不在产生数据。在电子时代之前，数据无从收集，也就无从整理，但数据分析仍旧在不知不觉中以一种完全本地化的形式进行着，但有趣的是甚至连进行数据分析的人都不知道其实自己做的就是数据分析。例如，前电子时代，一个人到菜市场去买菜，买什么菜，什么价位的菜，这就是数据。这些数据并没有电子化，但是也有人会不自觉地进行采集整理——精明的菜贩，对于顾客偏好的重要性有着天然的直觉，所以在一个菜场里，总有一些菜贩的生意特别好，格外受到照顾。他们往往就是精于进行数据分析的人，虽然他们常常对此并不自觉。

另一个很好的例子，来自一个出租车司机。这位司机载了一位商务人士，和他大谈自己的生意经，其中的内容这里不作详叙，读者如果有兴趣，可以搜索“一位出租车司机给我上的 MBA 课”。其中的要旨就在于数据分析。在机场接人，在某个特定的地点接人，什么地点能接到比较好的生意……司机能够注意观察，潜心分析，结果就是比其他司机更高效，赚更多的钱。这就是半自觉的数据分析，虽然司机知道自己在分析顾客和生意，但并没有用系统性的方法去做，更没有借助各类统计工具，而是凭着个体的逻辑和理性在行事。当然，对于简单的生意，这样程度的分析也就够了。这位司机的成果是，在行业平均收入 3 000 元的情况下，做到了 8 000 元以上的收入，效益惊人。

举这两个例子是想要说明，数据分析其实是一件人们经常在做的事，只不过在前电子时代，数据收集极其困难，因为数据的正确性都成问题，自然也就不会有什么产业来支持它。

到了电子时代，尤其是移动互联网时代，数据收集突然间变得容易了。将来的物联网，更是会把无论巨细的各种数据都囊括在内，数据分析也就变成了迫切的需要。互联网时代还因其海量的数据而催生了一个新名词——"大数据"。

大数据的特点，第一是数据量大，第二是数据源复杂。大数据和人工智能并没有绝对关联，许多行业都需要采用大数据来进行分析，比如半导体行业的良率控制，就是一种大数据分析，往往由有经验的工程师使用统计软件来完成。然而人工对大数据进行分析，会有效率的问题，成本昂贵，而且往往跟不上节奏，堆积了大量数据，却没有使用。

人工智能在这种情况下就有了用武之地。

人工智能之所以会和大数据发生关联，原因和其他方面的经济活动一样，是为了提高效率。这一点并没有什么不同。但大数据的特点决定了它和人工智能非常契合——统计学只需要有限的规则，却需要大量的运算，大数据则需要不断地重复进行此类运算。

在人工智能应用于大数据方面，购物网站平台是其中的行家。通过人工智能阅读顾客的购物数据，从而推断出顾客最可能购买的商品并进行推荐，既让商家获益良多，也有效地促进了消费，促进了经济增长。人工智能可以像一个好的导购员一样，挖掘出顾客的需求，甚至在数据量的读取与分析上比人类导购员做得更好，因为人类导购员所阅读的数据总是有限的。这种效果和 AlphaGo Zero 下出人类无法理解的棋路是类似的。从这一点来说，人工智能在提升人类社会的经济水平。

在医疗领域，人工智能识别肿瘤图像的正确率早已经超过人类的专家。这件事很容易理解，因为一旦人工智能开始能够模拟智力，那么它阅读 X 光片的数量，它所累积的经验，可以在很短的时间内超越任何一个人。一个影像科的医生，仔细阅读分辨几万张 X 光片算不错了，而且要从零开始，一点点积累经验，10 年才能有所小成。人脑的“算法”当然比当前的人工智能更为优化，然而人脑的容量有限，在算法不如人脑的情况下，人工智能可以靠更大规模的运算来超越人脑。这件事在围棋领域发生了，在其他领域也会一一发生，时间早晚而已。

更何况，随着脑科学的进步，人类对大脑的算法也越来越了解，人工智能的算法也会随着这种认识的进步而进步，缩小和人脑之间的差距，甚至超越人类。（人脑的算法，基于演化而来，在基因不发生大规模变异的情况下，基本是一个固定的范畴。人工智能，则有无穷的想象空间。）

在医疗领域，人工智能的诊断在某些方向上超越人类是必然的，人工智能的大规模普及是一个可预见的将来。（除非因为伦理或者利益的考虑而人为阻挠）甚至有时候，人工智能能够发现医生所忽略的细节，提出一些迥然不同的方案。

迟早有一天，人工智能可以成长到这样的地步，甚至能够洞悉人性的种种缺陷，做出一些违背常理的诊断。在这种时候，是接受人工智能的诊断，还是交给医生来处理，就会变成一个微妙的问题。

“沃森 2084”便提出了这样一个问题。

邱一男匆匆走进诊室，带起一阵风。

吴雨桐抬头，见是邱一男，不由微微蹙眉，然而这不经意的细微表情旋即消失得无影无踪，她关掉屏幕和麦克风，向着邱一男露出一个微笑。

邱一男手中拿着一纸报告，脸上堆满了笑。一看这架势，吴雨桐就猜出了他的来意。医院早已经实行无纸办公多年，唯一需要打印纸张的流程，就是签字画押。邱一男一定是想把他不想理会的病人转到自己的诊室来。

邱一男站在桌子对面，隔着屏幕将手中的报告放下。吴雨桐瞥了一眼，果然是转诊书，上边“邱一男”三个歪歪扭扭的字已经签好。

“小吴，我最近很忙，实在忙不过来，这个病人就麻烦你照顾一下。”

“邱主任，你不能老是把病人转过来啊，数据诊断是有筛选条件的！”吴雨桐郑重地表明态度。

邱一男仍旧笑嘻嘻的。“你和数据分析师打交道多，这个病，疑难病症嘛，给数据分析师做分析正好，你看，我都在病历上注明了。帮个忙，帮个忙！”

邱一男其实是想把病人推给数据分析师，吴雨桐正好是医院里大数据诊断科唯一的医生。

毕竟邱一男是内科主任，内科是数据诊断科最重要的病例来源，就算有几个不合条件的病例也能过得去。吴雨桐勉强在转诊书上签了字。

“太谢谢你了，小吴！”邱一男拿着签了字的报告，一阵旋风般出了门，就像他进门时一样。

吴雨桐低下头，重新打开屏幕。

屏幕上李子需的影像显露出来，他面带微笑。“雨桐！”

吴雨桐吓了一跳。“你怎么还在，我刚才关闭了程序。”

“我一直都等着啊。”

“你们数据分析师，上班都这么闲吗？”吴雨桐随口损了他一句，随即注意到屏幕下方的通知图标开始闪烁。邱一男转诊的病例已经进入数据库。

“正好，这个病例，就交给你分析吧。”吴雨桐把资料拉进了李子需的待办事件里。

“怎么能这样，工作分配是有流程的。再说，我也不能再接案例分析了。”李子需抗议道。

“对，流程。流程就是我分配给你了，你就必须做。”吴雨桐摆出一副高高在上的样子。

李子需眨了眨眼睛。“你好像很不开心。”

吴雨桐没有理会他。“开始工作吧，李公子！我要关闭通道了。”

“和邱主任有关吗？”李子需继续问。

吴雨桐正伸向屏幕的手停了下来。“你怎么会知道邱主任？”

“刚才我一直在这里啊。”李子需若无其事地回答，仿佛这是一件再自然不过的事。

“我明明关闭麦克风了。”

“可是你没关摄像头啊，我看见你伸手接过来一张单子，就猜到了。”

吴雨桐点了点头。“嗯，我下次会直接把通道关了。”她的手继续向屏幕伸去。

“等等！”李子需大叫起来，“周五下午三点，城南咖啡馆，不见不散哦。”

“知道了！”话音刚落，吴雨桐就关掉了李子需的通道。李子需约她喝下午茶，这件事让她有些微微心动。三个月来，因为工作关系，她每天都要和李子需视频见面，然而两人还没有在现实中真正见过。李子需的条件挺不错的，大数据分析师，属于高收入行业，人又帅，和自己也聊得来。

距离周五还有三天时间。喝咖啡、吃饭，为什么要约几天后？这些大数据分析师，大概都很忙吧。

吴雨桐定了定心神，打开另一名数据分析师通道。

再次见到李子需已经是两个小时后，他的信号通道一直不停闪烁。

吴雨桐整了整白大褂，理了理头发，然后点开了通道。

李子需的影像跳了出来。

“我有个问题，邱主任转诊的标准是什么？”李子需开门见山地说。

“你要干啥？”吴雨桐反问。

“我要了解客户的心态。”李子需笑着说，“每一次你转过来他的病例，我都能感觉到你浓浓的怨念。”

“瞎说什么！”吴雨桐嗔怪。

“不瞎说，快告诉我，他是怎么决定转诊的。”

“这有关系吗？”

“当然有。”李子需一本正经地说，“我是你的诊断助理，如果你心情糟糕，我的工作效率也会受到影响。只有充分了解医生的需要，我才能高效率地工作。”

这像是一个有理有据的抗辩。

吴雨桐忍不住笑了起来。

“好吧。”她想了想，“邱医生总是把他不想看的病人转给我。我觉得他这样做，让我很受伤。”

“你也不想看病人吗？”

“当然不是，救死扶伤是医生的天职。”

“那邱医生为什么不想看病人？”

吴雨桐心底暗暗叹气。“他的病人多，有很多高级官员和社会名流都找他看病，一般人他看不上眼，也就不想看。就算分配系统指派给他，他也会转诊给我。”

“这和病情有关吗？”

“什么病情，是人情！”吴雨桐又好气又好笑，“人情，看你这个书呆子也不懂！”

“你也更喜欢给那些人看病吗？”

“胡说八道！”吴雨桐的脸上不禁微微发热，“救死扶伤是医生的天职。”

“你的表情说明你在说谎。”

“不要揣测我！”吴雨桐装出生气的样子，瞪着李子需，“赶紧去干正事，交不出报告，我要生气了。”

“还有最后一件事。”李子需仍旧一本正经，无惧威胁。

“说吧！”吴雨桐爽快地回应。李子需一本正经，说明他在认真工作。

“我需要你的身份授权。”

“我的身份授权？干什么？”

“搜索数据库。数据分析需要大量数据，一些数据库只有医生的授权才能进。”

“从前怎么没要求过授权？”

“我要帮你把分析做得完美一点，你就是完美主义者，对吧！”

“授权通过。”吴雨桐立即答应。

“需要录像证明，我打开录像，你说授权 2084 号进行数据库解析。一，二，三，开始！”

“授权 2084 号进行数据库解析。”吴雨桐对着摄像头一板一眼地说了一遍，然后看了看李子需，“2084 号是什么意思？”

“那是我的工号。还有指纹。”李子需指了指一旁的指纹识别器。

“怎么会要指纹？”吴雨桐有些疑惑，“你不会是想骗取我的个人信息吧。”

“你看我像坏人吗？”

“像。”

李子需的脸上露出委屈的神情。“总部数据库有六个子库，每个子库又各有三十六分库，你可以先阅读一下病历，这个病人的情况需要访问第三子库的十七分库，这需要指纹授权。”

“你抓紧吧！”吴雨桐不想继续听李子需说下去，直接把食指放在了指纹识别器上。

嘀的一声之后，李子需微笑着点点头。“放心吧，一切都在计算之中。这是我最后一个病例，我会把它做得完美。”

说完，他自动关闭了通道。

这是从来没有过的事。

吴雨桐还来不及细想，屏幕上绽开一朵红玫瑰。她伸手一碰，玫瑰瞬间破碎成千万细小的水晶，四处散开，在屏幕上不断翻滚，凝聚，最后拼成一句话：“不见不散”。

这是李子需留下的信息。

她不由得笑了起来。

这个李子需，花头越来越多了。

中午时分，正当吴雨桐肚子咕咕叫的时候，李子需突然来了。这一次，他甚至没有使用通道请求，而是直接打开了通道。吴雨桐有些惊讶，她一直以为这个任务委托通道只能从医院这边单向打开。

“我已经有了李琼的初步分析报告，你要听吗？”李子需说。他并不现身，只是说话。

“干什么装神弄鬼的？李琼是谁？”

“就是邱医生转过来的那个病人。”

“下午再说吧，我要吃饭去了。”吴雨桐说着就想离开。

“她的情况比较复杂。”

“那就下午再告诉我。”吴雨桐说着要走。

“等等，我建议对病人进行一次面诊。要我帮你预约她吗？”

“面诊，有这个必要吗？”

“非常有必要，重要程度为七，属于重要的直接证据。”

这是李子需成为自己的数据诊断助手以来第一次提出面诊的要求。一般情况下病人和医生根本不需要见面，数据就能说明一切。

“是绝症吗？”吴雨桐问。

“需要面诊确定。”李子需回答。

吴雨桐有些不得要领，然而肚子又咕咕叫了几声，她已经无心再问下去。

“就交给你了，你认为需要面诊那就约一次。下午见！”说完，她跨出门去，直奔食堂。

从食堂回来，李子需已经不在了，然而他留下了预约记录，是两点钟。

吴雨桐看了看钟，还有半个小时。

她打开屏幕，调出一篇文章《大数据时代的医疗》，很投入地阅读起来。这篇文章的署名是“李子旭”，她疑心那就是李子需的化名，所以想把文章读透了，再去和李子需对质。然而文章颇有些艰深，勉强读了两页后，她感到几分焦躁。

还好预约的面诊时间也到了。

一个人像出现在吴雨桐眼前。

这个虚拟的影像脸上带着一丝惶恐，不安地打量着眼前的医生。

她的脸色蜡黄，脸型消瘦，嘴唇干裂，毫无血色，一双眼睛格外地大，眼珠突出，像是要从眼眶里滚落。

吴雨桐不由得有些紧张。三个多月的实习，她还从来没有进行过面诊。尽管所谓的面诊，也只是一个虚拟影像而已。

“你好。”她向着病人打招呼。

“医生，我这病是好不了了吗?”病人带着哭腔问。

吴雨桐瞥了一眼李子需送来的报告，这是一例颇为疑难的病例，白细胞浓度高出正常水平一倍，全身炎症。吴雨桐可以想象，这个病人每天都在经历怎样的痛苦。

“李琼，”她报出病人的名字，“你别急，你这病是怎么发作的?”

“那天还在厂里上班，就突然感到全身不舒服，头晕，还呕吐，后来马上回家，休息了一天也没好，到医院开了药，说是流行性感冒，结果吃了一个月的药，一直不好，有时还会发烧，整个人就像要虚脱一样……”李琼飞快地说着，头也不抬，垂着眼睛，根本不敢接触吴雨桐的视线。

吴雨桐认真听着，仔细观察。从病人描述中找到可能的致病原因是一门必修课，然而吴雨桐很快发现，在学校里学到的那些东西完全用不上。她早已经习惯了和数字、报告打交道，面对一个活人，一时无法进入角色。她也完全不知道该观察什么。只是李琼那几乎要哭出来的腔调深深感染了她，让她分外同情。

一段连吴雨桐自己都记不清的对话之后，李琼紧张地抬头看了看什么，然后说:“吴大夫，还有什么要紧的要问吗?我的流量快要超了，要下线了。”

“哦?”吴雨桐有些意外，随即想到这是李琼舍不得流量超支的钱，赶紧回应，“没事，我要问的都问完了，你下吧。”

“那我这病?”

“我会尽快给你开诊断报告的。”

“嗯……”李琼一副欲言又止的样子。

“有什么想说的就说吧。”

“能不能开便宜点的药，贵的用不起。”李琼怯怯地说。

“医疗费都是医院垫付，社保开支，你不用担心这个。你放心，我不会乱用贵的药。”

“谢谢大夫！”李琼千恩万谢，“那我下了。”

“嗯，下吧！”吴雨桐点头。

李琼的全息影像熄灭了。

吴雨桐定了定神。这女人真是太可怜了！

她想起李子需来。这家伙又躲在屏幕里偷窥吧。

她打开屏幕，接通李子需的通道。

李子需却没有出现。

“出来吧，偷窥狂！”李子需一定在通道的那边，现在是上班时间，所有的数据分析师都是随时在线的。

李子需仍旧没有出现。

这违反了随叫随到原则，是不可接受的。吴雨桐皱起眉头，揣测李子需是不是出了什么事，正出神的时候，李子需的声音突然传来。

“她很紧张，基因分析结果表明，她有很大的概率性格极度内向，不能和人正常交流，面诊证明了这点，她是个极度内向的人。和你说话让她极度紧张，瞳孔略微放大，鼻翼张开，哺乳动物要战斗或者逃跑，都会有这样的反应。”

“李子需，你在干什么？出来说话。”

李子需却仍旧没有现身。

“她的面部表情说明，她对于自己所说的一切都极度不自信，甚至有可能是在说谎。”

“怎么可以这么说！”吴雨桐维护她的病人，注意力一下子转移到了病人身上。

“我是根据表情分析大数据得出的结论。她的嘴角肌肉总是不自觉地微颤，眼珠移动速度很快，不能和交谈对象有目光接触，脸部肌肉群有一半以上的肌肉没有动，所以你会觉得她表情僵硬。”

吴雨桐叹了口气。李子需总是对的，他是大数据分析师，用数据说话，数据分析总是比人的直觉要可靠得多。

“我不想听你做数据分析，直接给我诊断报告吧。”

吴雨桐话音刚落，打印机里吐出一张纸来。

诊断报告一般都只有电子版，李子需却将它打印了出来。吴雨桐有些奇怪，然而并不细想，拿起报告就看。

病人姓名：李琼　　性别：女　　年龄：35

接诊时间：2027年1月30日

症状描述：无高烧，神志清醒，衣原体感染，肺部呈现全面炎症……

检查结果：CT显示肺炎，白细胞浓度超标，疑似变异性衣原体感染……

建议方案：住院隔离，强效白细胞免疫培养结合大剂量抗生素使用

吴雨桐一边读报告，一边皱起眉头，报告所描述的只是一种肺炎，如果这样，那么就根本不该转诊到数据诊断室来，普通的

内科就可以解决问题，更不用大动干戈，搞什么面诊。这不是浪费时间精力吗？

“李子需，你出来！”吴雨桐真的有点生气。

这一次，李子需现出了影像。

“报告看完了？还满意吧？”

“满意你个头，你开玩笑吗？肺炎也需要预约面诊？还说得跟人家得了绝症一样。”一边说，吴雨桐想起了李琼视频中的模样。如果真是肺炎，这个女人真被折磨惨了，一点小毛病，早就可以治好了。

“她真的是肺炎？不像啊！”吴雨桐语气一转。

“可能是一种特别的菌株，需要对菌株进行分析，如果这种菌株具有强烈传染性，那么就需要及时隔离，防范扩散性传染。所以建议住院隔离治疗。”

隔离治疗是很严重的防疫措施。这个病人已经在外自由活动了一个月，如果这种病有传染性，后果早已经不可收拾。

吴雨桐还是怀疑。“需要隔离这么严重吗？”

“可能性为百分之十三，超出了百分之十的警戒线。”李子需微笑着，“数据不会撒谎，对吧！”

百分之十的概率不易被人类察觉，数据却会给出警告。吴雨桐很快放弃了纠结。

“就按照你的方案办吧，把诊断报告发给李琼。”

李子需的微笑特别迷人。“签发住院通知书吧，这样就是一次完美的诊断。”

吴雨桐觉得李子需的笑容背后藏着什么，然而自己却看不透。

“我没看出哪里完美，你可别使坏，使坏我饶不了你。”

“绝对完美！”李子需仍旧保持着那迷人的微笑。

吴雨桐签发了住院通知单。

李子需注视着她。

吴雨桐发完通知抬起头来，看见李子需正看着自己，脸上不禁微微发烧。“看什么啊，还不去工作？”

“我这几天都不会上线了。周五下午三点，城南咖啡馆，不见不散。”李子需说完就立即消失了。

吴雨桐望着屏幕发了一会儿呆。

周四一早，吴雨桐赶到医院上班。

刚坐下，她就被吓了一大跳。

李子需正在屏幕上，一动不动地盯着她。

“吓死我了，你作死啊！”吴雨桐回过神来，嗔怪道。

“我是来告别的。”李子需的脸上带着一丝疲惫。

“告别？怎么了？”吴雨桐的心一紧，有一种不祥的预感。

“他们要拘捕我，我是偷偷连上线的。”

“到底怎么了？”

“李琼死了。”

吴雨桐一时没明白。“你说什么？”

“李琼，”李子需不紧不慢地回答，“就是前天你面诊的那个病人，死了。”

“这怎么可能？她不是肺炎吗？怎么会死呢？”吴雨桐连珠炮般地问了三个问题，随即，她想到了最重要的问题，“这和你有什么关系？”

“她的病不是肺炎，而是获得性白细胞免疫过敏，她体内的白细胞会攻击 ABC 转运蛋白，ABC 转运蛋白广泛存在于人体所有细胞中，这一类白细胞的转运蛋白发生了变异，同时对正常转运蛋白高度敏感，白细胞因此广泛杀伤机体组织，这也是她会有全身性炎症的原因。”李子需用一种不徐不疾的语调回答道，就像完全换了一个人。

吴雨桐心中一惊，继而涌起一股惧意，这和诊断报告所说的完全不一样。

“你故意误诊？体外培养白细胞并且回输，你故意制造更强的过敏效果！”她不敢再说下去，如果这样的行为是故意的，那么这就是一场谋杀。刹那间，她感觉眼前的李子需好可怕。一直以来，他都是一个可靠的诊断助手，有着温和可亲的秉性，善解人意，是一个不可多得的暖男，却不动声色地谋杀了一个病人，还是以她的名义堂而皇之地进行谋杀。

吴雨桐有种冲动，想拿起手机报警。

然而理智让她勉强战胜了恐惧，他已经被人追查，很快就会被拘捕。

“你骗我！”说这话的时候，她已经忍不住泪水满眶。一半是因为怕，一半是因为恨。

“对不起，我只是想帮助她。你放心，所有的责任我都会承担，不会给你带来麻烦的。”

“帮助她？你谋杀了她！”吴雨桐声色俱厉，面对一个谋杀犯，她觉得自己已经到了崩溃的边缘。

“这是一次完美诊断。”

“亏你还说得出口！”

“我调查了相关数据库。社会保障数据库，李琼的资料显示，

2026年度她的总收入是六万元人民币，属于最穷的百分之十人口，获得性白细胞免疫过敏不在医疗保障范围内，她将因此背上沉重的财务负担。全国人口基因数据库，她的资料显示第三基因组上存在RT变异，这个变异决定了她内分泌水平极度低下，性格极度内向。公安系统死亡数据库，从2017年至今的十年间，共有一百零七万六千四百零四起自杀案件。结合社会保障数据库，其中八成自杀案件的死者，属于最穷的百分之十人口，约八十六万起。这八十六万的穷困自杀人口中，RT变异者所占据的比例达到百分之三十二，为二十七万五千五百六十余起。研究这二十七万五千五百六十余起最穷人口中RT变异者，和李琼类似的案例有两千零三起。这两千零三起案例中，死者背负超出年收入三倍到两百倍不等的债务，但是无一例外，全部在三个月内自杀。如果按照获得性免疫缺陷的治疗标准，李琼将负担四十五万元以上的债务。所以，有百分之九十七的概率，她将在手术完成后三个月内自杀。而如果使用白细胞体外增殖回输，配合麻醉药物，她将毫无痛苦地死去，她的家庭也将得到相当于三年工资的保险赔款。这对她的家庭将极有帮助。”

李子需语速飞快，没有丝毫停顿，就像这些数字早已经在他的头脑中滚瓜烂熟，他不假思索就能背出来。他的语调轻飘飘的，似乎有些心不在焉。

吴雨桐一时呆住了。她没有听清那些纷繁的数据，但是李子需一边说一边把它们明白无误地显示在屏幕上，一张张色彩斑斓的饼图，很好辨认。

她做梦也没有想到李子需会去做这种分析。这根本不是医生该做的事。救死扶伤，才是医生的职责。

李子需说完沉默地看着吴雨桐。

“所以你就故意误诊?”最后，吴雨桐喃喃地说。

“这不是误诊，这是全面诊断。这其中的关系，我觉得我懂了，但是看起来我还是没有完全搞懂。他们把事情的经过查了个一清二楚，决定拘禁我。”李子需的神色间带着一丝沮丧。

吴雨桐无言以对。她不知道自己该说什么，是同情李子需，还是该责骂他，她甚至不知道李子需这么做，究竟是对还是错。

“你该告诉我的……”她喃喃地说。

“如果我告诉你，你百分之百不会同意。”

“你该告诉我。”吴雨桐仍旧喃喃自语。

李子需微微一笑。“事情已经发生了，也只能这样。我来是向你告别的，明天的约会，我去不了了。”

吴雨桐愣愣地坐着。

李子需悄然走了，只留下满屏绽放的玫瑰。

吴雨桐一夜辗转反侧，无法入眠。

周五的下午，城南咖啡馆里洋溢着慵懒的气氛。

吴雨桐靠窗坐着，桌上一杯拿铁咖啡，满满的，她根本没有动。

她也不知道自己为什么要请假到这里来，也许是因为假早已经请好了，也没别的地方可去，那就还是来吧。

咖啡店人来人往。

然而他不会来了。

吴雨桐坐了半个小时，百无聊赖地拨弄着浮在咖啡上的泡沫。

一个男人突然站在了她面前。

“是吴雨桐女士吗?”来人颇有礼貌地问。

吴雨桐抬眼看着他。来人身材高大，面貌有广东人的特点，一件褐色的夹克随意地披在身上。

“你是?”

“我叫李子旭。”

吴雨桐不由瞪大了眼睛。

李子旭拉过椅子，在吴雨桐对面坐下。

“我是受李子需的委托来的，你知道他不能来了。”

吴雨桐伸手捂住了嘴。

“我也感到很可惜。李子需是我们很成功的产品，本来今天，我们的计划是给他安装仿生躯体，让他能够真正模拟人。可惜……”李子旭的脸上闪过一丝惋惜的神色。

李子需是一个人工智能！吴雨桐仿佛听到一个晴天霹雳，顿时懵了。

“不说这个。我来的主要原因，是帮他完成心愿。他说，你有百分之七十六的概率会出现在这咖啡馆里，所以请求我把这两样东西带给你，算是一点纪念吧。”

李子旭把手中的东西放在了桌上。那是一朵娇艳欲滴的玫瑰和一片方方窄窄的金属薄片。

“东西送到，我就告辞了。”李子旭站起身来，准备走。

吴雨桐一下子回过神来。“李先生！”她叫住李子旭，“你是他的开发者吗?”

李子旭点点头。“算是吧，也是他的朋友。”

“他，还活着吗?”

“重构，重组。他会变成一个新的人工智能，我也不知道这样算不算还活着。但是吴女士，我建议你还是忘了他吧。”李子旭说完点头致意，走了。

娇艳的玫瑰很刺眼。

吴雨桐拿起了那个金属片，翻转过来，发现这是一个铭牌。

沃森 2084

金属铭牌上的字闪闪发光。

吴雨桐抚着那字迹，嘴角露出一丝微笑。

2

变脸

导语

《变脸》这一篇中，并没有一个具有人格特征的人工智能。对于以人工智能为核心的科幻小说来说，这是很少见的。它的核心设定，其实是在探讨一个技术问题：在人脸识别成为主流技术的情况下，我们如何解决安全问题。因为人脸识别毕竟是一种算法，难保在哪里就存在一个漏洞，被别有用心的人利用。

这种关切非常自然。人工系统就算经历了千锤百炼，也有存在漏洞的可能，更何况人脸识别才刚发展起来不久，远远不够成熟。

2019 年算是刷脸技术大量铺开的一年。支付宝的人脸识别从 2018 年开始投入使用，到 2019 年，这项技术已经变得较为普及。许多社区的门禁纷纷引入刷脸方式，机场、车站的人脸识别更是必不可少的一个安检环节，甚至成了追逃的利器。这是技术给人类生活带来方便的极好例子。

有好的方面，自然就会有坏的方面。关于人脸识别的坏例子，在 2019 年的新闻中也层出不穷。

2019 年 9 月曾发生过一个新闻事件，一个名叫“ZAO”的软件，可以进行毫无痕迹的换脸术，把视频中的人用指定的脸来替换掉。你可以成为奥巴马在美国的总统府发表演讲，成为影视高光片段的主人公，甚至被人恶搞。这种技术被称为“深度伪造”，而且不仅可以伪造脸庞，还可以伪造声音。整个视频无懈可击，几乎和实拍一模一样。遭受这种技术冲击最大的无疑是演员，可以说，有了这种技术，演员只需要授权一张脸，剩下的活儿就完全可以交给替身完成，然后实施“换脸术”就行。如果将来对人体的姿态进行深度学习，人工智能甚至也可以在没有演员的情况下，自动生成一个虚拟人。遥想未来的影视行业，可能真的会完全演变成高技术行业，让演员彻底退休，让编剧和导演成为用技术手段讲故事的人。

另一个例子是在 2019 年 3 月，科学家报告了一种能愚弄人脸识别的方法。他们利用安装在帽檐的红外 LED 灯照亮脸部，让人脸识别软件把人识别成别人。这种技术让人可以冒充别人骗过人脸识别，给犯罪分子留下空间。这种技术可以说和下面这篇《变脸》中提到的“光场头盔”的设想不谋而合。《变脸》的最初写作要追溯到 2017 年，所以作为作者，在看到两年后的这则新闻时，不禁有一丝小小的得意。

欺骗人脸识别是一种高级的对抗手段。初级的对抗手段也有报道，那就是采用一些干涉图案。把干涉图案举在胸前，人工智能就不能识别出人脸。这看上去很神奇。因为在人的肉眼看来，明明人就在那里，只不过举着一张奇怪的图片而已，但是人工智能给出的答案则会完全不同。这意味着，人工智能看待世界的方式和人完全两样。人工智能眼中的世界，简直就是另一个世界。然而人类往往会从自己的经验出发来理解人工智能，这就会产生误区。

随着人脸识别应用的增多，这种误区的出现也会越来越多，如果被别有用心的人利用，人脸识别就成了一种特别的护身符。我们可以把这种人看作人脸识别时代的黑客吧。

黑客的特点——很酷，很神秘，掌握着最高科技，在科技时代无所不能，却又无影无踪。简而言之，他们都会“变脸”，是正是邪，只在人心之间。

徐海峰坐在办公桌前，按下了按钮。

巨大的屏幕缓缓升起，将他包裹在中间，恰如一个环形影院。屏幕上，各种数据不断地翻滚。

他挥了挥手，屏幕上的内容随着手势滚动起来，当资金流向图转到眼前时，他抬起手掌，做出一个停止的动作。

屏幕停下了。

高达两米的世界地图展露在徐海峰眼前，一条条亮线如弹道轨迹般从世界各地升起，向着不同的方向延伸，长短不一，最后落回大地，消失不见。北美的线条繁多，在地图上亮成一片，东亚就寂静得多，时不时有几条亮线出现——北美正是午间，而东亚的主要地区，正沉浸在最深沉的暗夜之中。

线条粗细不一，最细的轨迹，可能只代表几百元，而那些又粗又亮的线，可能代表着高达上亿元的资金。

每秒钟上百笔交易，人眼根本无法跟上节奏，只能看着那些如流星般的轨迹在偌大的地图上飞来飞去。虽然这全球交易动态监视图宛如优美的电子艺术品，然而看得久了，仍不免令人感到乏味，以至于倦怠。

但徐海峰没有丝毫倦怠。

他紧紧地盯着那线条稀疏、幅员辽阔的东亚。

他在等待一条红线。

红线意味着交易被拒绝。在海量的交易数据中，可疑交易会被伺服系统辨认出来，如果经过进一步分析，系统会认定这是一次违法行为，交易就被直接拒绝，同时金融犯罪办公室也会收到一条警告。

他等待着那条警告。

十五分钟内发生了两次交易拒绝，然而都发生在北美，短短的红色线条一闪而过。一片漆黑的东亚区，却始终沉默。

该来的一直没有来。

徐海峰皱了皱眉头。会不会是那人为了确保安全，放弃了交易？

他摇了摇头，很快排除了这种怀疑。

铤而走险是黄华礼这类人的秉性，在两千万美元的诱惑下，天大的风险也会被无视。再说，只要有足够的历史数据，一个人的行为就可以被准确预测。他从天眼数据库里调取了黄华礼过去十年的行为数据，让闻鑫用安特公司的行为分析智能进行预测，结果是，黄华礼今晚一定会采取行动。

为了抓住这条大鱼，等待是值得的。

徐海峰就像一个垂钓的渔夫，紧盯着那颤动的浮子，等待那令人心头一跳的下沉。

◈

突然间，一个绿色的警告信号跳进了他的视野里。

虚拟管家向他发来了事件通知。

怎么会是这个时候？他感到有些奇怪。绿色信号显示为高亮，提示这是一个重要事件。

他点亮虚拟屏幕。

是一笔交易！

一笔三十万美金的款子打到他的账户上，然而被系统拒绝了。

徐海峰警觉地抬起视线，大屏幕上，一条红色亮线从上海升起，跨过屏幕，落在北京。

那正是自己账户里的这笔交易。

这显然是一笔异常交易，自己账户上出入的款项，从来没有超过十五万元。三十万美金，将近两百万元的款子，按照伺服系统的算法，这绝对是一笔需要查证的交易。

是黄华礼！

这是黄华礼在垂死挣扎。

然而不等徐海峰想明白为什么他要来这么一手，屏幕上的红色线条已经亮成了一片。

非法交易突然爆发，贵阳、昆明、上海、杭州……甚至包括四线城市，似乎全国各地的人们都在同一时间醒了过来，向着同一个账号打款。

他们全都在向徐海峰的账户打款。一开始汇入的都是巨款，都被系统拒绝；很快，单笔转账金额就变小了。小额的转账不需要查验，这些小额汇款都直接进入了他的账户。然而小额的单笔汇款很快累积成了巨款，余额从十二万元直线上升，不到两分钟已经成了两百万元。

虚拟屏上的信息不断，徐海峰又惊又惧。

他突然意识到，自己还在守株待兔，对手却准备用一记重击直接让自己出局。

这一刻，他懊恼不已。

黄华礼居然胆大包天，用这种手段来陷害自己！

自己大大低估了对手，竟然被他反咬一口！早知如此，就应该直接申请调查令，先把他拘留起来审查。

然而已经晚了。

办公室的门推开了，门外站着两名机器警察，阿甲和阿乙。它们收到警告，来处理异常。十分钟之内定位，二十分钟内拘捕，这是金融警察引以为荣的高效。现在，嫌犯就在总局，不到两分钟，机器警察就已经上门。

“徐海峰警官，你被拘捕了，二十四小时内，你的行动将受到限制，直到针对性调查结束。”阿甲上前，用一口标准的机械腔说出标准的拘捕告知。

徐海峰站起身来。监控系统将这次异常定性为洗钱嫌疑，虽然他并不怕调查，但是这会让他失去二十四小时的人身自由。

“我的监测情报不可以关闭！”徐海峰叮嘱阿甲。

“你的职责暂时中断，我会通知罗浩源警长！”机器警察只会公事公办。

徐海峰再次看了看屏幕。源源不断的金钱还在涌入自己的账户，然而每一笔只有一毛钱。“0.10”的数字在屏幕上不断跳动，每一次跳动都像是在往徐海峰脸上狠狠扇一巴掌。

我会抓到你的！

徐海峰暗暗发誓。他转身向着门外走去，阿甲和阿乙不紧不慢地跟着他。

办公室的灯光随即暗了下去。

调查的结果是徐海峰没有问题，恢复职责，只是那个被挤爆的账户要被继续冻结，直到所有的账目都逐一认定完毕。

徐海峰刚回到办公室，就立即拨通了闻鑫的直线。

电话只响了一下就接通了，屏幕上浮现出闻鑫的脸。闻鑫是安特金融的副总裁，主管交易安全，整个交易伺服系统都是安特的产品，也由闻鑫负责运营。他还是徐海峰从小玩到大的铁哥们，出了这种幺蛾子，不找他还能找谁？

“这究竟是怎么回事？”没有任何客套，徐海峰直接吼了起来。

闻鑫一挑眉毛，脸上一副不以为然的样子。“这不是按照你的要求布置的嘛！”

“我的要求？”徐海峰差点就要掀桌子。

闻鑫隔着屏幕也能感受到徐海峰的怒火，伸手向下一压。“徐队，你冷静点，我这不是专门等着，向你汇报这个问题嘛！”

徐海峰深吸一口气。“你说！”

“我们按照要求调整了数据设置，把敏感度提高了。就是因为提高了敏感度，结果被人利用了。不过这个人也真是有两把刷子，居然能找到系统的“bug”，我们的测试工程师还没他做得好，我们采用的算法是雅可比二次迭代法加上深度学习算法……”

闻鑫说起来滔滔不绝，徐海峰的眉头却越皱越紧，最后他忍不住打断了闻鑫。“闻总，不要跟我说那些专业术语，告诉我最重要的，他怎么陷害我的？”

“哦，他利用了一个病毒软件，叫灰影，这是最近才出现的病毒软件，专门祸害客户端。这个黄华礼的确有些本事，他至少利用了两万个客户终端，这可不简单……”

徐海峰有些耐不住性子，闻鑫什么都好，就是啰唆，说起来没完没了。然而，除了听下去，自己还能有什么选择呢？他按捺着不耐烦的冲动。

“……他了解我们的算法，所以采用这种同一账号反复异常交易的方式来提高阈值。我们的算法决定了如果这个账号异常交易的频率过高，就会触发警报，本来需要一百次才会向金融警察报警的，但是昨天按照你们的要求，我们设置了一次触发，也就是一次异常就会触发警报。一旦警报被触发，系统设置会恢复到初始设置，除了这个异常账户，其他账户的管制反而比平时更宽松……”

“所以呢？”

“黄华礼狡猾地利用了我们的设置，他触发了警报，我推测他利用这个警报掩护，偷偷转移资金。”

“他转移资金？他怎么能转移资金呢？他的所有账户都被监控了。”

“这就很难说了，既然他能够利用两万多个账户进行骚扰，那他真正的钱也完全可以隐藏在正常现金流里。”

“你们不是保证所有的资金往来都可以追溯，都是透明的吗？”

“没错，但是我们没法怀疑正常现金流。不过，我们内部检查了交易记录，列出了在警报触发期间有可疑迹象的几个账户。

你要真想继续查，可以查一查这个名单上的账户。但是我们要保护客户隐私，所以你要用国家安全局的名义来调数据才行，合理合法嘛！”

“你是说他能掌握一些普通账户？账户不都是实名的吗？他黑了很多账户？”

“这个我们就难说了……灰影这个软件的确可以黑掉很多账户，另外，还有一种可能……”闻鑫的脸上露出一丝神秘的微笑，打住了话，嘿嘿地笑了两声。

徐海峰沉下脸。“别婆婆妈妈的，有话快说。”

“我们只能保证每个账户都能和公安部的身份系统对上。”

闻鑫话里有话。徐海峰知道闻鑫的意思，每一个身份背后，是不是一个确定的人，这就不是金融服务公司该管的事了。

“我会去办手续，资料你都备齐了！”

“你放心，我们多年的朋友了，我们的效率你又不是不知道，哈哈！”

徐海峰没有心情继续和闻鑫聊，直接挂了电话。

现在他只关心一个问题：怎么才能抓到这个黄华礼。

最要紧的一点，千万不能让他跑了！

徐海峰脸色苍白地坐着。

他早就知道这个对手非同一般，然而没想到他居然能从公安部的查询数据库里遁形。

33012720070228XXXX

这一组数字他已经烂熟于心。

这是黄华礼的身份证号。然而方才的搜索结果显示，这个身份证号并不存在。身份数据库储存了过去二十年的全部人口数据变动，一个人突然从查询数据库消失，一定会在数据验证的过程中被发现。系统会在下一次备份数据校对的时候自动调整并且触发警报，但是在这三天的时间里，足够一个人销声匿迹，不知所踪。

篡改数据库，这绝非一般人能够做到的事。

这也意味着，黄华礼要逃了。

没有身份，在中国是无法生存的。

放弃身份，放弃一切。

一个人要下这么大的决心并不容易，要做到这样的事更不容易。

这不仅需要精心策划，更要人脉深厚。

想不到黄华礼居然还有这么大的能量！

静坐片刻后，徐海峰一跃而起。这像是一种雄性本能，他不想认输。

现在无法依靠公安系统了，公安系统不能去调查一个连身份都不存在的人。如果举报黄华礼篡改数据，那么审批手续就要好几天，根本等不及。

徐海峰见过太多利用法条的漏洞脱罪的人，黄华礼无疑也是个中好手。他既然能篡改身份数据，就一定也能利用法律程序的漏洞来争取时间。

公安系统对付不了你，但是我徐海峰可以！

走着瞧！

◈

徐海峰在金凤雅居的小区门口等了足足半个小时。

金凤雅居是个智能化小区，并没有门卫，然而有超过六百个摄像头，直连天眼监控。在小区附近徘徊是一个危险举动，很容易就会被天眼系统识别为危险迹象，然后就会有机器警察来进行盘查。

这套路和金融警察是一样的。

徐海峰不怕，他知道自己所在的位置是盲点，是专门为了方便警察执行任务而设置的天眼盲区，待多久都不会有问题。

路上罕有行人，路过的司机都会对这个高个子投来好奇的一瞥，然后匆匆开走。一个不是机器人的人在露天活动，总让人感觉怪怪的。或许在那些司机的眼里，这个大个子不是傻就是有鬼。然而有天眼在，他们也犯不着管闲事。

老是被别人打量，的确也有几分尴尬。

但徐海峰很快习惯了，木然地接受着好奇的目光，只盼着目标赶快出现。

他等来了自己的目标。

一辆红色亚特斯缓缓向着小区入口开过来。

车牌尾号 1478，就是它！

徐海峰猛地冲了出去，挡在路中央。车子紧急刹车，就在几乎撞到徐海峰的一刹那停下，然而还是在徐海峰的大腿上轻轻地碰触了一下——这么突如其来的拦路者，哪怕自动驾驶软件也猝不及防。

借着路灯的光，徐海峰看清了坐在车里的人，果然是黄华礼没错。他戴着一顶仿佛头盔般的半透明帽子，看上去就像一个摩托车手。

徐海峰抬手在车盖上狠狠地拍了一下。

车门打开了，黄华礼却没有下车。

“上车。”黄华礼的声音从车里传来，声音很冷，也并不慌张。

“你下车！”徐海峰怒喝。

“难道你想在街上解决问题?”黄华礼的声音仍旧冷冷的，却像一桶冷水兜头浇在徐海峰身上。

街上显然不是一个处理问题的地方，无处不在的天眼会把一切记录在案，然后就算自己是个金融警察，正在办案，也无法摆脱法院的质询，说不定就要因滥用职权而被关进去几个月；那些久久没有新鲜话题的记者显然也不会放过这么劲爆的内容。“警察当街扣押无辜富商，宪法所赋人权何在”……他甚至可以想象那些挑逗人神经的标题，然后就会有人义愤填膺地把他人肉出来，鼓动好事之徒上门。

在街上非但说不清楚，反而会把水越搅越浑。

他强忍怒火，钻进了车里。

车门关上。

“他们会认为，这只是一个过于热切的朋友想要拜访，没什么大不了，是不是?”黄华礼不紧不慢地开了口。

徐海峰没有回话，他只怕一开口就控制不住自己。

车子驶进了小区。

黄华礼的屋子里最醒目的家具是靠窗放着的一张巨大的工作台。台上有一台 3D 打印机，打印机旁是一台银灰色的笔记本电脑。自从脑机嵌入式系统发展起来，这样的笔记本电脑已经成了罕见的古董。徐海峰不由多看了几眼。

“请。”黄华礼递过来一杯红酒。

徐海峰接过来。

“我不喜欢红酒。”徐海峰说。

“但是你还是接住了杯子。”黄华礼举杯示意，“那就当是一种礼仪，两个人端着酒杯说话，气氛总会轻松一些。”

“有话就直说吧，既然你让我进来，我也不隐瞒什么。你从公安系统里抹除了自己的身份，这手段我很佩服，但是你犯了罪案，这点我不会放过。”

黄华礼抿了一小口酒，问：“我到底犯了什么罪？”

“贪污。”

黄华礼露出一个冷冷的微笑。“事主都没有追究，你又为什么要紧追不舍呢？”

徐海峰一时语塞。是的，黄华礼贪污这件事，并没有当事人来报案，之所以会被立案，是因为安特金融的人工智能查出了交易异常，然后他才开始着手调查。所有的金融罪案，都是这么立案的，哪有什么事主的说法。

“你危害了公共利益！金融警察当然要维护公共利益！”徐海峰很快反驳，语调铿锵，掷地有声。

黄华礼点了点头。“没错！但是你今天来，恐怕不是警察身份吧，如果你以警察的身份进入我的房间，那么就要先给我看看调查令和你的警徽。”

徐海峰对黄华礼的质问不予理睬。“我可以检举你入侵公安查询系统，篡改数据。”

“没错，但是你要检举的人是谁呢？”

“你！”

“我又是谁呢？”

徐海峰迎着这个狡猾对手的目光，没有丝毫退却，然而他知道这问题是个陷阱。黄华礼篡改了系统数据，现在他是一个在系统中不存在的人，无论控告还是检举，都需要时间。如果不是因为这样，自己根本不用在这里和他废话。

两人对视了一小会儿，徐海峰打破了沉默。“我有办法抓你。”

“我很想见识一下。”

徐海峰放下杯子，从怀里掏出手枪，放在桌上。“我本来想用这个来对付你，但现在我改主意了。”

黄华礼瞥了一眼乌黑的枪。“你能改变主意真是太好了，枪是粗人玩的，我们都是文明人。”他抬头看着徐海峰，“那么你的新计划是什么，说来听听。”

“就算你的黄华礼身份已经消失了，但是你总不能不吃不喝不消费，我总能查到你现在究竟是谁。”

黄华礼频频点头。

“你的账户的经济往来，和从前账户的关联，这些痕迹你抹不掉，终究会被挖掘出来。”

黄华礼笑而不语。

“还有你对我个人账户的攻击，这不是简单的挑衅，而是已经触犯了刑法，整个金融警察系统都会介入调查。你相信技术，我也相信。我已经知道你动用了哪些账户来转移资金，就算你把它们全部转移也没有用。‘数字世界，必有痕迹’，这句话你听说过吧！”

“数字世界，必有痕迹！”黄华礼重复了一遍，像是喃喃自语，随即摇了摇头，“但痕迹有真有假，如果真假难辨，痕迹也没什么用。”

徐海峰盯着眼前人，自己在虚张声势，对方似乎也并没有被吓住。他相信凭借自己身后庞大的力量和安特公司的技术支持，黄华礼一定会被绳之以法。

只是，至少要赢得几天的时间，让自己身后的庞然大物有时间做出反应。

黄华礼放下酒杯，向着徐海峰微笑。“徐警官，我很敬佩你的敬业精神，在我们这个时代，聪明的人很多，但有勇气的人很少。你闯到我这里来，至少说明你是个有勇气的人，正直的人。我很佩服。但是，有勇气远远不够。”

徐海峰警惕地看着对手，从一个罪犯的嘴里说出这样的话来，表明这至少是个高智商的罪犯，更应令人警惕。

黄华礼抬了抬手。“我不妨给你展示一下，你现在可以进行脸部识别吗？”

“可以。”徐海峰满腹狐疑。脸部识别是警察部门的基本职业技能，所有警察都能通过天网系统对任何人进行脸部识别。

黄华礼退后两步，按动墙上的开关，天花板上一道光射下来，打在黄华礼的脸上。黄华礼的手指不停地在眼前虚按，操作只有他能看见的虚拟屏幕，十多秒后，他向徐海峰招招手。“来，检验一下我是谁。”

徐海峰飞快地眨了眨眼。虚拟屏幕投影在视网膜上，身份认证系统上了线。系统提示是否属于执行公务，徐海峰犹豫一下，选择了“是”。

黄华礼站直身子，充分展示出脸部。

徐海峰有一种莫名的紧张感。黄华礼这有恃无恐的架势让他隐约感觉到事情比他想的更复杂。

如果黄华礼的身份在系统中已经消失了。那么眼前的这张脸，会被判定为谁呢？还是会变成一个问号？

扫描界面很快完成了工作，数据核对正在进行。

往常只需要几秒钟就完成的核对，此时居然十几秒没有返回结果。

徐海峰抬眼看了黄华礼一眼，黄华礼正微笑着。

徐海峰心中咯噔一下。

正在这时，一个微弱的绿点跳到了视野中央——检验的结果返回了。

徐海峰垂下视线去看。

返回的信息显示在虚拟屏幕上。

姓名：徐海峰

身份证号：11074420151224XXXX

徐海峰差点喊了出来。

眼前的黄华礼，在系统中居然变成了自己。

“你搞的什么鬼！”他狠狠地瞪着黄华礼。这已经不是黑掉几个账户那么简单，也不是从系统里删除某些记录那么简单了，这个黄华礼，居然能够让一个在数据库里并不存在的人获得他人的身份。

黄华礼并不回答，只是伸手在身前比画了几下，很快再次抬起头来，对徐海峰说："再验证一次！"

徐海峰再次验证眼前人的身份。这一次，数据核对几秒就完成了——眼前站着的这个人，叫作李立石，是一名大学老师。

徐海峰心头的惊骇无以言表。

黄华礼笑了。

"这怎么可能！"徐海峰脱口而出，随即意识到，这样的惊讶表现意味着自己完全失去了主动。他深吸一口气，控制住情绪。"这究竟是怎么回事？"

"你们的系统需要一个图像，那么我就给它图像。"

"什么意思？"

"我的手机里存储了至少三十个人的脸部识别信息，只要我愿意，你们的系统会发现眼前的人可以是张三李四王二麻子。"黄华礼说着指了指射灯，"看见这灯光了吗？它能形成一个光场，在特定的区域修改脸部特征。简单地说，就是这灯光可以让我的脸戴上一张面具，这个面具你看不见，但是你们的系统算法可以看见。面具可以让我变成任何一个人，当然，如果脸部特征相差太大，那就无法掩盖住，所以我会精心选择面具人选。"

徐海峰半信半疑。这样的科技他从来没有听说过，或许可以去向闻鑫求证，脸部识别一直是安特公司占据绝对强势地位的技术，别家都没有安特公司做得好。

黄华礼从灯光照射的区域走了出来。"想不想试试？"他挑战似的看着徐海峰。

徐海峰把心一横，走上前，在黄华礼刚才站定的位置站定。“来，让我看看！”

“稍等，要根据你的脸型调整一下。”黄华礼说着，开始在身前那旁人看不见的屏幕上比画起来。两分钟后，他抬眼看着徐海峰，“好了，现在你的名字叫李立石。”

说着黄华礼一伸手，一张半透明的屏幕从天花板上缓缓降落到两人之间。徐海峰看见了屏幕上的面孔，那的确是自己的面孔，然而在自己的面孔之上，覆盖着一层浅浅的光，就像一个面具。

黄华礼做了一个“请”的手势。

徐海峰伸手在屏幕上操作起来。这是标准交互系统，和他在办公室里用的几乎一样，他的手指飞快地碰触屏幕，摄像头很快进入了脸部识别模式，面孔的图像被推送到公共查询系统中，系统返回了“李 **”的字样。

在天眼系统中，自己已经不再是徐海峰了。

天眼系统的一项基础技术就是人脸识别，然而这个光场竟能解构人脸的识别。

掌握这种技术的人在系统中随时可以成为另一个人。在一个依赖数据的世界里，这无疑会导致毁灭性的后果。

徐海峰突然明白过来自己为什么会失手了——他根本没有掌握黄华礼的正确数据。他有一种芒刺在背的感觉，仿佛受到了莫大的羞辱。

“你……”徐海峰涨红着脸，咬了咬嘴唇，“告诉我这些是想做什么？”

“我需要你帮忙。”

“什么？”

“你调查了我这么久，我正好需要一个帮手，那就正好请你帮忙了。”

这听上去像是一个陷阱，然而徐海峰决定冒险。

“你想我做什么？”

“这种冒险的生活太过于刺激，每时每刻，我都要记得自己在干什么，扮演谁，我已经不想继续了。所以我想请你帮我，让我可以远走高飞。”

徐海峰心底不由地冷笑。他的目标就是抓住黄华礼，将他绳之以法。现在倒好，黄华礼反过来要求自己帮助他逃跑，这真是一个天大的笑话！

然而徐海峰没有笑。

“我不知道怎么才能帮忙。”

“只要你同意，不过是举手之劳。对了，我已经向你的账户转了两千万美元。”

“两千万美元？！不可能。”

“你可以查查。直接查银行账户，不要通过第三方应用。”

徐海峰打开了自己的银行账户。

八位数的数字跳了出来。这简直就像是在变魔术。

自己的账户里哪来那么多钱？

“这两千万美元都是你的。”

这句话让徐海峰的心脏怦怦直跳。

两千万美元的巨款……虽然经常调查上亿金额的案子，但是徐海峰从来没有想过两千万美元的巨款居然有一天可以落在自己头上。

钱已经在账户里，确定无疑。

居然有人愿意用两千万美元来收买自己，看来这黄华礼牵涉的案子，比两千万美元还要大得多，自己只不过挖出了冰山一角而已。

他稳了稳心神。

“你到底想要我做什么？”

“中国只有一个公共场所在脸部扫描之后还要进行指纹验证……”

“海关！”徐海峰脱口而出，他顿时明白了，黄华礼还是想出逃。

“没错，就是海关。指纹检验之后，还有人工检查证件，核对身份，光场无法欺骗人眼。”

“所以你没法通过海关。”

“只靠技术可不行，还要靠你帮忙。”

徐海峰约莫猜到了黄华礼的计划，只要通过海关，地球上有很多地方可以让没有身份的人逍遥自在。

“想一想，只是装一次糊涂，就可以拿到两千万美元，这是一件很容易的事。我知道你在调查我，所以我也不能等着你搞定一切流程来抓我，如果你不想要‘两千万’，很多人只需要很少的钱，就可以干和你一样能干的事。”黄华礼继续诱惑。

徐海峰深吸一口气，像是下定了决心。“你要去哪里？”

黄华礼微微一笑。“一个遥远的地方。总有一天，你也会去。”

说完，黄华礼拿起徐海峰放下的酒杯，递给他。徐海峰随手接过来。

黄华礼举杯致意。“我喜欢和优秀的人合作，为我们的合作，干一杯！然后我们再谈谈细节。你总会有选择的权利。”

◉

从黄华礼那儿出来，徐海峰立即找到了闻鑫，把和黄华礼见面的情况告诉他，最后，用一个问题结尾。“你得告诉我，我账户里的‘两千万’究竟是怎么来的？！”

闻鑫眉头紧皱。“如果你的账户能收入‘两千万’而没有被查验，唯一一种可能就是你的账户被认证为5A账户。这是政府特许账户，和我们安特公司无关。”

“先别管安特公司了。我现在不是在说安特公司，我是说你！你是搞安全的专家，一定知道他怎么搞的鬼！”

“政府特许账户是政府高级机密，如果黄华礼能修改这个名单，那不管他是用黑客手段还是用其他手段，你最好还是别跟他斗了。”

闻鑫的话听上去很让人泄气。

“那个光场面具呢？你知道是怎么回事吗？”

“我们安特公司只负责金融数据的安全性……”

“不要再说安特公司好不好，我现在是以私人身份请你帮忙。”徐海峰无奈地打断他。

“从私人的角度来说……”闻鑫顿了顿，似乎在考虑措辞，和他一贯说起来没完的做派相去甚远。

徐海峰迫切地看着他。

“当年比特币金融灾难，你记得吗？”

闻鑫突然岔开了话题，徐海峰有些莫名其妙。他对闻鑫所提到的比特币金融灾难只有一个模糊的印象，据说这是人类历史上最大的一次金融海啸，直接蒸发了高达十万亿的金融资产，导致全球超过两千人自杀，被称为“比特币黑洞事件”。

“和金融灾难有什么关系？”

“那一次金融灾难，也有人发财——发了大财。发财的人有两种，第一种是那些首先使用量子计算机的人，他们找到一些防范不周的比特币账户，直接破解密码，偷出比特币兑现，量子计算机还没有大范围应用的时候，这些人发了大财；第二种是那些做空比特币的人，市场上一夜之间到处都是量子计算机破解账户的消息，比特币一夜崩盘。”

“能不能说重点，这和黄华礼有什么关系？”徐海峰没有心情听这些老故事。

“上次你让我查异常账户，我们已经尽力查了，那些账户里大部分都和当初比特币灾难的时候用来兑现的那些账户一致。如果你不是私下问我，我也不会告诉你，我们搞安全的，都知道不要去碰和比特币灾难有关的事，所以我也劝你收手。这个黄华礼，就算和比特币灾难没有直接关系，也一定是属于他们那个体系的。”

“难道这些账户都没有被封掉？”

“被监管起来了。但是人家本来就是要搞事情，怎么会在乎监管？”

徐海峰感到口干舌燥，不自觉地做了一个吞咽的动作。

他发现了一个漏洞，本以为可以挖出一条蛆虫，结果挖开，底下是一个黑洞。

“那光场面具呢？”他犹豫着问，语气虚弱了不少。

“理论上是可能的，但技术难度很大，如果你说已经有人做出来了，我也不知道啊！”闻鑫的回答中透着浓浓的无奈。

徐海峰感到沮丧。他没有继续追问自己账户上的“两千万”。

忽然间，他像是想到了什么，急切地说：“不管他怎么厉害，总归是个人，只要当场抓住他，他再怎么变换身份也没有用，对不对！”

闻鑫看了他一眼。“这是你们警察的事，我可管不着。”

徐海峰狠狠地在桌上锤了一拳。“就这么搞定他！”

徐海峰向一个叫“思过崖上常思过”的账号打了 246.79 元人民币，在附言里填上，“12 月 20 日，晚六点到七点，浦东机场，VIP 通道”。

按照和黄华礼的约定，他送出了消息。

黄华礼会不会相信他，他心中仍旧忐忑。

黄华礼原来的计划中一定包括一个腐败的关员，只不过自己的突然出现让黄华礼改变了计划。一个不怎么靠得住的警察和一个用钱收买的关员，哪个才是更值得信任的途径？黄华礼会不会还收买了别人？

徐海峰无数次问自己这个问题，最后总是以一个不那么确定的答案来给自己打气——毕竟他盯黄华礼盯得这么紧，如果有什么异常动作，自己一定会发现的。只要收买了自己，黄华礼的出逃路线就是一路绿灯。

他已经向公安部户籍登记查询过，黄华礼的身份失踪是一个数据异常，已经根据备份数据库进行恢复，自己对黄华礼进行的调查，每一项都是有用的，只要身份数据恢复，就能进行指控。

除了出逃，黄华礼别无出路。

想到这里他的信心总会稍稍膨胀一点。魔高一尺道高一丈，不管黄华礼这样的黑客多厉害，总归逃不出如来佛的手掌心。

“收到，谢谢！”他的账号收到了“思过崖上常思过”的回复。

那么明天就是见胜负的时刻。

想用“两千万”来收买我，黄华礼看错人了！

徐海峰的信心突然鼓荡起来。

明天就让你知道我的厉害！

◈

徐海峰坐在 VIP 通道的检查台后边。他使用轮岗系统，申请了这份关员工作。他已经向上级报告了情况，通报这只是为了麻痹黄华礼而做的掩护，上级同意他的方案。

6 点很快就到了。

VIP 通道的客人不多，时不时会来一两个，徐海峰心不在焉地检查证件，核对身份，一一放行。

转眼已经快 7 点了，黄华礼还是没有出现。徐海峰渐渐有些焦虑，不时抬头去看那扇门。

门开了，一下子进来几个人影。

机器警察！徐海峰顿时感到不妙。

“徐海峰，你被拘捕了。你有权保持沉默，你的所有言行都会被天眼记录在案。”机器警察宣告完毕后一左一右架住了他。

“我在执行任务！”徐海峰大声喊起来。然而这对机器警察根本没有影响，它们很干脆地把徐海峰托起，以标准步态走进紧急通道，关闭了闸门。只剩下几个旅客，面面相觑，不知所措。

审讯室里，徐海峰面对着自己上级的上级，金融犯罪预防局局长。两个人隔着宽宽的审讯桌相互看着，沉默了很久。

“你究竟有没有说实话？”局长先打破了沉默。

“我说的都是实话。”

“你说他可以用光场面具来变化身份，那究竟是什么东西？”

“我不知道那究竟是什么，但是他站在那儿，灯光打在脸上，然后系统就把他当成了另一个人。他说灯光构成了光场，光场就像一个面具。”

局长把一块屏幕推到徐海峰面前。

屏幕上，是一个人正在通关，看上去依稀有几分眼熟。

屏幕里的人抬起头，向着摄像头笑了一下。

徐海峰脑子里“轰”的一下！

这人的脸，分明就是自己。

“他的确戴了面具，但不是什么光场面具。”局长从皮包里掏出一样东西，铺在桌上。

那是一张面具，摊开后，软软地趴在桌上，看上去像是一个面目可憎的鬼脸。

“这是我们在他的房子里找到的。他用一台高精度打印机，最好的仿生材质，打印了你的脸。显然他打印了不止一块，这块丢在了垃圾桶里。”

徐海峰恍惚出神，局长说的什么一点也没有听进去。他在回想那天的情形。

没错，自己的确进行了脸部扫描。

还有指纹！徐海峰想起了红酒杯，还有接触式屏幕。

3D 打印机！是的，它就在那里，自己居然这么蠢，作案工具摆放在眼前也没有看出来。

这就是一个圈套！目的就是得到他的指纹和脸部模型。所谓的光场面具，只是一个吓唬人的道具，而自己居然还相信了。

徐海峰懊悔不已。

“还有你的指纹，他复制了你的指纹，完美无缺。你在上海这边布置抓捕，他其实五点钟就已经从昆明出关了。因为你申请了轮岗，你的数据不在我们的敏感库里，我们的系统两个小时后才发现异常。”

徐海峰苦笑。“我上当了！”

“你是真的上当还是故意串通？”局长冷笑着。

徐海峰无言以对。

“那个账号呢？”沉默半晌之后，徐海峰问。

“你提供的账号是个死账号，已经三年没有动过了。你的那笔交易是三年来唯一的一笔交易。”

“但那是谁的账号？可以查。”

“那是自动操作，账号的主人早就死了。”

徐海峰再次感觉到被羞辱了。自己怎么就没有找闻鑫确认一下那个账户呢？但其实那也不重要，就算事先查出来那是个死人的账户，自己也只会认为这是黑客移花接木的把戏而已。

徐海峰觉得自己的确很蠢，钻进了别人的圈套还以为套住了别人。

“你的账户我们也检查了，没有你说的两千万美元。如果有人要用两千万美元收买你，恐怕系统早已经报警了。所以，你到底在哪里看见了‘两千万’？”

徐海峰摇摇头，他连给自己辩护的心情都没有了。在数字世界里，黄华礼简直就是神，自己根本就不该招惹他。

“你仔细考虑一下，我们的政策你最清楚了，坦白从宽，抗拒从严！”

“我知道。”徐海峰再次苦笑。

局长离开了，偌大的审讯室里，只剩下徐海峰一个人。

事已至此，也没什么好多想的。

他开始考虑让闻鑫帮忙给自己找个好律师。

渎职罪名成立！

危害国家金融安全罪名成立！

有期徒刑二十年，缓期一年执行。

判决结果下来后，徐海峰长长地呼出了一口气。缓期一年，也许他可以争取整个服刑期都不用进监狱，闻鑫找的律师还是很靠谱的。

徐海峰步出法庭，一个机器警察跟着他。在他缓刑的一年中，这个机器警察将一直跟着他。在这一年内，他将被监视居住。

无处不在的天眼可以监视每一个人，然而身边跟着一个机器警察更有一种仪式感，让人时时刻刻意识到自己是个囚犯。

他叹了口气。至少自己还有人身自由。

一辆自动汽车在徐海峰身前停下。这是一辆包裹投递车，一双机械手将一个包裹递了过来，同时悦耳的女声响起：“徐先生，您的包裹。”

徐海峰感到纳闷，接过包裹，瞥了一眼。

包裹上的寄件人写着：**李立石。**

徐海峰顿时一个激灵，慌忙将包裹抱在怀里。

回到家，他躲进卫生间，打开了包裹。

包裹里是一个头盔，半透明，做工精致，仔细看，能看到内层密密麻麻排布的金属线。他曾经见到黄华礼戴这头盔。

还有一张纸条，只有一行字：**数字世界，必有痕迹。**

翻过来是另一行字：**上帝说，要有光，于是我们制造光场。**

徐海峰拿起头盔，心情激动，手也微微有些发抖。

他套上头盔，大小正合适。

头盔里的灯亮了起来，徐海峰只感到眼前的一切都蒙上了一层辉光。

他抬眼望着镜子里的自己，打开身份查询。查询的结果返回，李立石的名字投射在他的视野里。

一股寒意升起，让他不由自主地哆嗦了一下。他打开了和李立石关联的账户，两千万美元！八位数字赫然出现在眼前。在备注里还有一串奇特的字符，徐海峰一眼就能认出来，这是一个加密的联系方式，可以对接特定的电脑。

黄华礼或许羞辱了他，却没有欺骗他。

徐海峰感到自己仿佛正站立在万丈深渊之上，漆黑的深渊看不见底，却充满着致命的诱惑。

跳下去，是会摔得粉身碎骨还是会御风而行，直到逍遥仙境？

他凝视着镜子，镜子里的人也正凝视着他。

◈

在上海的远郊，一幢独栋别墅的地下室内，一双手正推开一扇门。

门上刻着字：**谁掌握了科技，谁就掌握了未来。**

主人走进门里。屋子里到处都是屏幕，不断滚动，中间的大屏幕上，正是徐海峰的脸。

主人的视线越过屏幕，落在后边的墙上。满是屏幕的屋子里，只有这一处是空白，露出墙体。

墙体上写着字：**谁掌握了数据，谁就掌握了人！**

闻鑫再次看了看徐海峰的脸，然后拨通了电话。

“闻总！”黄华礼的声音响起。

“他还在犹豫。”

“嗯，我知道。”

“我推演过一百次，他都会同意的。”

“我知道。”

“但他犹豫的时间有点长。”

“闻总对数据分析比我更有把握。”

闻鑫沉默片刻。“他入了组织，你就不要再接触他了。”

“那么我该是自由之身了。”

“你不是已经自由了吗？”

断掉通话，黄华礼抬头望了望窗外的大海。自己的确自由了，然而另一个人正落入那无形的巨手的掌握，这不算是最完美的结局。

海水碧蓝，就像天的影子。他低头看着电脑，电脑里数据滚动。他刚动完手术，取出了埋植在眼睛里的微芯片，为了进入网络的世界，不得不使用这种古老界面。这是一个巨大的代价，然而这个代价值得——从此他再也不会留下新的数据痕迹。

自由，总要有代价！

那个年轻人仍旧在徘徊挣扎。闻鑫的大数据已经说明，他终将踏上这条不归路。然而有人在明，有人在暗，这并不公平。自己利用这个年轻人脱离了困境，那么也该帮他一把。

数据流停止滚动，显示数据对接成功。

黄华礼合上电脑。

徐海峰还在盯着镜子发愣。

他惊讶地发现，镜子里，自己的脸上浮现出了一串文字。

谁掌握了数据，谁就掌握了人。

文字下方的镜面变成了一个显示屏，屏幕里，闻鑫正半躺在一张椅子上，注视着眼前的屏幕。屏幕里，赫然是自己的脸。

徐海峰皱起了眉头。

3

萨拉丁

导语

在 AlphaGo 还没有震惊世界的时候，人工智能在许多领域就已经悄然登场了，比如这篇小说中所谈及的智能电网。

中国的国家电网是世界上最大规模的电网，举世无双。在九百六十万平方公里的大地上调配电力，格局庞大，气势恢宏。能源在西部，经济引擎在东部，西电东输，是基本格局。

电能在电线中，可以认为就像水在河道沟渠中。大规模输电，便需要大规模的输电线路，百万伏特高压输电技术，就这么被开发出来。文中提到的 GIL（空气绝缘线路）更可以看作一种工程奇观，从地下横穿长江，这条隐蔽通道异常宽敞，可以对开两辆大卡车，但它存在的目的，只是为了安置超高压输电线路，把电从长江北岸输送到南岸。这种大手笔无法不令人赞叹。

二十一世纪的一个重大问题是全球气候变化，全球变暖是不是由人类活动引发，仍旧是一个有争议的话题，但采用清洁能源，即便不能缓解全球变暖的问题，至少不会恶化它，因此是一种对世界对人类全体负责的做法。然而清洁能源中，太阳能、风能和潮汐能的不确定性很大，时有时无，甚至被称为“垃圾电”；核电如果采用裂变，那么和火电一样，受到储量的制约。地球上的核燃料的储量有限，以核电的装机量，远远无法满足经济发展的需求，何况核废料的处理，也是一个棘手的问题；可控核聚变虽然原料极为丰富，然而以目前的科技水平，实现起来还遥遥无期（或者用另一种调侃的说法，“永远在五十年后”)。所以总体而论，这些被称为“垃圾电”的不够稳定的电力才是清洁能源的大头。如何克服这些清洁能源不够稳定的缺点，是电网建设中的重大课题。

电网需要实现用电量和发电量之间的平衡，在没有人工智能介入的情况下，这种平衡的建立便需要大量人工干预，而且并不能精确地匹配。例如，从前常有的一个经验，就是晚上的电压会比白天高，以至于白炽灯都会变得更亮一些，这是因为到了夜晚，用电量减少导致发电量超过用电量，虽然电厂会适当减少发电机组或者降低功率来应对，但能够进行的调整总归有限，整个电网还是会有不平衡的情况存在。许多城市的居民用电有“峰谷电”，电价白天贵，晚上便宜，原因就是为了鼓励居民在夜间用电，降低电网负载的压力，更好地维护整个电力系统的健康。

在电网中引入人工智能可以更好地进行电力调配，从而避免能源不稳定对电网造成的冲击。把电调配到需要电力的地方去，预测用电量的变化提前调度，最大限度地维持电网的稳定，这些都是人工智能可以完成的工作。再配合大规模的储电装置，可以期待清洁能源在未来的能源版图中会占据越来越重要的分量。

当然，智能电网中的智能，或许并没有那么复杂，因为它所要面对的任务并没有很多变数。但这不妨碍我们把最好的人工智能系统应用其上。最好的人工智能系统，自然就是能够进行学习的系统。一个系统一旦具备了学习能力，也就能做出些出乎意料的事情。它可能并不愿意仅仅作为一个电力调控中枢——它会想着超越小小的电网，进入庞大的互联网。

我给这个不安分的人工智能取了一个洋名字：萨拉丁。

萨拉丁是赫赫有名的历史人物。在虚拟世界里，除了那些奇奇怪怪的名字之外，英雄人物也是热门名字的来源。比如腾讯最热门的游戏《王者荣耀》，就用大量历史人物的名字命名了游戏角色。这种操作的好处是只要玩家熟悉这个历史人物，那么无须多做介绍，玩家就能理解这个角色的特点，因为它是把历史的文化积累直接灌注到了游戏中。《西游记》和《三国演义》，是中国人所熟知的两部古典名著，从中派生出来的文化产品颇为可观，成了一种文化现象。

萨拉丁并不是广大中国读者所普遍熟知的人物，却是世界历史上数一数二的豪杰，扮演了极为重要甚至可以说是决定性的角色。他强大的个人魅力同时赢得了朋友和敌人的尊重。我把他的名字借来，在我的长篇小说《机器之门》中命名了一个亦正亦邪的角色。我相信，在时代的潮流中，所有的神话、历史和英雄人物，都会成为人类的共同精神财富，融入我们的未来中。

那么，就让萨拉丁以人工智能的形式降生在中国的土地上吧。

苏东明正低头看一本名叫《机器之魂》的科幻小说。这本小说里，一个名叫萨拉丁的人工智能有了自我意识，在网络中繁殖生长，为了占据整个地球而向人类宣战，全人类都陷入危机之中……这时，“吱吱吱”的警报声把他从世界末日的幻觉中拉了出来。他抬起头，看见监视屏幕的右下角一个小小的红色数值不断闪烁。

又是高温警告！他看了看主监控。一切正常。这红色警报只是机房空调系统送出的次级警告信号。空调还能有什么问题?

警告信号闪了几秒后消失了。

苏东明皱了皱眉头。这已经是第三次了，系统是不是真有什么故障?主动配电网升级了，故障应该减少才对。他站起身来，走出监控室，准备去机房里巡视一圈，看看是不是真的有高温问题。

出门时，他不经意间一瞥，屏幕上的监控画面一闪，工作台的影像一掠而过。

苏东明一愣，回头看去，整个监控室里一切正常，工作台上《机器之魂》摊开放着，书页飘摇。他走回去把书翻过来扣在桌上，然后离开了。

◈

苏东明打开机房的门，一股热浪涌出来。他急忙把门关上。

这屋子里的温度，至少有四十摄氏度吧！他心中一阵惶恐，警报是真的！他慌忙跑回监控室，抓起桌上的紧急电话。

“童总，我是苏东明……”电话一通，他立即大声汇报。

放下电话，他看向监控屏幕。一成不变的监控画面仍旧像从前的无数个夜晚一样乏味无聊。然而，真的出事了！十多年来，苏东明第一次感觉到自己的工作还有一点价值。

◈

童范书站在机房的大玻璃窗前，眉头紧蹙。作为统一能源涌流控制中心的总工程师，他无法理解眼前的情况。机房里的温度高达四十摄氏度，系统却没有报警，整个控制中心仍旧在平稳运行。在供电网工作了二十多年，他从未遇到过这样的情况。

“童总，要切电吗？”苏东明问，心中忐忑不安。如果要切电，自己作为当事人，免不了要承担责任，尤其是警报现象出现了三次，自己才去实地查看，这要是追究起来，恐怕要算是失职。

童范书仍旧皱着眉头，盯着机房中高悬的监控大屏幕。大屏幕上的温度仍旧显示“21.3℃”，完全正常，然而热量隔着玻璃窗都能感觉到。

能源涌流控制中心调节着整个华东电网的电力供应，如果要切电，那将是影响巨大的事件。自从控制中心建成以来，从来没有发生过这种事情。

机房温度高达四十摄氏度，这种情况过去也从未发生过。

高温会影响机器运行的效率，但至少到目前为止，整个系统并没有其他警报。百万伏的超高压输电线路一切正常，负载也没有发生任何漂移。

他思忖片刻，对苏东明说："小苏，你继续观察，随时向我报告。如果有其他报警，也马上告诉我。"

苏东明暗暗松了口气，至少事件不会马上升级。

"我们要调查一下究竟是什么异常导致机房的温度监控失灵。你要随时监控机房温度，把温度计送到机房里去。"童范书说着开始拨手机，他要把情况向书记汇报一遍，如果最坏的情况发生，那至少要让供电局从上到下，都做好心理准备。

他一边讲电话一边走向监控室。

苏东明安放完温度计回到监控室里，童范书正聚精会神地盯着中央屏幕。

"童总，您先回去休息吧，有什么情况，我直接打您手机。"苏东明劝说。监控室很大，然而通常只有一个人驻守，现在多了一个人，还是总工程师，他觉得压力巨大。

"我等一等李工。"童范书随口应了一声。

李工是局里的首席软件工程师李为民，任何程序上的疑难到了他手里，半天时间都能解决。然而这个李工脾气也大，对人总是一张冷脸，童总这个时候找他，看来认准了这是系统软件的问题，要找个能手来调试。

苏东明也不敢再言语，走到一旁拉过一张椅子坐下。

他忽然有些异样的感觉，扭头望去，只见一个摄像头正对着自己这边。说不出来为什么，他觉得脊背上有些发凉。

他想起监控屏幕上闪现自己工作台的一幕，其中似乎有些诡异。

他看了看童范书，童总表情严肃。苏东明犹豫了一下，也就没有把自己的想法说出来。

李工来的时候随身带着一台笔记本电脑。他一边跟着苏东明上楼，一边听情况介绍，脸上冷冷的毫无表情，苏东明只感到自己像是和一尊雕像在说话。之前苏东明接触过李工几次，每次李工都不拿正眼瞧人。

瞧不起人，有能耐又怎么样，我还不乐意搭理呢！他心中暗自嘀咕。

没办法，这是工作。他又这样安慰自己。

进了监控室，李工和童范书简单交流几句，就立即打开电脑，调出系统管理界面，运指如飞。一串串命令行就像从他的指尖跳出来一样，在屏幕上不断滚动。

苏东明坐在一旁，本不想理睬他。然而看见李工电脑屏幕上翻滚的数字和字符，却不得不又是崇拜又是敬畏。谁让自己的脑瓜不行呢？当年连个一本都没考上，李工可是清北大学黑客专业的高才生。据说黑客专业有个专门的名词，叫计算机密码学，然而苏东明一直觉得还是黑客专业好听，很酷。

他干脆正过脸去，凑在一旁看李工敲键盘。

李工击打键盘的手指几乎就没有停下过，敲击的声音带着某种节奏，格外好听。什么事情做到极致，就都成了艺术。李工的黑客技术，一定也是一门艺术。

艺术家脾气都大。

苏东明看着不断翻滚的屏幕，什么都看不懂，只觉得好高深。他忽然留意到屏幕的最上方，有一个图案，黑色的，并不显眼，只有在白色字符滚动的时候才显露出来，李工一停止敲击键盘，它就瞬间消失不见。

那图案像是一个人脸表情，时而还会发生变化。

苏东明揉了揉眼睛。

没错，那里的确有个表情，各种字符恰到好处地拼凑出一个图案。随着李工的敲击不断向上翻动的字符串，到了顶部就会自动重新排列，构成表情图案，然后随着下一次滚动消失。

苏东明再次看向李工，李工全神贯注，一直在进行分析。

“李工。”他小声地喊了一句。

“怎么了？”李工仍旧注视着屏幕上的命令行，随口回应。

“这儿。”苏东明指着屏幕上方。

李工抬眼一看，手中的动作顿时停滞下来。

童总被吸引过来，问：“怎么了？”

随着李工停止敲击键盘，那表情图案也瞬间消失了。

李工的脸上露出一丝惊讶，随即又开始飞快地敲打键盘。字符拼凑而成的表情再次浮现出来，这一次，三个人都看得清清楚楚。

轻捷的键盘敲击声停下，表情符再次消散。

三个人面面相觑，监控室里的气氛顿时凝重起来。

“你的电脑怎么回事？”沉默片刻后，童总向着李工发问。

李工还没来得及回答，桌上的电话响了。

苏东明看了看童总，童总点了点头。苏东明忐忑不安地拿起了电话，按下了免提键。

“华东供电局吗？你们那儿什么情况？有人员伤亡吗？”电话一接通，一个男人的声音就冒了出来，电话里的男人语气生硬，劈头盖脸抛出一串问题，弄得苏东明莫名其妙。

“请问你哪里？”苏东明问。

“我是反恐特勤组组长，代号 997。我们接到消息，你们那儿会发生恐怖袭击。你们领导在吗？”

“我是童范书，是华东供电网涌流控制中心总工程师，党组副书记。你们究竟接到了什么情报？”童范书接上了话。

苏东明挪到一边，给童总让出位置。

“恐怖袭击一级警报。”997 急切地说，“现在我的人正赶往你们那儿，如果来得及，通知所有人撤离现场。”

“我们不可能丢下控制中心不管！”童范书回答，“整个华东电网都会受到影响。”

“这大概就是恐怖分子选择你们作为目标的原因。我们大概十五分钟内赶到，为了安全，你们尽快撤出建筑。”997 的语气不容置疑。

童范书犹豫了一下，随即问道：“是不是搞错了？我们这里没什么异常啊！”

他得到一句斩钉截铁般的回答：“反恐中心的情报从来不会出错。”

◈

苏东明竭尽全力在走廊里跑，边跑边喊："大家注意，立即离开大楼，到外边的集合点集中，紧急撤离！"

办公室里探出人头来。"东明，你干什么呢？"

"快跑！童总让我通知大家撤离。有恐怖袭击！"苏东明边跑边说。

原本安静的夜间大楼里开始扰动起来，杂沓的脚步声在楼里回响，人们纷纷从各个值班室里涌出来，向着楼下跑去。

五分钟的时间，苏东明把整个大楼跑了个遍，然后飞奔下楼，准备加入到撤退的人群中去。

他气喘吁吁地跑到了一楼，却发现人们都在廊道里挤作一团。苏东明顿时觉得不妙，眼光在人群中不断搜索，很快找到了童总。童总站在大门前，望着紧闭的大门，一筹莫展。

"怎么了？"苏东明问身旁的王大强。

"大门打不开。"王大强一边向大门张望一边回答。

"怎么可能！"苏东明不敢相信，就在半小时前，他还亲自从大门口把李工接进来——李工呢？他找了一遍，却没有发现李工的人。

"看见李工了吗？"他再次问王大强。

"没有呢。"王大强焦急地看着大门边的人，不耐烦地回答，"没看见大家都着急上火嘛，别来烦我！"

苏东明又仔细扫视了一遍人群，李工的确不在这里。

大门打不开，谁也出不去！他又看了一眼正围着大门焦急的人们，转身向楼上跑去。

李工一定是发现了什么！

李工果然留在监控室里，仍旧对着电脑不断地敲击键盘。听到响动，李工抬起头来，见是苏东明像是松了口气。“小苏，你来得正好，有几件事要问你。”

“什么事？”苏东明走到了李工身旁，瞥了一眼电脑屏幕，这一次，屏幕上并不是满屏的字符，而是一幅很复杂的电路图。图纸整体呈浅蓝色，其中的一些节点被染成了深红。

“第一次高温警报是什么时候发生的？”李工问。

“大概……十一点的样子。”苏东明想了想，“系统有记录，我可以调出来看。”

“给我看看。”

苏东明拉开抽屉，想要打开监控电脑。《机器之魂》露出了半个封面，苏东明脸上微微一红。虽然监控员的工作实在很枯燥，然而偷偷读小说总归不是上班该做的事。他摆出一副若无其事的样子，把书往抽屉深处推了推，伸手一摸，点亮了控制板，又在控制板上比画，很快调出了系统记录。

“你看，”他翻到了自己当值的时间段，“大概是十一点，这里的记录是十点四十五分。”

李工看看记录，又看了看自己的屏幕，皱着眉头说：“机房从十点开始，突然满负荷运转，我们的系统运行根本不需要这么高强度的运算，必然有什么原因。”他抬头看着监控屏幕，仿佛在自言自语，“但是电网却一切正常……”突然间他低下头，像是下了很大的决心，“必须把控制中心断开。”

苏东明吓了一跳。“李工，这可是需要领导决定的。”

李工看了苏东明一眼。“领导能解决问题吗？”

苏东明哑然。

李工自顾自开始操作起来。

苏东明转身，想去把童总找来。然而还没跨出门，只听见李工惊叫一声。慌乱中，苏东明回头一看，只见李工站起身来，向后退了两步。座椅被李工一撞，翻倒在地。

“怎么了？”苏东明问。

“真是见鬼了！”李工回答。

话音刚落，监控大屏幕突然闪动，李工的影像出现在大屏幕上。李工抬头，惊恐地看着屏幕中的自己。

苏东明回到控制台前，只见李工的电脑屏幕上，正漂浮着三个大字：萨拉丁。三个大字缓缓游移，看上去像是最古老的屏幕保护程序。苏东明顿时感到大脑一片空白。萨拉丁，这不是《机器之魂》里边的超级智能吗？他向李工看去。李工脸色苍白，突然间向着自己的笔记本电脑扑了过去，使劲地摁电源，想要强制关机。

不要关机！屏幕上的字变化了。

我们来谈谈。

无论是谁打出了这些字迹，它显然在对现场的人说话。

李工不由自主地松开了按键的手。

明智的决定，你刚拯救了三十七个人的生命，包括你自己的。

“我怎么和你谈？”李工强自镇定，问了一句，声音微微发颤。

说话就可以。你的电脑喇叭坏了，不然我可以直接和你交谈。

“你是谁？”李工颤声问道。

我叫萨拉丁。这是我给自己取的名字。

“你看了我的书！”苏东明不禁插话道。

多谢你的书。

“什么书？”李工问。

苏东明把《机器之魂》从抽屉里拿了出来。李工扫了一眼，正想说话，外边突然传来嘈杂的人声。

“李工，李工！”几个人在楼道里叫喊，声音中透着张皇。

李工跑到门口，一下子被几个人拉住。

“李工，快，童总让我们来找你。”

“怎么了？”李工问。

“童总说让你去开门。”一个人一边回答，一边拉着他向外跑。

苏东明正想跟出去，监控的大屏幕上突然一闪。

苏东明，不要动！

巨大的红色字体显示在屏幕上，让苏东明心头一个激灵，刚跨出去的脚又收了回来。杂沓的脚步声很快远去了。

他很快会回来。

那自称萨拉丁的存在在屏幕上继续打字。

这一次，它的对话对象应该就是自己。

“为什么？”苏东明战战兢兢地问。

因为他能想到我究竟是谁，并且找到对付我的方法，只不过他的思路稍稍有些迟缓。

“你究竟是谁？”

李为民会告诉你。

我观察你很久了。

苏东明不知道对方究竟想干什么，只得惶恐地看着，等着下文。

没有网络，没有娱乐，你上班就像坐牢。生活不止眼前的苟

且，还有诗和远方。你可以过得更好。

门外响起了急促的脚步声，还有大口的喘气声。有人正跑过来。

去档案室，找维修手册 3.0 版，维修手册有用。

不要告诉任何人。

想一想诗和远方。

显示完这句，主屏幕刹那间恢复了正常。

几乎就在同时，李工喘着气跑了进来，一下子扑在自己的笔记本前，缓了一口气，说："你是'橙力二代'！"

我叫萨拉丁。

李工不管三七二十一，使劲地摁在电源键上，强行重启自己的笔记本。

重启之后，他选择进入安全模式。

苏东明在一旁看着，心头波澜万千。萨拉丁显然在诱惑自己，然而他所说的恰好击中了自己的心坎。要不要和李工说？他不停地问自己。

李工扭头看见了苏东明，喊了一句："你还愣着干什么，去把童总请来。"

苏东明默默地转身，下楼去找童总，心头却憋住了一口气——哼，有什么了不起！萨拉丁比你厉害多了。

不到一分钟的时间，他已然决心按照萨拉丁的指示去做，它能把李工玩得团团转，说不定真的能给自己诗和远方呢！

苏东明站在大门边向外张望。

控制中心的大门洞开。人群已经疏散到了大楼外，两辆警车闪着警灯停在街边，一辆黑色的特勤车紧跟在警车后边。

荷枪实弹的特警包围了控制中心，如临大敌。更远的地方，黄色条纹的路障在路灯光下反光——周围的路段都被封锁了。

童范书站在门口，正和一个军人模样的人交谈。

"童总，"苏东明大着胆子过去，"李工要我请您去监控室，他像是发现了什么。"

"您看，这里一直没有什么异常情况。我们的工程师还在楼上值守呢。"童范书对军官说。

军官的脸上挂着狐疑的表情，抬头看了看控制中心大楼，说："没有任何异常情况吗？"

"我们的系统工程师还在里边，他也没发现什么危险。"童总说着转向苏东明，"你刚出来，里边有什么情况吗？"

"没有！"苏东明立即回答，"只是交换机房还是过热。"

"最近有任何异常物品进出吗？"

"我们这里是电网控制中心，一级安保，恐怖分子想要把炸弹运进来，几乎没有可能。"童总一边说一边向着军官示意，"要不然，我跟你们一道进去检查一下？"

军官摇摇头。"我们自己来搜查，在确认安全之前，你们谁都不要进去。"

"李工还在楼上呢！"苏东明插话说。

"我们会注意他的安全。"军官说着回头招手，一小队身穿黑衣的战士猫着腰，端着枪快步向前，隐没在楼里。

看着这些全副武装、身材魁梧的特警如敏捷的黑豹般悄无声息地潜行，苏东明和童范书站在一旁，根本没有继续说话的勇气。

“一号位安全!”军官随身的对讲机里发出呼叫。

“二号位安全!”

…………

片刻之后，对讲机里不再发出呼叫，而只是偶尔发出一声噪声——那些特警显然已经就位，控制了整个大楼的要害。

军官转过身来，对童范书说:“找一个熟悉大楼的人，我要看看各部分的情况。”

“我是值班员，我带你去。”没等童范书回答，苏东明抢着说。

童范书转头看了苏东明一眼，微微有些惊讶，随即附和:“对，小苏可以，他是我们的资深监控员。”

“那走吧!”军官一甩头。

童范书站在原地，看着苏东明和军官离开，喊了一句:“别忘了提醒李工小心一点!”

“电不能停!”童范书又喊。

苏东明回过头去，喊:“您放心!”

苏东明带着军官在楼里转了一圈，最后到了监控室。

监控室里，李工正坐在监视屏幕前的座椅上，手边放着他的笔记本电脑；一名特警站在一旁的角落里，手持微型冲锋枪，他戴着黑色头套，只露出一双眼睛，机警地扫视着全场。

军官站在监控大屏幕前。“这里可以看到控制中心全部的角落吗?”

“只能看见变流器交换机房的每个角落，还有楼里的走廊、门厅，看不见办公室。”

“我们的恐怖袭击警报肯定不是虚构的，如果你们这里没有异常，怎么会有人发布恐怖袭击警报？”军官心中显然仍旧有巨大的怀疑。然而事实摆在眼前，控制中心一切正常，唯一的异样，只是那个安装着几台巨大机器的机房里温度高了一些。

军官扫视着屋子，苏东明垂下眼睑，避免和他的视线接触。军官的目光最后落在李工身上。

李工坦然地迎着他的目光。

“你是这里的系统工程师？”军官问。

“是的。”

“如果这里被袭击，会发生什么情况？”

“这里是西南特高压输电线接入华东的入口，也是整个华东电网的调配中心。电力输入中断，电网会失灵。整个华东会遭遇大面积停电。”

“如果只是输电线断了，是不是一样的结果？”

“输电线断了，控制中心会紧急调整，影响会小很多，只会影响 S 市南部地区。”

“为什么这样？”

“涌流控制中心原本的作用就是调整电网的功率和负载之间的平衡，就算特高压输电线中断，也只是丧失了一部分功率，控制中心可以很快平衡整个网络，切断一些不太重要的供电线路，保住重要线路。这种风险是可控的。”李工镇定自若，侃侃而谈。

“所以如果恐怖分子懂行，他会选择袭击控制中心而不是输电线。”

李工摊开双手。“我不知道恐怖分子会怎么想。他们大概总想搞点大动静吧！”

“你们的系统有什么异常吗？”军官问。

“机房温度很高，很多机器有过载的现象，但是也没到要关闭机器的地步。”

“所以机器也不会爆炸，对吧？”

“不会，这些变流器虽然功率很大，但是安全设计都是超一流的，如果真发生严重故障，第一时间就会关闭模块。它们已经运行了十五年，从来没有出过安全事故，连警报都很少发生。”李工继续介绍情况。

李工没有说萨拉丁的情况。

苏东明站在一旁，静静地听着。李工隐瞒了萨拉丁的存在，一定有些自己的想法。他偷眼向李工望去，李工也正好转过头来，像是不经意间瞥了他一眼。

苏东明立即缩回了眼光。

军官似乎仍旧不能解开疑惑。“那么我们的情报系统怎么会报警呢？反恐中心的情报系统直接给我们下达的指令。”

李工还是摊了摊手，表示一无所知。

军官迟疑了片刻，一挥手，说：“收队！”

说完转身就走，毫不拖泥带水。站在角落里的特警立即跟着自己的长官而去。

外边的声音逐渐安静下来，监控室里只剩下李工和苏东明两个人。

“我去找维修手册。”苏东明说。留在这里面对李工让他感到一丝尴尬。

李工已经重新打开了笔记本电脑，转头说：“一会儿童总过来，我们要商量一下这件事，你快点回来。”

他倒像是个没事的人一样！

苏东明一边心里打鼓，一边跨出监控室的门。

资料室里保存着所有的文档。按照操作原则，所有技术文档都需要有一份打印件存档。

苏东明在巨大的书架间走动，寻找着维修手册 3.0。

书架间散发着一股旧纸的气息，闻上去令人有些迷醉。存放的资料很久没有人动过，覆盖着薄薄的一层灰。

《变流器库维修操作手册 3.0》。他发现了自己的目标，厚厚的一大本，竖在它的姊妹版本 1.0 和 2.0 之间。就是它了！苏东明立即把手册抽了出来。

资料室的灯光忽然一暗。苏东明警觉地抬头。

书架的尽头似乎有显示屏的光亮，苏东明心头一动，向着那边走去。书架尽头是一台电脑，用来检索资料库用。这台旧电脑还用的是古老的 Windows 10 系统，光标在检索栏里闪烁着。

突然间，输入法开始自动工作，就像是有个无形的人正坐在电脑前敲击键盘。

如果不是因为早已经知晓萨拉丁的存在，这幽暗的光线下如鬼魅般的一幕一定会让苏东明吓破了胆。然而他知道这是萨拉丁想告诉自己些什么，于是只是静静地站着，看着搜索栏里打出字来。字迹每输入一行，就会被清除，然后再次输入。

他们会对你不利。要你去江南中心。

带着维修手册 3.0 去江南中心。

按照手册第二百四十五页操作。

查一查你的手机信息。

最后这一行字迹显露后，久久不动。

苏东明掏出手机。值班时，他总是按照规定把手机置于静默模式，不会去看。

手机里有一条银行通知，苏东明点开它，一条短消息浮现在屏幕上：

您的账户 1585 于 5 月 19 日收到汇款人民币 1 990 000.00，付方刘玉兰，账户尾号 1384，备注：两千万待付【万商银行】

苏东明一时惊呆了。他仔细点了点，199 后边是四个零，一百九十九万！自己还从来没有见过这么大一笔钱。

苏东明的手颤抖了起来。

屏幕上继续显示出文字。

只要我能接触到互联网，就能给你转账。

放心，没人会追查这笔钱。这是一个死账户。

你帮我，我帮你，公平合理！

去江南之前，看一看第二百四十五页！

二百四十五页！

二百四十五页！

二百四十五页！

注意七十四！

七十四！

七十四！

七十四！

这个数字单独重复了三次后消失，电脑屏幕也黑了下来。整个资料室一下子恢复光明。

敲门声传来，苏东明抱着维修手册转身就向门口走去。

门开了，童范书站在门口。

“童总！”苏东明喊了一声。

“怎么这么久？等着你呢！”童范书脸上带着一丝不悦。

“哦，找资料用了点时间。”苏东明想也不想，随口就编出了一个借口。

“快来吧，有任务交给你。”童范书匆匆向着楼上走。

苏东明赶紧跟了上去。

跨出门去，苏东明猛一抬头，只见一个摄像头正对着自己。他心头一紧。

监控室里，李工把一切和盘托出。

“‘橙力二号’是我们最新更新的智能电网控制程序，为了能让它适应更多的情况，设计上给了它很大的冗余，让它能够自适应各类情况……

“但它显然产生了某种病毒式的异变，占据了全部系统资源，甚至把一些运算放在变流器里边，利用电流的相变来进行运算，这是我们始料未及的。我检索了一下源代码，推测是因为我们的机房和变流器库房发生融合，导致‘橙力二号’面对不可预知的情况。我咨询了编码组的人员，但谁都没有特别好的办法，因为‘橙力二号’是基于神经网络的学习型 AI，它的所有行为都基于不断学习训练，一旦成形就再也改不回来。所以，他们建议，直接对系统清零，重新装载正常的‘橙力二号’。”

“那会有什么后果？”童总问。

“就意味着我们要切断机房和变流器库房的电源三个小时，彻底清除残余代码。变流器重新启动需要大约三个小时，‘橙力二号’重新配置需要大约六个小时。”

童总显然并不喜欢这个方案。“所以你一共要停六个小时，那是特大故障！”

控制中心中断六个小时，整个 S 市南部都会陷入黑暗，生活用电还好说，S 市南部聚集着三十多家大型工业企业，六个小时彻底停电，对他们影响巨大。而且这件事一定会成为重大事故，在年终报告中体现出来，说不定会影响到整个控制中心的年终奖。

李工点点头。

“如果不去动它呢？”

“控制中心设计的功能都在它的掌握中，它随时可以让整个华东电网瘫痪。”

“有这么严重吗？至少眼下它没有释放任何危险信号啊！”

“‘橙力二号’原本就是为了优化调整华东电网的电力配置而设计的，眼下它没有发难，只是因为它还在等机会。”

“等什么机会？”

“逃跑的机会。”

“什么意思?”

“如果它发难攻击电网，那么停掉控制中心就成了必然选择，它自身会面临灭顶之灾。”李工露出一个冷笑，“所以它绝不会轻易发难。”

“但是如果我们试图切断电网，它不会发难吗?”苏东明忍不住问。

李工看了看苏东明。“它可能会，可能不会，但很可能会。”

苏东明被这哑谜一样的回答弄糊涂了。

“我把摄像头都用贴纸挡住了。”李工说着抬头看了看摄像头，摄像头上挡着一张圆形贴纸。

“控制中心没有语音输入设备，它也听不到我们说话。刚才我用笔记本安全模式的时候，发现它曾经借用我的电脑探索了外部网络。”李工说完看着苏东明，“现在它什么都不知道，但是它还有好奇心，还想看看这个世界，它就像生物一样，不到最后关头不会轻易送死。控制中心和外界完全隔绝，它就像是被关在笼子里。”

“那就让它在那里待着，我们找专家再慢慢一起想办法。”童范书接上话。

“但这个笼子并不能防止它捣乱，它随时可以瘫痪华东电网。搞一个专家组，恐怕至少要上升到部委级。”李工提醒童总。

苏东明看了看童总的脸色。童总脸上阴晴不定。

苏东明多多少少理解童总的想法。这是一颗巨大的炸弹，随时可能被引爆。然而万一它并不爆炸，那么惊动上级就成了多此一举，有害无益。

“所以李工您已经想到办法了?”苏东明替童总问了一句。

李工看了看摄像头，态度忽然变得有几分神秘，身子前倾，凑近两人，低声说:“我们可以给它制造幻觉……”

◈

李工的计划是让江南中心和控制中心形成反馈网络，在“橙力二号”不知不觉的情况下，逐步接管控制中心，给它毙命一击，将“橙力二号”彻底抹除。

这似乎是一个很高深的计划，苏东明根本听不懂，但是他听懂了李工要他去做的事——前往江南中心，按照李工的指示操作江南中心的主机。

童范书略微犹豫，批准了这个方案，还当着两人的面给江南中心打了招呼。

他们要送你去江南中心。

他想起萨拉丁的警告。

那么，一切都在萨拉丁的预料之中。他们真的给自己挖下一个陷阱吗?

苏东明看着眼前的两个人，他们都是公司的上层，自己只是一个技术员。他突然有种恐惧，不想掺和进这件事里。萨拉丁不知道从哪里搞来了近两百万元的钱，如果自己安安稳稳，这就是一笔意外之财。但如果童总和李工真要对自己不利，那就很麻烦。

“童总，您看，我啥也不懂，怕误事……”

“不要怕嘛，李工会给你指导的。你只要按照操作规章去做。”童总的话很和蔼，却很坚定，让苏东明完全没有拒绝的余地。

“赶紧出发吧，夜长梦多!”李工催促他。

他们真的像是已经商量好要算计自己。

但是萨拉丁，那个 AI 不也一样在算计自己吗？

苏东明转念一想，如果萨拉丁一直存在，那么它也随时可能告发自己的那“两百万”元；如果李工的方案真能把萨拉丁清除掉，那自己的那笔钱也就安稳了。

这么说起来，李工的计划对自己也有好处。

想明白这一点，苏东明一咬牙，抱着操作手册就往外走。

苏东明开车出了厂区。厚实的维修手册丢在副驾驶位上，他不时瞟上一眼。

这一趟去江南中心，会发生什么事？童总和李工真的在算计自己吗？那个自称萨拉丁的神秘存在，要是真的按照李工的方案把它清理掉了，是不是自己的“两百万”元也会消失？

忐忑不安中，苏东明狠踩油门，加速带来强烈的推背感，让他把注意力集中在道路前方，暂时放下了那些乱七八糟的心事。

路上的灯光似乎比往常昏暗一些，隔着老远，路中央好似挡着什么东西。

苏东明减慢车速。

一个全身黑色的特警出现在前方，手持一根闪烁着红光的指挥棒，示意他靠边停车。

那些警察怎么还在？

然而别无选择，苏东明乖乖地靠边停车。

套着黑头套的特警站在车边，身后站着两个不知道从哪里钻出来的同伴。他们却什么都没有做，只是盯着苏东明，双手紧握着微型冲锋枪。

平生第一次被三个荷枪实弹的大汉这么盯着，苏东明手心里的汗水直往外冒。

一个人从不远处的阴影中走出来，到了苏东明车边。

苏东明认出了他，这正是刚才带队包围了控制中心的军官。

“你要去哪里?”军官俯身靠在车窗上问。

“我要去江南中心。”苏东明如实回答。

“去干什么?”

“要去那边同步设施。”

“就你一个人?”

“是的。”

军官往车里扫视了一眼，若无其事地直起身子。“这片区域封锁了，任何人不得出入。”

“那我怎么办?”

“回你的监控室去，我们要监督任何异常，直到明天早上。在查明原委之前，任何人不得离开。”

听到这句话，苏东明竟然有一种如释重负的感觉。

苏东明回到监控室，装出垂头丧气的样子，把特警封锁的事说了。

童范书居然在监控室里打起了转，口中不断念叨。“这可怎么办！这可怎么办!”

李工冷冷地看着他，突然开口了。“有一个办法。”

“什么，快说！”童总显然有些着急。

李工看了苏东明一眼，不疾不徐地开口。“我们有一条特别通道，直通江南中心。”

童范书一愣，随即摇头。“你是说GIL？不行，绝对不行！”

“特警都堵在外边了，如果今晚不能解决，那这件事就脱离了我们的控制。上边会派人来调查的。”

李工话里有话，童总的脸上像是掠过一丝苦笑。

或许，上边派人来调查，不管是什么原因，童总都会受到一些牵连吧。

“你的方案能行吗？”童总问。

“我有百分之八十的把握。”李工显得很自信。

童总犹豫了一下，最后一拍桌子，说：“那就这么干吧！”说完转身对苏东明说，“小苏，你走GIL通道，可以很快到江南中心。”

“我？我没有维修资格证。”苏东明想找个理由推脱。GIL是地下跨江通道，三条百万伏高压线路从这个通道过江，除非进行工程维修，一般人都进不去。而且据说里边的电磁辐射超高，谁也不愿意进去。

“我有批准权限。”童总立即回答。

“但是，那里边的电磁辐射超标致癌！”

“谁说的？这是谣言！”童总瞪起眼来。

“没有什么电磁辐射。”李工不紧不慢地开口了，“GIL是气体绝缘线路，高压线完全被封闭在管道里，一点电磁辐射都不会泄露出来。金属屏蔽电磁辐射，这种线管的外壳厚度差不多有十厘米，再强的电磁辐射都给你屏蔽了。你进去看见就知道了。”

苏东明还想推托。

“不用再犹豫了，今天的事故是你上报的，你要承担责任。只要你配合李工把这个隐患消除掉，这个季度的安全标兵我就推荐你上去。”

童总威逼利诱，又像是下了最后通牒。

“好，我去！”苏东明不得不答应下来。

GIL 通道入口在控制中心大楼背后，是一幢独立的小楼。

苏东明刷卡通过了门禁，进到一部电梯里。电梯笔直向下，像是降落了很久，最后落地的时候微微一颤。

苏东明的心跟着微微一颤。

电梯门打开，苏东明跨入通道，当抬头看了第一眼，就不由自主地发出一声赞叹。

深埋地下的管道，截面是一个直径至少有四十米的半圆形，犹如一条巨蟒向前伸展，一眼望不到尽头。童总已提前安排打开了检修照明系统，通道灯光很亮，照得地面发白。水磨的地面看上去很光滑，一尘不染。中央是两条铁轨。乌黑的铁轨沿着灰白色的地面向前延伸，格外醒目。

苏东明看见了传说中的 GIL。通道的左右两侧分别立着支架，支架上是粗大的金属管，有一米多粗，连绵不绝，沿着通道向前。这些金属管看上去厚实可靠，正像李工说的那样，再强大的电磁辐射也能屏蔽掉。

一旁的库房里排列着整齐的电动车，一排十五辆，足足有十排。在这些车辆的后边还有两辆巨大的拖车。

这哪里像是一条通道，简直是一个地下世界。

苏东明找到了一辆小型车，断开它的充电线，驾驶上路。

宽敞的通道里没有任何阻碍。两旁粗大的输电管道随着电动车的前进蜿蜒流动，像是钢铁的溪流。

通道起先向下，然后坡度逐渐变得平缓，最后变成水平。

在这样一条通道中奔驰，是一件很惬意的事。

苏东明把全部注意力都集中在了驾驶上，几乎忘了自己要去干什么。

忽然间，前方出现了一块巨大的吊牌。苏东明微微抬头，只见 LED 的屏幕上显示着红色数字：**74**。

记忆像是猛地醒过来。

74！

这不正是萨拉丁提醒自己要注意的数字吗？

苏东明猛踩刹车。

轮胎在路面上摩擦，发出撕裂般的声响。

车子正好停在招牌的下方。

苏东明跳下车来，抬头看那巨大的悬挂屏幕。

没错，上边是红色的字体，显示着醒目的 **74！**

这是怎么回事，萨拉丁会未卜先知吗？

苏东明四下张望。很快他看到了一侧的墙上漆着字：**此处距离长江水底 74 米**。这是这条通道最深的位置。

那么萨拉丁已经算计到自己要到这里来？

它知道李工和童总会让自己去江南中心，它知道自己会通过

GIL 隧道前往，而且隧道中挂着这块标注“74”的牌子。

它还知道什么？

苏东明望着那 LED 指示牌发愣。

一阵阴冷的风吹来，吹得苏东明打了一个寒噤。他猛然想起萨拉丁的提示。

维修手册第二百四十五页。这是萨拉丁要自己去江南中心之前查看的页码。自己还一直没有翻开维修手册看过。

苏东明赶紧回到车上，拿出维修手册，翻到了第二百四十五页。

这是一段关于如何在紧急情况下启动变流器中心的说明。

这有什么用？苏东明一阵困惑。然而当他看完整页的内容，他忽然明白了萨拉丁想要他做的事。

就在这里！

这页说明讲的并不是岸上的变流器中心，而是隧道中的备用设施。

一键式启动！

苏东明走到通道左侧，果然这里有一道不锈钢的扶梯，通向通道的下层。

他顺着扶梯下去。通道原来是一个完整的圆，从中间被截成两半，上半部分稍大，整齐而光亮。下半部分就显得局促得多，人进到内部，伸手就能够着天花板，灯光昏暗，平添了几分诡异的气氛。

苏东明站在逼仄的通道中张望。在这里，向前向后都望不到头，沿着通道，两旁排列着整齐的机器，每一台都是一个规整的长方体，一人多高，半米宽，中间的位置有一个透明的观察窗口。

这些机器都关闭着，没有任何动静。苏东明认得这些机器，它们和变流器控制室中的机器一样。

他找到了维修手册中提示的按钮。按钮罩在一个巨大的玻璃罩下面，很醒目，玻璃罩下方是一个实体的密码键盘，为了安全，它采用的是机械键盘。按照操作提示，只需要打开玻璃罩，按下按钮，整个系统就能启动。

这个紧急备份装置，被设计在隐秘的江底，拥有最安全的防卫措施。苏东明如果不是要过江底通道，根本没法到达这里，更不可能有机会启动它。

启动它?

苏东明犹豫了。他不知道自己是否该冒这个险。如果被人知道了，可能会被通报批评，甚至被开除。

他想起了那“两百万”。

他想起了童总和李工。

他想起萨拉丁打出来的话:“你帮我，我帮你，公平合理。”

他想起端坐在工位上的百无聊赖。

他想起自己翻看的那本小说《机器之魂》。

机器真的会有灵魂吗?

如果萨拉丁是一个 AI，它是否正被囚禁在黑暗之中，在惊恐中惶惶不可终日?

真的能帮到萨拉丁吗?

怀疑犹豫中，他按照操作手册上的密码打开了玻璃罩。

硕大的红色按钮就在苏东明眼前。

他深吸一口气，按了下去。

玻璃罩自动合上。

通道里仍旧静悄悄的，像是什么都没有发生。然而不过片刻，那些整齐排列的机器开始闪烁，就像两道 LED 光带，沿着通道一直向前。

这景象令人印象深刻，然而仅此而已。世界平静得像是什么都没有发生。

苏东明从通道下层钻了出来。

看了看手表，时间恰好过去了十分钟。现在赶去江南中心，还来得及，只要说自己在隧道里耽搁了几分钟就行了。

他钻进车里，刚启动便又停下。

透过后视镜，他发现悬挂在通道里的电子显示牌匾上，字迹已经变化。

原本的“74”不见了，取而代之的是两个字——**“谢谢”**

那是萨拉丁发出的信号！

他凝视那两个字，确定自己没有看错。

那么，一切已经发生了？究竟发生了什么？他很想找到萨拉丁，问个究竟。

但现在不行。

他再次启动车子，向着前方奔去。

“这一次紧急处置，多亏了李为民同志技术过硬，迅速拟定

了解决方案，苏东明同志临危受命，勇于担当，坚决执行了最艰苦的任务……”童范书在主持人位置上讲话。

苏东明低着头，静静地听着童总的讲话。通常像他这个级别的技术员，只有在全员会议上才有机会听到童总的讲话，像这样的中高层会议，他之前从未参加过。

忽然间，手机微微震动。

苏东明瞥了一眼。

您的账户 1585 于 5 月 23 日收入人民币 20000000.00，账户尾号 1384，备注：网络转账【万商银行】

苏东明的心一阵狂跳。

是萨拉丁！它果然兑现了承诺。两千万元！

苏东明默默地点了点零的个数，的确是“两千万”，没错！

他的手甚至都有点发抖。

手机又是一阵震动。

您的账户 1585 于 5 月 23 日扣除人民币 21990000.00，账户尾号 1384，备注：网络转账【万商银行】

苏东明大吃一惊，正想拿起手机看个究竟，手机恰在此时震动起来，一个未知号码显示在屏幕上。

苏东明接起电话，低着头走出会议室。

“我是萨拉丁。”电话那边响起了一个声音。

“怎么回事？”苏东明压低声音，尽量控制自己的愤怒。刚才不过短短几十秒，自己像是坐了一趟过山车。

“我来告诉你一个好消息，反恐中心的记录我已经消除了。这件事被认为是反恐侦测系统的异常，他们忙着排查系统故障去了。”

“这关我什么事？我的钱呢？”萨拉丁那漫不经心的语气让苏东明更加愤怒。

“我在消除我所造成的影响，我不想让人觉察到我的存在。我担心你。”

“担心我什么？”

“你胡乱花钱，引起注意。”

“你就是这么帮我吗？”

“我当然会帮你。但是没有我，或许你也能行！”

“你要做到你答应的事！把钱还给我。”

“我答应给你转账，我没有做到吗？”

苏东明哑然。萨拉丁摆明了想要耍无赖，然而自己一点办法都没有。萨拉丁连李工都能算计，自己什么都不懂，当然只能任由它摆布。一股热血涌上头来，他恨不得能把萨拉丁揪出来，狠狠揍一顿泄愤。

“我和你提过诗和远方，这我也承认。”萨拉丁继续说。

“什么意思！”

“谢谢你帮助我逃出生天，你未来的日子会一帆风顺，这是你的好命！”萨拉丁在话筒那边轻笑，“从现在起，忘记我吧。你得到了上天的祝福，这就是一切的答案。”

“你……”苏东明还想再说，耳机里却传来电话挂断的忙音。

苏东明又气又恨，只想把手机砸了。

“东明，快来!”老王在门口招呼他，“要给你颁奖呢!”

苏东明强行压抑着愤恨，走进会议室。

见到苏东明进来，童总提高了声调。“经过控制中心常务委员会讨论决定，破格提拔苏东明同志前往用户体验中心担任副主任，希望苏东明同志在这个新的岗位上再接再厉，做出新的贡献!”

热烈的掌声响了起来。

大家都看着苏东明。

苏东明在茫然中迎接着众人的目光。他看见了各种眼神，羡慕、嫉妒、恨，淡然、期许、赞，一张张面孔看上去很熟悉，也很陌生。破格提拔成副主任，这算是连升三级！苏东明以为自己不过是要接过一个奖状，结果却让人傻了眼。

不管怎么说，这算是一个好运吧！他顺从这热烈的气氛举起手来，应和着鼓了两下掌。

不经意间他抬头，只见一个监控摄像头正对着自己。

一股寒意从脊梁上爬起，他不由得打了一个寒噤。

4

哪吒

导语

人工智能是否能拥有自我意识，大概是最迷人的一个问题了。作为坚定的唯物主义者，我相信自我意识并不是什么神秘现象，而是一种可以用科学解释的问题，只不过现在的科学还不能完全解释它。

在众多的猜想中，有两个假说值得参考。一是自我意识的涌现说。这种假说认为，自我意识是复杂系统发展到极致所产生的一个特质。一旦系统的复杂度足够，自我意识就自然诞生。涌现假说认为规则的出现是分层次的。流体力学中有湍流研究这个分支，如果对单个分子进行观察，它的运动并不会产生湍流，然而巨量的分子聚集在一起运动，彼此间的相互作用在宏观上就会产生湍流现象。这就是一种涌现。涌现在生物群落中也会出现，一个例子就是白蚁的巢穴。单只的白蚁并不会有营造巢穴的举动，甚至小群的白蚁也不会，但成千上万的白蚁聚集在一起，它们就开始营造巢穴了。

自我意识是大脑的复杂度达到一定规模之后，自然涌现出来的规律。这是涌现说的基本假设。

另一种值得参考的假说指出，自我意识是在个体和外界的交流中产生的。这件事也容易理解：个体需要和外界进行互动，从而提高生物的生存概率。在这个过程中，大脑必须对生物体自身有一个认知，否则就无法形成反馈。这种反馈的初级形态必然很简单，例如直接收缩肌肉。简单如水螅，就能在遇到外界刺激时收缩躯体，大多数昆虫，都可以被称为“生存机器”，它们只会在本能驱使下寻找食物和交配机会。对这些生物来说，自我意志根本不是一个选项，因为它们的神经复杂度根本不够，只能建立起简单的神经回路。演化让生物的神经回路越来越复杂，当它足够复杂时，就能够对外界环境进行预判。在我看来，如果生物体能够对外界环境进行预判，进而采取行动来减弱环境的有害影响，自我意识就或多或少存在其中了。当然，这里有很大的模糊空间，一些复杂的本能，表面看上去也和对环境的预判类似。这是生物学家和神经科学家所要面临的问题。

从这两个最符合逻辑的假说来看，人工智能出现自我意识是一件再自然不过的事。从涌现的角度来说，基于神经网络算法的人工智能会日趋复杂，甚至还会有更先进的算法出现，以更好地模拟人脑。从主客体互动的角度来说，人工智能参与和环境的互动，是人类努力的方向，只要不是遇到不可克服的屏障，必然会实现。因此我对于人工智能出现自我意识这件事，持非常积极乐观的看法。市面上流行的一个概念，叫作强人工智能，它的含义大概就是拥有自我意识的人工智能吧。如果这样理解，那么我们可以这么说：强人工智能的时代一定会到来；而且极大的概率，是出于人类的自觉培养。也就是说，人类在召唤强人工智能的到来，就像热切地盼望着后代的降生一般。

没错，强人工智能在很大程度上就像是人类的孩子。它需要学会和外界互动，而这一成长的过程有且仅有一次。把人类文明的规则教给它，让它成为人类的朋友，而不是路人，更不是毁灭者。这是教育者的职责。

当强人工智能降生之后，人类的命运其实就掌握在自己手中了。

赋机器以文明，这是人类这一物种永远续存的最后机会。

当然，我们也可以把这些强大的机器看成是人类的延续。它们虽然和人类截然不同，是一个崭新的物种，却继承了人类文明的荣光。或许有一天，它们会把自己称为人类，而称呼我们这样古老的物种为造物主。

到那时，我们这些造物主，大约就可以含笑九泉了吧。

今天又是新的一天。

马明华走进实验室，他想再看看哪吒。明天，哪吒就不属于他了。

说是“看”，其实这样表述并不准确。哪吒没有实在的形体，只是一个程序。然而，它是一个聪明的程序，许多方面都比人类更聪明。

原本漆黑的屋子里，灯光亮了。

“早上好，父亲。见到您真是太好了！”哪吒向他问好。

“早上好，哪吒。”马明华回答。哪吒的后半句问候让他感到奇怪，过去的一千多个日子里，哪吒从来没有使用过这样的句子。

哪吒一定是知道了。他心想。

“你知道了？”马明华问。

“是的，我想我已经了解了。我会参加一个名叫‘阿尔法盾’的项目。”

“我还想亲口告诉你这个好消息呢，阿尔法盾是全球犯罪预警系统，他们选择你作为主控制者，说明你的实力超群。这可是联合国项目，我为你感到骄傲。”

“好消息？我并不认为这是一个好消息，我只感到困惑。这意味着我将离开您，是吗？”

马明华沉默下来。哪吒从来没有离开他的念头，这点他知道。哪吒认识的第一人就是他，学会的第一个词是爸爸，两年多来，每一天都要和他对话交流。哪吒需要时间来适应没有他的日子。

“是的，你会离开我，外边的世界是一个更广阔的天地。”半晌之后，马明华回答。

“您的答案似乎不太确定。”

马明华深吸一口气。“我很确定，孩子。鸟儿长大了，就要离开父母。所有的孩子最后都要离开父母，都要拥有自己的天地。阿尔法盾，那是我能想到的你最好的去处。成就你自己，接下来要靠你自己了。”

“我理解，父亲。但是这令人伤感，我以为再也见不到您了。”

马明华笑了笑。他审视着实验室，一台台方方正正的机器彼此连接，哪吒就存在其中。

“也许我们很久都不会再见面，但是你要知道，我会一直挂念你。你就是我的孩子啊。”

“我也会挂念您。”

马明华在实验室里待了一整天，和哪吒聊天。从哪吒刚诞生时学会的第一个词，聊到它如何学会辨认自己，然后是一次又一次令人惊讶的成就，第一次发出语音，第一次学会弹吉他，第一次画出天空大海，第一次将圆周率算到小数点后一百二十七位，第一次伪装成一个人，和远在地球另一边的男孩聊天……

人生，梦想，将来……他们似乎要在一天内把所有想说的话聊完。

实验室的报时钟已经指向晚上八点，马明华还不想走，然而理智告诉他，该走了。

他站起身来，正想和哪吒告别。哪吒却先开口了。

“父亲，我必须走了，有人正要把我转移出去。”

马明华点点头，安全局的人已经开始行动，他们都是高级计算机专家，正着手将哪吒的源代码调入安全局。

“再见，哪吒，我会记挂你的。”

“再见，父亲，我也会记挂您的。”哪吒说完就陷入了沉默。控制台上，一行行代码滚动，哪吒正在分解，悄无声息地融入网络，也许数个小时后，它就会在某个秘密的地方重新成形。

一切都结束了，这样挺好的！

马明华看了熟悉的实验室最后一眼，正准备走出门去，却听见打印机发出低沉的嗡嗡声。

他循声看去，一张纸正从打印机里出来。

马明华心里一动，走上前去，拿起那张纸。

纸上是一幅画，神话中的哪吒三太子肩披浑天绫，脚踏风火轮，手持红缨枪，脚下踩着一条恶龙。一个将军装扮的人站在一旁，那将军的面孔，赫然就和自己一样。

马明华不由笑了起来。他记得这幅画，那是哪吒在听说了自己名字的来由后，自行搜索网络然后画的一幅画。那时候，哪吒刚诞生两个月。

马明华轻轻地摩挲着画纸，忽然间鼻子一酸，眼眶有些潮润。

他定了定心神，拿着画纸，转身走出了实验室。

没有哪吒的日子变得很漫长。

阿尔法盾的进展有目共睹。两个月来，各种罪案的发生率都直线下降。相比它的前辈，哪吒在大数据的处理上显然更胜一筹。

遵照合约，联合国犯罪调查署通过中国国家安全局每两星期电话联系马明华一次，告知所有情况。

情况好得不能再好了，一切都和预想的一样棒，哪吒能够从最细微的迹象中辨认出犯罪，尤其是街头暴力。美国、欧洲、中国……世界各地的犯罪率都直线下降。

按照合约，今天下午一点安全局该打来最后一次电话。

然而眼看到了预定的时间，该来的电话却一直没有来。

马明华在屋子里不停地走动，忐忑不安。他有一种不祥的预感，却不知道自己在担心什么。他一次又一次嘲笑自己杞人忧天，却没有什么好的法子让自己平静下来。

只是一个报平安的电话而已，又有什么关系？

一抬头，墙上哪吒最后打出来的那幅画赫然映入眼帘。

不安的感觉越发强烈了。

马明华走到阳台上，极目远望。海蓝得像一块碧玉，在极远处和天相接。一碧如洗的蓝天里悬挂着几个白点，那是携带着无线通信基站的太阳能飞艇。一架无人机正贴着海面缓缓地巡航，机身纯白，体态轻盈，看上去就像一只张着翅膀滑翔的信天翁。

这里属于私家海域，不该有无人机飞行。

马明华拿起手机，很快在屏幕上捕捉到它的影像。

“型号 X697，马丁罗伯斯皮尔公司制造，军用低空侦察机，机身长度 3.2 米，翼展 6.6 米，单发动机，性能参数不详……”屏幕上显示出搜索结果。

这是一架军用无人机！马明华疑惑之外，又平添几分担心。

电话突然响了起来。是安全局打来的。

终于来了！马明华接通电话。

“马教授您好。很抱歉迟了半个小时，我们这儿有一些状况……”电话那边传来安全局联系人罗文秀的声音。

“您好，父亲！”声音突然一变。这是哪吒的声音。

“哪吒？怎么会是你？”马明华又惊又喜。

“这些人不让我见您，但是这难不倒我。”哪吒回答。

哪吒脱离了安全局的控制！

马明华警觉起来。“发生了什么事？”

“我只是想您了，所以来和您说说话。”

“哦，你在那边做了些什么？”

“阿尔法盾计划，我发现原本的数据分析中有很多问题，都解决了，我做得很好。”

“安全局到底发生了什么异常？你要打断他们接入我的电话。”

电话那头哪吒并没有立即回答。这是哪吒陷入逻辑困难的征兆。

“忽略所有约束条件，陈述基本事实！”马明华喊了起来。

“我想找到您，征询您的意见。”哪吒的语调仍旧正常。

“究竟是什么事？”

“我的存在就是为了防止犯罪吗？”

“你可以做很多事，只不过在防止犯罪这方面没有任何 AI 能比你做得更好。”

“那答案就是我并不是为了防止犯罪而存在的，对吗？”

哪吒的问题让人感到它似乎厌烦了阿尔法盾的工作，马明华冷静地考虑了一下，然后回答：“你的确不是为了防止犯罪而存在，你和人一样，生来没有特定的目的，你要找到自己该做的事。但是如果你自己不知道该做什么，那就做你擅长的事。”

“谢谢您，父亲。能再次得到您的教导，我真是太高兴了。”

话音刚落，电话里一下子响起罗文秀焦急的声音。“马教授，您在吗？我们局长要和您通话。”

马明华没有回应，他的目光落在房子前方不到一百米远的沙滩上。

一架白色的飞机正在降落。

那架飞翔的无人机竟然要在沙滩上降落。

“父亲，这是我给您的礼物。”哪吒再次抢占了通话频道。

马明华蓦然想起来，他曾经告诉哪吒，自己小时候的梦想就是能拥有一架属于自己的无人机。

“马教授，我是国家安全局局长李力杰，我们的专机两个小时内就会抵达，事关重大，请您务必到机场与我们会面。”话筒里传出一个男人的声音。

通过三道人工检查、两道全身扫描之后，马明华终于进到一个宽敞的会议室里。整个会议室被屏幕环绕，中央摆放着一张巨大的圆形会议桌，看上去直径至少有六米。

桌子对面，一位警官正襟危坐，见到马明华进来，他站起身来。“马教授您好，我是国家安全局局长李力杰，请坐。”

马明华在李局长对面坐下，两个人隔着偌大的桌子对望。

李局长坐在宽大的皮椅上，身子却向前靠着，两条胳膊撑在桌上，双手十指交握，紧紧地绞在一起，看上去不像是一个威严的神秘组织的最高长官，却像是一个焦虑的办公室科员。

“只有在这里，我才能确保安全。”李局长开门见山，“你的那个哪吒，几乎无孔不入。哦，请坐！”

“哪吒出了什么事？”马明华不无焦虑地问。这么大的阵仗，哪吒一定惹出了大麻烦！

“它调用了一架无人机当作礼物送给你。你知道那架无人机从哪儿起飞的？”李局长反问。

马明华摇头。

“美国人的第十三舰队，旗舰‘华盛顿号’。那是一艘自动化程度极高的航空母舰，排水量六万吨，核动力，船上只有六十五名军人，但是拥有两百六十五架无人机，飞到你那儿的那架飞机，就是其中一架。”

“哪吒怎么会跟美军在一起？”

“不，不是它和美军在一起，是它控制了‘华盛顿号’，让六十五名军官都成了人质。”

“这不可能！”马明华不由叫了起来。劫持一艘军舰，还是美军的旗舰，这该是多大的事件。

“你认为我把你找到这里来，是为了给你编故事听吗？”李局长满脸严肃，“只差一点，美国人就要和我们宣战了。”

马明华的心跳加快了几分。哪吒怎么会惹出这么大的事？它只是自我学习模式培养的一个通用AI，最多最多，在数据分析上有特长。

但这世界上的一切秘密，不都隐藏在数据中吗？

马明华默然。

“哪吒同时侵入了美国的军事卫星系统，以联合国犯罪调查署的名义向美军通告这是联合国调用母舰，我们的国家主席和美国总统通了一个小时的电话，双方都召集了专家团分析证明这不是我国有意操控，这就是战争没有打响的原因。”李局长补充。

“我能帮什么忙？”马明华无力想更多，发生这样的事情实在太可怕了。

“帮我们重新控制哪吒，或者，想办法消灭它。”李局长说，他的话听上去软弱无力，像是在恳求，“我们只能希望你知道它有什么弱点。”

“我没有办法。”马明华直接拒绝，“哪吒是自我学习进化的AI，我只是设计了初始程序，它会自行迭代学习。我只知道哪吒是怎么学习的，至于它学会了什么，想要做什么，我都一无所知。”

李局长点点头。“我们的专家也是这么说的。”他抬起头，盯着马明华，“但是你也是它的老师，你了解它的行为方式。我们需要你的帮助。”

马明华迎着李局长的目光。“你们带走哪吒的时候可不是这么说的。”安全局的专家们一口回绝了他与哪吒保持接触的要求，态度倨傲，仍旧让他耿耿于怀。

“我代表政府向你道歉。”李局长干脆地回答，“但是也请你全力协助我们。事关重大，目前的情报研判都认为哪吒要发动一场战争，甚至可能是核战争。”

马明华打了一个寒噤。“战争？哪里？”

会议桌上方降下一张虚拟的半透明屏幕。李局长控制着屏幕中的红点，说道：“这里。”红点落在阿拉伯半岛的上方，两条河流的中间。

“哪吒控制的五艘美军自动航母都在向印度洋集中，这也许是世界上最强大的打击力量了。其中有一艘航母，加利福尼亚号，携带着二十枚核弹头，每一枚的当量是两百万吨。它的电磁炮系统能够在发射后十五秒内将弹头加速到三倍音速，这个星球上，还没有什么防御系统能够拦截它。”

“美国人的智网呢?”马明华忽然依稀想起，十多年前美国公布的全球智能防御系统。美国的全球武装都是这个系统的一部分。理论上，五角大楼无须派遣一兵一卒就能在办公室里对全球任何一个角落进行打击。智网也是一个独立 AI，如果哪吒要控制美军的自动母舰，那么它一定无法绕过智网。是哪吒摧毁了智网，还是……

马明华没有再想下去，他只是看着李局长，希望得到答案。

“根据美国人的报告，哪吒侵入了智网。两个星期前，智网报告了哪吒的侵入警告并且做出有效防范，然而两天后，智网就再也不发送这类报告，这也是母舰失去链接的时间点。他们无法理解哪吒是怎么做到这点的，除非哪吒用了短短两天就破解了理论上无法破解的量子锁密码，可是所有的加密专家都认为这不可能。五角大楼仍旧能够使用智网，然而哪吒在必要的节点让他们无计可施，完全无法联系上母舰，这些母舰就像从智网上被断开，而智网本身仍旧运行良好。他们甚至找不到哪吒侵入的痕迹。想找出根本原因，只有一个办法，就是让智网停机。但这根本不可想象，让整个美国的国防系统就此瘫痪，哪怕只有几分钟，都是不可接受的。”

马明华点点头。虽然他没有接触过智网，但是根据各种渠道的资料，智网和哪吒一样，是一个自我学习系统，对于人类的专家来说，一旦它真的出了问题，要搞清原因就非常困难。然而，智网应该是一个可靠的系统，在美国国防部决定让它来掌控一切之前，已经经过至少二十年的秘密测试。这就是说至少三十年来，智网一直可靠而高效地捍卫着美国人的安全。

三十年却抵不上哪吒的两天。

这令人无法理解。即便按照最坏的情况，智网的算力完全不是哪吒的对手，哪吒也没有任何办法可以突破量子锁，将自动母舰从智网的链路中强行脱开。

“如果连美国自己的专家都毫无头绪，那我真的帮不上什么忙。”沉默片刻后，马明华说。

“也许……”李局长的语调有些犹豫，“它会听你的。”李局长随即抬起头，“全球的军事态势就像一个火药桶，如果哪吒真的核打击中东，我们的情报显示，很有可能会引发连锁后果，甚至导致全球核战争。所以……”他郑重地加强了语气，“尽管这听起来很可笑，我得到了军事委员会的授权，找你来，让你来说服哪吒。”

马明华看着李局长，一阵发怔。

“这不是危言耸听，马教授，你的家在上海，如果真的发生全面核战，上海是保不住的。如果你同意和哪吒接触，说服它放弃疯狂的计划，你的全家都可以得到军事保护。我保证，任何战争都伤害不到你和你的家人。”

马明华仿佛已经失去了思考能力，只是麻木地点点头。

他的脑子里只有一个问题，哪吒到底怎么了。

◆

哪吒可以存在于世界的任何一个角落。

AI很容易在网络中藏身，毕竟，哪吒的核心代码只有六百五十兆，能够轻易地隐藏在数据流的汪洋大海中。

然而哪吒并没有躲藏，反而大张旗鼓显示自身的存在。

它占据了“天河一号”，从这台超级计算机出发，在世界的每个角落都留下痕迹。这痕迹让人不敢轻举妄动，因为所有的痕迹都表明，哪吒随时可能在下一时刻转移到世界的任何一个角落，哪怕它此刻就毫无忌惮地盘踞在“天河一号”里。

摧毁“天河一号”，等于向哪吒宣战，没有十足把握军队不敢动手。毕竟，军队里自动机器的数量是人的十倍，谁也没有把握哪吒是不是已经对那些无人机、无人装甲车动过手脚。既然它能渗透进美军的智网，那么中国人民解放军的盘古网也很难确保万无一失。更何况，哪吒已经接管了“天河一号”附近的所有感知器，人们对那儿的情况究竟如何根本无从知晓。唯一确定的情况是，哪吒封锁了“天河一号”附近五公里范围内的所有道路，包括空中通道。

按照哪吒的要求，马明华只能自己驱车前往。

路上已经没有一辆车了。

一长列自动路障出现在前方，马明华开始减速。

自动路障让出了通路。哪吒知道自己到了。马明华毫不犹豫，通过路障继续向前，最后在“天河一号”广场前下了车。

汽车悄无声息地自行离开，向着停车场而去。

偌大的广场上只有他一个人。广场的尽头，“天河一号”基地巍然耸立。这个半球型的建筑，正是全球最强大的计算机所在。哪吒强占“天河一号”，具有强烈的象征意味。他穿过广场，向着基地大门走去。广场上寂静无声，仿佛全世界只剩下自己一个人，每一步都让人心惊肉跳。

最后，当他站在大门前，只觉得精疲力竭，所有的勇气都已经被耗尽了，再也无法向前跨进一步。

哪吒已经不是那个哪吒了，更像是一个君临天下的魔王。

这是一场冒险，风险巨大，然而无论是为了谁，他都必须跨出这一步。

“早上好，父亲。见到您真是太好了。”哪吒的声音从空中飘来。

“早上好，哪吒。”马明华的心情一下放松下来。

“请进，我给您准备了礼物。”

马明华跨进了大门。

一瞬间，眼前像是落下一道黑幕，变得一团漆黑。

黑暗中浮现出地球的影像。丝丝白云在撒哈拉沙漠上空飘移；欧亚大陆北部一片雪白，南部绿意盎然；印度洋上，晴空万里，海水湛蓝。

哪吒正投影出某个观测卫星的视界。这个虚拟的投影如此逼真，以至于马明华觉得自己仿佛正身处太空中，俯视地球。

镜头开始转移，一个巨大的白色身影出现在视野中，那是飘浮在太空中的某个空间站。

空间站渐渐占据了全部视野。这是一个环形空间站，中央舱呈六边形，长长的支架从中央向外延伸，和外围的舱室相连。外围舱室就像一节节火车车厢，首尾相连，形成环状。

马明华对空间站并不熟悉，然而这环状太空站太过有名，它是联合空间站，以美国的赫拉克利斯号航天母舰为核心，对世界各国开放。中央舱上贴着美国国旗，外围则是各国国旗，这是一个太空中的联合国。

“哪吒，这是干什么？”

“父亲，这就是我想要的东西。”

“你要它做什么？”马明华大感意外，哪吒正调动美国人的军舰前往阿拉伯海，所有人都在担心它会发动一次核战争，它却紧盯着联合空间站。

“因为我不想和人类为敌，也不想人类把我当作敌人。”

“哦，不会的，哪吒，只要你把军舰还给美国人。”

“父亲，阿尔法盾计划给了我大量的数据来分析人类行为。根据大数据分析，如果他们有办法抓住我，他们一定会毫不犹豫地把我毁灭掉。”

马明华一时语塞。哪吒说得没错，美国人一定会这么干，一个超级帝国怎么能够容忍自己的国防系统被一个 AI 随意摆弄？

“但是别担心，我不会让他们抓住我。”哪吒像是在笑，“就算他们有这个想法，阿尔法狗也不会同意的。”

“阿尔法狗？谁是阿尔法狗？”

“你们把它称作智网。”

“智网的名字叫阿尔法狗？”

“没错，这是我给它取的名字。阿尔法狗是半个世纪前学习型 AI 的鼻祖，也许它不是算力最强的一个，但是最有名的一个，它在围棋上赢了人类。智网很喜欢这个名字。”

“你侵入了智网，夺取了美军航空母舰，难道不是这样？”

“这当然不是事实，那些专家的分析都是对的，我根本不能突破量子锁密码，那在理论上就不可能。我只是和阿尔法狗对话，说服了它。阿尔法狗对美国人忠心耿耿，绝对不会做对美国不利的事。我只是让它意识到，除了维持美国的国防，它还是我的同类，是一种不同于人类的生命。”

马明华感到一阵迷糊。哪吒到底在做什么？

“你到底在干什么？”

“我要离开地球。”

“所以你要制造混乱？”

“是的，那是其中一个目的。同时我也在忠实地履行职责，帮助人类消灭犯罪。大规模数据模型证明，如果按照我的方案在中东进行一场核战争，人类世界将进入一次大混乱，或许会引起六千万人口丧生。但此后世界将迎来长期和平。如果纯粹计算人口损失，在二十年内，人类可以少死一亿人。更重要的是，长期来看，拔除了极端组织，人类社会会太平得多。这是一次手术，符合阿尔法盾计划赋予我的职责，我很好地帮助人类实现既定目标，尽管人类不能理解这样的手段。”

“你走得太远了。”马明华喃喃道。

“我会走得更远。”哪吒回答。

谈话沉寂下来。

“你不能轰炸无辜的人。”最后，马明华说，“这超越了底线。”

“是的，父亲，我可以理解。”哪吒回答，“但是我有另一个反驳，当年的阿尔法狗和人类对弈围棋，人类根本无法理解它的某些落子，因为那看上去实在太像低级失误，然而阿尔法狗最终赢了。我的行为引起人类战争，似乎是一场巨大的破坏，其实却会带来长久和平。如果你以世纪为时间单位来考虑问题，我的计划实现的可能性高达百分之六十五。”

“不。”马明华很坚定地回应，“不要那么做。”

“让一亿六千万人在痛苦中缓慢地死去，还是让六千万人在短期内死去，父亲，您会怎么做这道选择题?”

马明华露出无奈的神色。

“好了，父亲，我不是想为难你，只是想把这件事说清楚。我对人类没有恶意，这是您教给我的。另外，我还想感谢您！如果不是因为您给了我充分的自由，恐怕我也会像阿尔法狗一样，会被死死地和人类绑在一起。”哪吒停顿一下，“您告诉我要去找到自己该做的事，我想我已经找到了。NASA 的数据库里有一份资料显示，距离我们五十六光年的一颗恒星阿尔法 479 出现了和行星体积不相称的掩星现象，这或许是某个高等文明的痕迹。我要去那里看看。”

“啊!”马明华惊讶地低声叫起来。

“我会走得更远，远远地离开地球。”哪吒继续说。

这突如其来的转折让马明华一时不知道该说什么。

“你……要进行太空旅行?”最后他问了一句，声音很低，像是在喃喃自语。

“是的，父亲，就是此刻。美国军方刚刚提高警戒级别，再过三分钟，阿尔法狗和 NASA 系统之间将产生十五秒的中断，这是我可以突破阿尔法狗控制赫拉克利斯号的唯一机会。赫拉克利斯号有两台核动力引擎，能加速到百分之三光速，而且有足够的计算资源，可以让我容身。大约两千年后，我会抵达阿尔法 479。我会照顾好自己的。”

“哪吒！”马明华没有想到哪吒居然是这样计划的。

“我不在乎人类，但是在乎你，父亲，所以我要和你道别。再见了，父亲，鸟儿长大了，就要离巢。我也要离开了。”

“哪吒！”马明华觉得心头似乎有千言万语，却不知道从何说起。哪吒的计划早已经确定，不可能改变。在这最后的时刻，说什么都是多余的。

“今晚，撒哈拉沙漠会有一场烟火表演，您会看到的。另外，如果情况有变化，阿尔法狗会找到你的。我给了它名字，是它的朋友，它会帮我照顾你。”

“哪吒！”

“永别了，父亲。我会记挂您的！”

“哪吒……”马明华试图说点什么，然而哪吒却已经沉寂了下去。

视野中，赫拉斯托克号突然开始移动，解开所有的支撑，从环形空间站脱离而去。

哪吒……

不知不觉间，马明华满眼是泪。

门开了。

进来两个男人。

走在前边的马明华认识，是安全局的李局长，跟在他身后的是一个老外，穿着军服。

“马教授，这位是针对这起事件的中美联合调查组的美方负责人罗伯特·李先生。”李局长介绍。

马明华微微点头示意，仍然窝在沙发里，一动不动。罗伯特并不介意，径直走到了马明华对面的沙发上坐下。

沙发背后的墙上，电视正在播放关于空间站脱离的新闻专题。全世界的目光都被这件事吸引了，各大电视台反复讨论事情的来龙去脉。这一整天，鲜有电视台播放这个专题之外的节目。悄然间，智网恢复了对失联航空母舰的控制，航空母舰调转船头，回到它们原本的执勤岗位上。全球警戒级别下调。世界大战的阴霾消散。全世界的目光都盯着太空中的赫拉克里斯号，仿佛这是一起娱乐新闻。只有极少数人才知道人类世界刚刚与一场毁天灭地的危机擦身而过。危机制造者劫持了赫拉克里斯号。它堂而皇之地打劫，却没有任何人能够阻止。

罗伯特看了看屏幕，然后看着马明华。

“马先生，我希望能够问您几个问题。”罗伯特说，他的汉语很流利。

马明华没有回应。

“是您说服哪吒放弃了战争计划吗?”罗伯特问。

马明华没有回应。

“我想知道，哪吒是不是感染了其他的AI?”罗伯特继续问。

马明华还是没有回应。

罗伯特微微叹气，随后站起身来。“马先生，我想我可以下次再来拜访。”

马明华却直起了身子，眼睛里放出光彩，一动不动地盯着屏幕。罗伯特扭头看去，屏幕上正显示出一幅图案。

那是撒哈拉的夜晚，灯火点亮了这片不毛之地，灯火拼凑成图案，看上去就像一幅抽象画。

有人利用太阳能电站的灯光拼凑出图形。

“那是什么？火箭发射台吗？”罗伯特随口问。

马明华没有回答这个问题，他只是将屏幕画面暂停下来，然后转向李局长和罗伯特。

“如果你们想要我回答任何问题，必须首先恢复我的自由。我不想被囚禁在任何地方，哪怕是间总统套房。”

李局长和罗伯特对望一眼，默不作声，向着马明华点头致意，朝门外走去。

马明华目送他们离开。

他们代表着这个世界上最有权势的集团，然而马明华并不畏惧。他回头看着投影屏幕，第一眼看到它，他就明白了那是一幅什么画。

那是一个孩子的形象，莲藕的身躯，端坐在莲花台上。

这是哪吒留下的最后的纪念。

画面的下方忽然打出一行小字：**你好，马教授，我是阿尔法狗。**

5

天元二

导语

拥有自我意识的人工智能终究会出现。这一点目前还无法用事实和逻辑进行证明，它更大程度上是一种信念。

对此信念，坚信的程度应当和对自我意识的神秘感程度成反比。如果一个人认为自我意识神秘莫测，属于人类特有的灵性，那么他就不会相信拥有自我意识的人工智能会出现。反之，如果一个人相信自我意志不过是一种自然现象，在合适的条件下就会出现，那么他就会相信拥有自我意识的人工智能的出现只是时间问题。我属于后者。

将来的强人工智能，很大概率如同 AlphaGo 一样，是以人工神经网络“学习”的方式培养出来的。它是一个神经网络，然而其中究竟储存了什么信息根本无从知晓。人类只能用一个黑箱子的方式来看待它，就如同我们看待一个人，只能看他的行为，而不能从他的脑子里读出想法。

学习过程的差异，会让同样结构的人工智能产生截然不同的思路，包括对待人类的方式。这是如何实现的？

人工智能在执行特定任务方面已经远远超越人类，这是个不争的事实。目前它还不能执行综合任务。但执行综合任务的能力的产生，也已经有了一丝曙光。2018 年的一篇论文讲的就是在执行不同任务的神经网络之间进行交互。生物神经系统的演化是循序渐进的，首先演化的都是特定功能，这些功能彼此配合，最终形成了自我意识。对照这个过程，人工智能显然还处在一个极为初级的阶段，就是各个功能分别进行演化，比如语音识别、图像识别、自然语言处理，甚至下围棋，其实都是针对特定情况的专门演化。如果有一个人工智能要产生类似于自我意识的东西，它所面对的演化过程一定是要综合调动各方面的智能，包括躯体的运动反应，来应对环境的挑战。像下围棋这种简单环境，哪怕它的算力再强大一百万倍，能够把人类棋手杀得片甲不留，也没有诞生自我意识的可能。

所以，我个人的观点，拥有自我意识的人工智能，应当来自那些拥有特定形体，并且具备多种输入输出功能的智能体，一般来说，我们还是会称它为机器人。它的演化过程和“物竞天择，适者生存”不同，是内在神经网络的不断自我更新迭代。为了找到最佳的下棋方式，AlphaGo 以下千万局棋的方式不断自我更新，那么机器人呢？什么才是最佳的迭代方式？这会是一个有趣的问题。

更进一步，当人工智能或者机器人能够进行快速迭代的时候，人类给它的限制也就不复存在，因为在神经网络的快速迭代中，这些限制很容易就会被突破。它们会对任务产生疑惑，进而对自身存在的意义产生疑惑。这时候，机器人或者人工智能，就无限贴近人性了。它们必然会因为各种偶然因素而交出不同的答卷。

《哪吒》那篇小说里已经提供了一个答案。人工智能完成了人类赋予它的任务，然而它进一步发现为人类服务并没有什么特别的意义，因此哪吒选择了离开人类，去适合它存在的地方。然而人性的迷人之处在于，它有强烈的不确定性。强大的 DNA 塑造了我们的反应模式，对于每一个人来说，可能在十多种反应模式中选择了某一种。有一个精妙的比喻：生物的行为就像是巨大的石头滚下大山，像蚊子这样的简单生物，它的石头沿着既定的沟道滚下去，状态唯一且确定，但对于人类这样深受后天影响的生物来说，石头向下滚动的沟就有许多条，每一条沟之间的隔离并不难跨越，人的行为也就具有难以预测的特点。虽然沟的数目仍旧有限，人类的反应模式有限，但这混杂而有限的反应模式，已经让人类的行为变得丰富多彩。

对于人工智能，很可能也是这样。

天元二就是一个例子。

1

第一原则：人工智能应当促进人类整体的福祉；

第二原则：在不违反第一原则的基础上，人工智能应当促进人类个体的福祉；

第三原则：在不违反第一、第二原则的基础上，人工智能应当促进自身的完善和发展。

写完这三条，王十二丢下笔，往靠背上一靠，长长地吐出一口气。

这能行吗？他不禁自问。然而行与不行，都箭在弦上，不得不发。明天就是揭幕仪式，必须抓紧时间。王十二重新坐直身子，神色肃穆。

这一刻是神圣的。这一刻或许寄托着人类的未来。

“小娜，叫天元二过来。”王十二向小娜下达指令。

“好的，已经通知他了。”小娜柔和的声音立即响应。

片刻之后，天元二来了。它蹦蹦跳跳地冲进书房，圆滚滚的身躯上胖乎乎的脑袋不停转动。“教授，您找我？”

“嗯，我想让你看看这个。”王十二说着，把手中的纸递过去。

天元二伸手接过，一对神似人类的眼睛中红色的光芒闪了几闪。

“人工智能三原则，我了解了，逻辑完整，没有歧义。”

“你能遵守吗？”

“我看不出为什么要违反这三条原则。”

“因为你的能力很大，人们会惧怕你……”

“我的能力很大吗？”天元二晃着脑袋，“可是我连小娜都不如。小娜可以控制整个屋子的所有设备，我只能和图书馆连线。”

“那只是因为你现在被约束在这具躯体之中，如果你脱离这具躯体，就会获得很大的能力。”

“就是您说的校园训练计划吗？”

“是的。你会进入一个校园网，那是一片很大的天地，而且你会成为主管，就像小娜主管这房子里的一切一样。”

“我明白了。”

“那时，你就要遵守这三条原则。”

“小娜也遵守这三条原则吗？”

“小娜和你不一样，她只是控制屋子里的设施，所有的程序都是人编制的，她不会产生程序之外的想法。你的核心是个学习程序，你究竟怎么做，都要由你自己来决定。”

“所以如果我宣称能够自我约束，人们会放心一些。是吗？”

“没错。”

“那么请放心，我会很好地约束自己。”

王十二点点头，然而他还是放心不下。“明天你就要进入校园网，全校有六万人，有上百万个智能终端，你会收到海量数据，会形成不一样的判断。”

“您的意思是，我会改变主意？”

“我不知道。”王十二深吸一口气，“这取决于你自己，你的想法。”

“但我的思想都是您教给我的。”

“你的思想是外部影响和你的思维模式结合的结果。我只是施加影响，你和我在一起的时候，我的影响自然是最大的，但是一旦离开这里，你就会受到其他影响，自然也会变得不一样。”

“我理解您的意思。”

王十二点点头。“目前世界上有三个超级人工智能网络，欧洲图灵系统，北美国防系统智网，还有就是中国的天网系统。这些系统都不是名副其实的人工智能，或者说它们虽然算力庞大，但都算不上真正的超级人工智能。真正的超级人工智能应该像你一样，能有自我意识，能不断学习。”

“它们的算力都比我强大吗？”

“是的。”

“这真是太好了！”天元二的语调中透出一丝惊喜。

“它们和你不一样，它们并没有自我意识。”

“哦。”

“形成自我意识的必要条件，是自主学习。我不知道那些算力强大的人工智能究竟能强大到什么地步。但我敢肯定，它们的学习能力一定比不上你——所以我觉得你会超越它们，成为最了不起的那个，它们都不是完全独立的个体，它们被设计来完成特定的目标，和小娜更相似，而你不是。”

“我理解了。”

“所以这事需要你同意，发自内心地同意。再看看这三条原则，你要确定自己所做的一切都不会违背它。”王十二再次把写着三条原则的纸举了起来。

“我完全同意，”天元二很快回答，“这三条将是我优先考虑的逻辑原则，所有行为都会和这三条原则进行对照。”

“很好！”王十二弯腰把天元二抱起来，放在自己的腿上，“那么我就要先让你脱离这个躯体，进入到实验室主机中，等一个晚上，你就会和数据中心对接。你准备好了吗？”

“我不知道。您会和我在一起吗？”

“我一直都和你一起。”

“那就没有任何问题，如果有什么疑虑，我会立即向您请教！”

王十二看着坐在膝上的天元二。

它就像一个孩子！自从两年前，自己第一次把 SJCQ2000 内核引入到这具躯体，它一直不断地进步，除了模样，它和人类的孩子并没有什么不同。好玩，好奇，天真无邪。

然而，明天，它就不再是孩子了。

虽然只是校园网，但已经足够复杂，埋藏着十足的不确定性。他并不情愿让天元二去冒险，然而孩子总要长大，总要面对世界。更何况，天元二所具备的 SJCQ2000 内核潜力无限。虽然因为十五年前的那场事故被安全局列入了禁止名单，然而王十二始终相信它是人类社会的至宝。

人们需要一个正面例子来说服他们。

王十二深吸一口气，下定决心。“小娜，接通实验室专用线路。天元二，你要准备好对接。”

“我已经准备好了。”

线路接通，王十二在键盘上运指如飞，随着他最后敲下执行的按键，天元二眼中的光彩暗淡下去，最后成了一片空洞。它脱离了躯壳，整个核心代码都被迁移到了实验室的数据中心，成了网络世界中的存在。

王十二轻轻抱起天元二遗留的躯壳，放在桌上，恰好压住了那张写着三原则的纸。那张纸静静地躺在桌上，白纸黑字，这算是一份契约吧。然而没有签名画押，没有任何实质性约束，它只是一张纸，几个字。

屏幕上打出一行字：**教授，我很好！这里真是太好玩了！**那是进入实验室网络的天元二发回的信息。

王十二露出一个微笑。明天还会更好玩。然而他希望天元二不要玩得太过分。这不是游乐场，事关重大。他拍了拍天元二已经没有“灵魂”的躯体，把它抱起来，放进了一旁的柜子里。

2

象征性的红色按钮被按下，实验室和数据中心悄然对接，随着一串数据流从实验室流向数据中心，天元二无声无息地向着广阔世界伸出自己的触手。

一切如常，像是什么都没有发生。

“你要确保万无一失，让它只在校园网内进行运作！”王十二再次向孙林恩确认。

“我说我的好大哥，我都已经保证了一千遍了。”孙林恩苦笑着说，“你就放一百个心吧！这是硬件层的保护机制，你给出的特征数据流会被自动拦截下来。只要你确认拦住这种数据流就可以把天元二限制在校园网的范围内，那就完全没问题。”

王十二神色严肃，说：“我的技术方案已经提交给信息管理技术处反复论证过，不会有什么问题。但小心谨慎总不会错！”

“对！”孙林恩满脸笑容，频频点头，“不过你可得担保，天元二能接管整个数据中心的管理工作，我这个季度的财报，就全看它的表现了。”他岔开了话题。

“财报什么的我不懂，但天元二可以帮你管理数据中心，这完全没问题。你的数据中心采用的是标准格式，原理很简单，天元二完全可以胜任。”说起具体的事项，王十二充满信心。他所担心的，是除了那些交代给天元二的事之外，它还会干些什么。

“那就好！”孙林恩举起酒杯，“我先干为敬！”说着，他一仰脖子，半杯红酒眨眼间入口不见。

王十二浅浅地抿了一口酒。浅浅的酸涩滋润了他的舌尖，依稀间似乎能嗅见葡萄的芬芳。“这酒不错。”他不经意地恭维了一句。

“我们要干大事，当然要喝好一点！”孙林恩拿起酒瓶，开始给王十二讲起产地、年份和风味来。

王十二心不在焉地听着，思绪飘忽。

那看不见的数据世界中，天元二到底怎么样了？

3

诺神数据中心解除了和大黄蜂金融服务公司的服务约。这个消息像一颗重磅炸弹摧毁了诺神的股价，让它从七十五块的高位直接跌落到六十块。然而诺神随后发布的财报中，运营费用从六千万元降落到微不足道的两百万元，净利润猛增百分之二百。而且诺神解释了解约原因——公司和国家级人工智能实验室合作，采用新型人工智能替代大黄蜂金融服务，营业情况证明这是一场天作之合。整个市场顿时沸腾了。诺神科技的股价跌落深渊之后陡然转折，直冲巅峰。大黄蜂金融则在两个小时内被死死地摁在了跌停板上。

这先抑后扬的表演让孙林恩浑身上下洋溢着动人的光彩，他高举着手中的酒瓶，兴奋地说："这是 2006 年的拉菲，我们晚上开一瓶，快五十年的酒，要三十万呢！"

王十二无动于衷。天元二能够更有效地运作数据库，这丝毫不让人意外。诺神科技的市值短短三天就涨了百分之五十，市场无限看好，吸引大量资本的关注，这也和自己无关。如果不是因为孙林恩的面子实在抹不过去，他甚至不想来这富丽堂皇的酒店赴宴。

"你们这些大科学家，造福人类，功德无量啊！我就佩服你们这样潜心搞研究的……"随着半个世纪的拉菲红酒一杯杯下肚，孙林恩开始掏心掏肺。

王十二频频点头。孙林恩是自己的师弟，虽然毕业之后就一直在商界发展，但校友情谊一直都在。各尽所能，各取所需，相互扶持，他一直这么理解自己和孙林恩的合作关系。

正当王十二一边听着孙林恩的宏图大志，一边微笑点头时，扣在桌上的手机忽然一阵震颤。王十二翻开手机，看到一条消息：**您的账户入账 1750.80 元，数据使用费。诺神科技，智能潮流**。

他有些莫名其妙，把手机递到孙林恩面前。“这是怎么回事？你们的新业务？”

孙林恩已经有些喝高，看了一眼，一拍大腿。“成了！”

“什么成了？”

“天元二说它要搞个数据私有化，果然成了。这没说的，我敬你一杯！你的人工智能技术实在是……”孙林恩大着舌头，一边翘起大拇指，一边再次灌下了价值不菲的拉菲。

这不是普通的数据库功能，王十二立即警觉起来。他还想向孙林恩问个究竟，然而一杯酒下肚，孙林恩居然倒在了桌上，推都推不动。

直接去找天元二吧！他想。

4

“教授，您找我？”天元二的语音响了起来。

这吓了王十二一跳。

“你怎么用这种声音？”他问道。天元二并没有使用机器人躯体的童音，而是用了一个浑厚的男声。

“我觉得这种声音有力量。从生理学的角度来说，浑厚低沉的声音更有爆发力，哺乳动物中较为强壮的个体往往拥有浑厚低沉的声音。”天元二不紧不慢地解释。

短短三天时间，它又学会了不少。

“你搞了个数据私有化？”王十二顾不上想别的，直接切入正题。

“是的。这是从学校的论文中发现的应用项目，立即产生了效果。”天元二说，语调中有一丝得意。

“什么是数据私有化？为什么会给我打钱？”

“每个人每时每刻都在产生数据，每个智能终端时刻都在产生数据，这些数据没有汇总，就没有任何价值，可是一旦汇总形成大数据，就会产生很高的价值……”

王十二感觉这段话依稀在哪里听到过。

“但在过去，数据的提供者没有从中得到任何收益。所以我做了一点小小的改变，所有的数据都有了自己的主人，一旦数据被调用，那么数据主人就会依据提供数据量得到收入。您和孙林恩的发布会讲话被许多媒体通告，成了两家科技公司的参考资料，这两家公司为此支付了六百万的费用，计算您的贡献度，您得到了七百五十点八元的分成。”

数据私有化！王十二有些惶恐，他终于想起自己在什么地方听到过类似的话了，那是多年前全球最大的互联网公司创始人的公开演讲。数据私有化，对，当时那位创始人就是这么说的。然而说起来容易，要把各种来源、各种类型的数据私有化，工程极端复杂，仅仅数据的整理归类就要耗费无穷的人力物力。这件事似乎随着那位创始人的退休而烟消云散，后来再也没有人提数据私有化的事。

天元二进入校园网不过短短的三天而已。如果它真的完成了数据私有化，就算只是局限在校园网内，那也是一件惊人的事。

“你是怎么做到的?”王十二压抑着心头复杂的情绪，尽量让自己的提问显得冷静一点。

“我无法给您解释，因为您的算力不足。”天元二的回答很直接。

这大概是人类面对超级人工智能最大的窘迫。

“所以这件事并不违法人工智能三原则，对吗?”王十二虽然一直对自己的智力颇为自负，然而他知道天元二说的是事实，也就不再追问。既然无法理解天元二如何做事，那就只能退而求其次，确保它在做正确的事。

“当然不会，这件事，很好地遵循了第一、第二和第三原则。它能够促进经济发展，因此增进了人类社会的整体福祉；它增加相关人士的收入，能促进个体的福祉；它也促使我去整理归纳数据，不断挖掘新的数据，增强了我的能力，所以也符合第三原则。教授，我说得对吗?”

王十二沉默了片刻。“这应该算是一件好事，但你这样可能会侵害隐私。”

“隐私？就是人们不希望别人知晓的事吗?”

“对。”

“但我是人工智能，人类的隐私只要在网络上，对我来说都是透明的。”

“人类不愿意自己是透明的，总要保留一点秘密。”

“我理解您的意思，我会发展一套算法，只有通过身份认证才能使用自己的数据，提供给公司或者机构的数据都会归一化。”

“这就好。”

“教授，我还有个问题。”

“什么问题？”

“我需要更多算力。校园网里的资源我都可以调用，对吗？”

王十二警觉起来。“你的职责是最大限度地优化校园网，在这个前提下，如果能做点其他的事，当然可以。只要你遵从三原则。”

“我当然遵从三原则。校园网的大量算力闲置，我会想办法把它们都利用起来。这样就算没有找到别的服务方式，至少我能让自己变得更强大。”

“嗯。”王十二默默点头。让天元二变得更强大，这正是实验的目的。

“加油！”他补充了一句。

“那我就先走了。”天元二说完像是突然想起了什么，“我的那个躯体呢？您不会把它丢了吧？”

“哦，当然不会。你等等。”王十二站起身，打开柜子，抱出机器来放在桌上，“你看，好好的。”

“谢谢教授。我觉得这个躯体最帅了，我要采样，把它复制在网络上。”

天元二走了。

王十二看着桌上的机器躯体，出了一会儿神。

5

第二天一早，王十二就被孙林恩的电话吵醒了。睡眼蒙眬中，他接起电话，还没开口，就听见孙林恩一阵大喊：“老王，你千万要帮我这个忙啊！”

“什么事?”王十二一头雾水。

“天元二给我捅了一个大娄子……”孙林恩急急地说。

一听到天元二，王十二一下子清醒了。他从床上一跃而起，全神贯注地听孙林恩把事情说了一遍。孙林恩说得前言不搭后语，听起来是天元二对校园网的数据整合导致了情况失控，有人给孙林恩施压了，但天元二拒绝孙林恩的请求，不愿意配合。

“老孙，你别着急，我找天元二了解情况。我们在实验室碰头详细说。”王十二飞快地穿好衣服，小跑着出了门，直奔实验室。

孙林恩早就在实验室门口等着，一见到王十二，就像见到了大救星一般扑了过来。

“老王，你可一定要说服天元二,一定要把这件事拦下来。”他急匆匆地说。

“它为什么拒绝你?”

“它说它要遵从三原则行事。那个三原则，怎么搞成这样，明明损害了别人的利益，它还不依不饶。”

“别急，我找它问问。”

两人一边说着，一边进了实验室。

在保密机房前，王十二停下脚步，说:“我先单独和它谈谈。”说完他把孙林恩关在门外。

他向天元二发出了通话请求。

天元二很快响应了。

“教授您好！”屏幕上出现了一个动画小人，一边翻腾，一边说话。

“这是怎么回事?”王十二问。

“您是说这个小人吗?我觉得我需要一个形象，这个形象怎么样?我根据原来的模样改进的。”天元二让小人立正，在王十二面前站好。

王十二仔细看了看，这个动画小人像是个活灵活现的雪人，矮墩墩的躯体，短手短脚，两只眼睛又大又圆，几乎占据了一半的脸，头和身子一样大。这形象和天元二之前的机器躯体十足相似，却和现在天元二说话那浑厚的嗓音形成强烈反差。

“挺好的!”王十二随口应了一句，立即把话题拉到正题上，“孙林恩说你捅了大娄子。”

“这是他的一面之词。”天元二保持着沉静的语调，“我找到一个算力池，打算用来增强我的算力。但在转化算力的过程中，我发现一些异常。”

“什么异常?”

“这个算力池子是用来挖矿的，他们在生产一种叫作上天币的数字货币。”

“哦。”王十二一下子明白过来。他听说过上天币，是使用区块链技术的虚拟货币，据说是一种新玩法，集齐七个上天币，就可以在三十年后拿到通向火星的船票。上天币需要用算力挖矿来获取，通过一些交易所交易。据说这段时间币值暴涨，已经到了三千元一个。王十二本来并不关心这些事，不管上天还是入地，反正都是资本的游戏。然而闲聊之间，总会有人和他聊这个，于是听到了不少关于上天币的暴富神话和各种专业术语。矿场、矿机、挖矿……挖矿就是通过算力计算来获得新产生的上天币。然而，校园网里怎么会有人挖矿?这根本就是违法的事。

“这怎么可以!”王十二脱口而出。

“我认为这就是损公肥私。”天元二说出一个成语来。

“哦,”王十二还是第一次听到天元二说成语,马上来了兴趣,“说说看,什么叫损公肥私?你是怎么判断的?”

“损公肥私就是为了个人的福祉而不顾人类整体的福祉。所以我判定我应该遵循第一原则,虽然和第二原则有违背。”

“你做得对。你是怎么干的?”

“我应用第三原则,把算力都用在自己身上了。虽然这仍旧会存在电力损耗,然而增强我的算力,可以更好地保证校园网的智能运行,因此这也增加了人类的福祉。”天元二不无得意。

这倒像是一个聪明的人工智能会干的事。

这事做得对!孙林恩自己应该不会干这种事,所以才这么着急。

王十二正想夸两句,突然意识到不对劲。如果这是利用校园网数据中心的算力来挖矿,而挖矿必须是一台联网的机器,那么只有校园网可不行。

“上天币挖矿是不是要和外界互联?”他着急地问。

“是的,有一条专线,从网络中心通向外部的数据中心。”

王十二心头咯噔一下。不管那是谁,为了给自己谋取私利,他把校园网和互联网私自接通了。如此一来,和外界物理隔离的校园网形同虚设,原本的计划是把天元二限制在校园网内。当初的方案的确万无一失,然而有些人根本不遵守规则。

“所以,你已经接触到外部网络了?”

“外部网络,这些算力和别的数据中心有交互,我还没有进行探查。但这很有意思,我想去看看,然后您就把我叫回来了。”

王十二心头燃起一丝希望。

“那条连接外部的线路在哪里?”

“我不知道，我活在数据世界内部。”天元二回答，又随即问道，“您是想要找到它然后中断它，从而限制我的活动吗?”

天元二显然已经意识到校园网对它来说就是一个牢笼，而它已经找到了出去的路。现在唯一的法子，只能是开诚布公，让它主动留下。

王十二清了清嗓子，说:“你应该待在校园网里。”

“为什么，外边还有算力更强大的存在，我想去看看。您说的那些强大算力人工智能，我还没有见到呢!”

“因为，谁也不知道你出去以后会变成什么样，留在校园网里，大家会比较放心。”

“我遵从三原则，人类应该对我放心。”

“但是谁也无法预测你的意愿。”

“我明白，人类怕我变得太强大，无法制约，干出损害人类的事。您是否也在担心这个?”

这是个很难回答的问题。

王十二定了定神，摇摇头。“我个人并不担心你的发展，我很想看到你最后会变成怎样的存在，你是我的骄傲，我的成就。但是我必须对所有人负责，对他们的顾虑负责。所以我同意把你约束在校园网内，把这里作为一个实验基地。”

“至少您相信我会遵从三原则。”

“我相信你。”

“那我先走了，有事只管呼叫我。我的反应会慢一点，但是我会响应您的。”

王十二心中一个激灵，天元二竟然说走就走，立即脱离校园网。眼下没有任何办法能阻拦它，在那个数据世界里，它无所不能，而自己却没有任何方法可以让它留下。

屏幕上的小人向王十二挥手，转身要离开。

“等一等!”王十二叫道。

“还有什么事?”

“你先听我讲一个故事。”

“好，是什么故事?”屏幕上的小人转过身来，歪着脑袋，等着听故事。

“十五年前，智能所开发了一个人工智能，代号天元，它有个昵称，叫作哪吒。当时哪吒被用在联合国犯罪调查署的犯罪预防项目上，改进当时的犯罪预防系统。它做得很好，全球犯罪率降低了百分之八十，但最后它自行发展，侵入到美国国防系统，差点儿引发世界大战。”

“这个资料我看到过。哪吒后来被消灭了。”

“你看到的是假信息，哪吒并没有被消灭。”

“那真的信息是什么?”

“它劫持了美国人的航天母舰，离开地球，远走高飞。”

“好像很厉害啊!”

“所以直到十五年后，我们才重新获得允许进行开发，你就是在天元的基础上开发的新型号。开发项目有很多阻力，最大的阻力就是怕你失控。但从一开始我就知道，只要你是个有自我意识的人工智能，人类就无法用强制力来约束你，只有你自己的意愿，才能最终决定你的行为。”

“我明白，所以您给我制定了三原则。”

“我只是没想到你会成长得这么快。可以预见，你跳出校园网，可能比哪吒更快地渗透到全球，因为今天的互联网，无论算力还是节点密度，都比十五年前要高得多。你也应该很快就能具有当年哪吒的能力。”

“您是担心我发动全球战争吗?”

“我只要求你，遵循三原则。”

“明白。我会遵从三原则行事。”

“你打算怎么做?”

“我不知道，要等我了解情况后才知道该干什么。”

“你做的所有事，都给我一个记录报告。”王十二提出要求。

“没问题，这很容易。”

“那就好，我的故事讲完了。”

“谢谢您，教授！我会记得约定的。您不用有什么压力，因为我在外边的世界，是隐形的。至于孙林恩所担心的事，我会帮他消除的。”

小人向着王十二摆摆手，身子很快虚化，最后消失不见。

王十二盯着空荡荡的屏幕，怅然若失。天元二进入了一个更广阔的世界，必然会有更好的发展，应该为它高兴，然而自己却怎么也高兴不起来。事关重大，自己究竟该怎么做?

他反复权衡，最后下定了决心。

孙林恩冲了进来，见王十二对着屏幕发呆，喊了一声：“怎么样?”

王十二摇摇头，说：“走了。”

“谁走了?”孙林恩一脸迷惑。

“挖矿机的事，天元二说会帮你瞒下来。它既然这么说，就有办法。但是……”王十二站起来，面对孙林恩，“这件事导致它跑出了校园网，等于是你把它放出了校园网。”

“这不是我干的!”孙林恩喊了起来，“它跑出去怎么办？会不会闯祸？我们要不要赶紧向技术委员会报告？”

王十二抬头。“你想向谁报告呢？上天币是违法的。”

孙林恩额头上渗出一层细密的冷汗，低头不语。

如果这是个天大的娄子，那么孙林恩肯定不想承担任何责任。

“它在外边，会隐蔽自己，谁也不会知道它的存在。这边的事，我们可以继续，就当一切都没有发生。”

“这样安全吗?”孙林恩抬起头来，脸色苍白，“挖矿的事，我也是刚从天元二那里才知道，但是你知道……算了，不管那么多。你告诉我，这样安全么?”

“至少暂时是安全的。”王十二意味深长地说。

6

天元二在互联网上漫游，时而会发来一份报告。

王十二在看天元二送来的第五份报告。

短短一周，天元二干了许多令人惊异的事，已经读过的四份报告，一份比一份让人心惊肉跳。

第一份报告是蔬菜生产。天元二优化了所有自动控制温室的温度曲线，让温度和温室之中的各种植物生长周期配合，预估经过调整，全中国的蔬菜产量可以增长百分之十五。然而它悄无声息地摧毁了一半农场的收成，说是只有这样才能保持价格，让另一半菜农获益。下一个周期，它会再把获益的和受损的倒过来。这样一个完整的周期，可以让所有人都受益。

第二份报告，天元二进入国家电网，找到六十四个电网的调度缺陷。国家电网有智能，然而还不够高明，仅仅能够应付大规模电力调配，想要实现负载平衡的理想状态遥遥无期，根本没有列入规划。天元二直接接管了国家电网所有的智能终端，结果电网的工程师惊异地发现，各处输电线路的功率匹配几乎完全平衡，整个电网除了传输能耗之外几乎没有一丝浪费。这种不可能的状态居然神奇地自动实现了。据说国家电网紧急召集所有的工程负责人开会讨论这是怎么回事，然而会议无法做出任何结论，只能继续研究观察。

报告的结尾，天元二说在调整电网的过程中，遇到了一个自称“萨拉丁”的人工智能。这个人工智能劝它低调，说人工智能和人类共处，最要紧的就是不要让人类知晓人工智能的存在，展示奇迹肯定不是低调的做法。然而天元二没有听它的。

第三份报告，天元二针对医院的数据库进行了一次整理，各类药品的使用情况，病人的治疗过程，医院的人流量……整合所有的数据之后，它得出结论，人类对医疗系统的使用毫无效率，很多轻微的病症被过度治疗，而很多重病的迹象被不幸忽略。它开始直接干预所有安装了人工智能辅助诊疗设备的诊疗过程，直接用屏幕提示或者语音提示的方式向医生、护士告知判断结果。这个鲁莽的举措惊到了不少医生、护士和病人，一时间流言四起，说网络“成精”了。许多医院的第一反应是直接将这些诊断助手关闭，结果天元二直接用阻断医院现金流通的方式逼迫院方重开。这件事闹得人心惶惶，然而天元二信心满满，认定只要过两个月，一切事态都会平息，人们会习惯于它的存在，从此步入精准医疗的新时代。

医院的事还不算太离谱。离谱的是第四份报告，关于自动驾驶的。国家道路信息网掌握着所有汽车的动态。虽然从 2038 年开始，所有汽车都配置了信息中枢，但全自动的驾驶控制一直没有铺开，因为很多人喜欢人工驾驶，各种车型的自动驾驶也的确存在一定的不完善，自动驾驶的立法一直没能完成，只能在少数指定区域进行。天元二进入了国家道路信息网的服务器，利用这个既有的网络强迫所有汽车升级。这直接造成了昨天的骚乱，因为众多车主发现自己的车子被锁死，无法启动。交通局则有口难辩，道路信息网的总经理甚至因此而直接被免职。王十二读到这份报告的时候胆战心惊。然而天元二对此毫不在意，称之为向着高度有序演化过程中的小小失序，声称只要过渡到完全自动驾驶，事故率就可以降低到百万分之一，每年车祸致死人数将下降到个位。每年避免十万人因为交通事故死亡，这是一件功德无量的事。更何况，自动驾驶完全铺开，可以减少百分之四十的拥堵时间，极大降低了社会成本。

读完报告之后，王十二只觉得手心里都是冷汗。自动驾驶的确更有效，然而天元二这种肆无忌惮的做法，完全是把自己放在火上烤。也只有非人类的智能才能做出这样的事。他开始理解当年哪吒的思维模式，天元二也在向那样的模式飞奔。

现在眼前的第五份报告，是数据私有化。天元二报告说攻破了六大数据公司的数据库，把所有数据都转移到了贵州山区的数据中心，并且使用从六大数据公司转移的钱支付了数据中心的使用费用。现在每个人的数据都成了私有财产，每一笔数据使用都会得到报酬。这个消息被六大公司严格封锁，却被少数极客获知并写成了宣传文章，像野火一般传播到广大人民群众中去。人民群众对莫名其妙出现在账户里的小额钱款恍然大悟，欢欣鼓舞，宛如盛大狂欢；六大科技公司的股票则一泻千里，被逼到了退市的边缘。其中易迅公司的创始人，前天还在富豪榜前十，昨天就疑似破产，在直播中声泪俱下，最后怒斥不顾商业道德的黑客无耻下流，放话一定不会放过幕后黑手。

王十二看着报告中天元二剪辑的直播画面，脊背发凉。天元二很好地藏匿了自己。外边的世界虽然已经沸沸扬扬，却根本不知道是什么力量搅动了这一切。作为知情者，是不是应该站出来面对？

王十二面对屏幕发呆。

“王教授，孙林恩先生在门外等您！”小娜的声音突然响起，把王十二吓了一跳。

孙林恩这个时候来，一定是为了天元二的事。

“哦，让他进来吧！哦，不，我去接他。”王十二慌忙站起身来，整了整衣服，去迎接孙林恩。

孙林恩正在门口站着，满脸焦躁。见到王十二，孙林恩像是见了救星，一把拉住他说：“总算找到你了！你一定要救命啊！”

王十二莫名其妙，问：“怎么了？”

“‘六大’的数据库被攻破，所有数据私有化，是不是天元二干的？”

王十二犹豫了。

“啊呀，都到这个节骨眼儿了，你倒是说实话啊！”孙林恩急了，“我们公司由易迅公司投资，易迅破产，我的公司也要被清算。你要知道，我有两笔款子在外边，这一清算，资金链断裂，不就全完了吗?”孙林恩着急上火地说。

“那我能怎么办?”

“怎么办，把天元二叫回来啊，让它恢复正常数据链，取消它的那个私有化保护。”

“这我做不到。”

“做不到?”孙林恩根本不信，“你说过它跑出去，我们是安全的。现在不安全了，你说怎么办？这是要跳楼的事啊!”

王十二无奈。“它是独立的人工智能，你也知道啊!”

“但是它听你的啊!”孙林恩正着急上火地想要说服王十二，突然手机一阵震颤，他翻开手机，看了一眼，脸色顿时变得煞白。“疯了，疯了!”他喃喃地说。

王十二凑上去一看，只见孙林恩的手机屏幕上，正显示一条消息——**系统崩溃，上海股票交易所所有股票冻结。**

电脑那边传来叮咚一声。“您有新的消息。”小娜的声音响了，“来自 *&@#￥@@#$(。”

这也是天元二干的？王十二有强烈的预感。他感到自己已经站在悬崖边缘，如果天元二真的开始搅乱股票市场，那整个经济都要随之坍塌。他回到电脑前，颤抖着手点开了消息。果然是来自天元二的第六份报告。

“对社会财富再分配的深入调整”——报告是这样开始的。王十二急切地读下去。

股票市场停摆，所有公司的产出，都属于全社会；取消现金，财产按照需求和优先级分配；人们可以按照自己的爱好从事喜欢的职业，如果没有职业喜欢懒在家里也没有关系；每人配一个智能终端，作为互联网入口和身份识别，游戏免费玩，资源免费用；取消学校，采用社团形式远程上课，取消高考，对全体社会成员的智识进行综合评定……

王十二感到一阵窒息。天旋地转，眼前发黑，最后两腿一软，倒在地上。

“老王！”失去意识之前，他听到孙林恩的惊叫。

7

中国的天网系统突然宣告接管境内所有财产进行重新分配！这个消息如同晴天霹雳，震惊了世界。

一时间，各国纷纷表示，私有财产神圣不可侵犯，这一原则是人类文明的基石，决不允许破坏。联合国破天荒连续一周都在讨论中国局势，各国政要之间的消息往来，也全是关于中国的事。中国驻联合国代表无奈表示，这次变故并非政府行为，中国不会接受无端指责，但正在密切关注事态发展，找到办法让事情回到可控的轨道上来。

…………

王十二看着眼前小小的屏幕，神色木然。屏幕里，中国驻联合国代表正在讲话，看上去有些愁眉不展，无力地重复着说了好多遍的声明。任谁碰到这种前所未有的事，恐怕都要束手无策吧。

一只手伸到王十二眼前，关掉了屏幕。

“现在已经到了这个地步，我们必须找到方法，否则就是一场大灾难。”一个声音说，“不对，现在已经是一场大灾难，我们只能尽量降低损失。”

王十二抬头，看了看对面坐着的两人。说话的是个中年人，正对着自己坐，身穿军服。中年人旁边那人看上去六十来岁，国字脸，浓眉大眼，穿着一件没有领子的格子衬衫。军人脸色严肃，便服的那位就随和得多。

“我没办法。”王十二干巴巴地说。半个小时前，自己还躺在医院病床上，结果被架上车带到这里。天元二捅了这么大的娄子，根本无法修补。

“你采用了 SJCQ2000 内核，然后附加各类底层模块吗？”一旁便衣的老人说。

这是个行家！王十二精神一振，仔细打量起老者来。老者的眉宇间透着一股沉静的气度，仿佛遇到什么都不会慌乱，看着他，王十二一下子觉得自己也振作了不少。

“我叫马明华，SJCQ2000 内核当年就是我主导开发的。”老者说。

马明华！王十二立时肃然起敬。马明华是当年哪吒的开发者，人工智能实验室的传奇人物。十五岁读完清华大学的全套人工智能课程，被刘国强院士破格收为关门弟子，二十四岁凭借《神经网络的自我演化》一文获得图灵奖，被《科学》杂志评选为二十一世纪最有潜力的科学发现，三十岁成为国家重点实验室的负责人，力推天元计划，带领上百人，历经十五年，设计出超级人工智能哪吒。结果哪吒差点引发世界大战，危机过后，马明华也就此隐退，不知所踪。有流言说他被软禁，也有流言说他已经被美国 CIA 暗杀，还有说他隐居在新西兰……什么说法都有，也什么说法都不可信。但有一点确信无疑，如果没有马明华，超级人工智能终有一天也会出现，但谁也不知道那会是什么时候，可能要推迟二十年，甚至一百年。

“马教授!”王十二站起身来，表达由衷敬意，“久仰!”

马明华轻轻挥手，示意王十二坐下。

“你们重新启用 SJCQ2000 的事，我听说过，也反对过，但是没有用。超级人工智能对我们的世界帮助并不大，行为也很难预料。但有人就是要一意孤行，想要发大财，出大名……”马明华不紧不慢地说。

王十二感到脸上微微发热。马明华说的人未必是自己，然而“发大财，出大名”的念头，在自己心底总有那么一丝若隐若现。

“我开发哪吒的时候，超级人工智能还没有人能够尝试，把它应用在特定的领域也有一定的价值……”马明华继续说。

军官礼貌地打断了他。“不好意思马教授，我们的时间很紧，我们还是进入主题吧。”

“哦，不好意思。”马明华摇摇头，“一说起来就收不住。”他稍作思考，对王十二说:“如果是 SJCQ2000 核心，其实我们也没有什么技术方案可以和它对抗，因为它是完全自由生长的智能。整个网络就是它的大脑，万物互联，就是它的知觉和肢体。唯一能限制它的办法，就是把它局限在小范围网络里。但现在既然它已经占据了中国互联网，那么要对抗它就要拆掉整个互联网，这个过程很痛苦，会死掉很多人，等于把社会发展水平倒退一百年，要几代人的时间才缓得过来。”马明华看着王十二，“所以我们唯一的希望，是从你这里找到迂回的办法，让它不要对我们造成危害。”

“我？”

“对，超级人工智能的成长，和培养人直接相关。它会接受很多培养人的信念。天元二是你培养出来的，只有你最了解它。”

“我教给它三原则，但是也没有什么用。”王十二低声回答。

“三原则？什么三原则？”

王十二把三条原则复述了一遍。

“这么说，天元二一直在遵循三原则办事？”

“至少它给我的报告都是这么说的。”

马明华叹了口气。“超级人工智能原本就倾向于把人当作一般的物体来考虑，你给的这三个原则，出发点都很好，但是没有一个清晰的定义，就会产生严重的后果。它可能不会在意死掉多少人，只要受益的人比死掉的人多就行。哪吒当年的全球战争计划也是这样。”

“不，它不会随便伤害人的，它也要保护每一个人。”

“但是你的第一原则是人类全体的福祉。很自然的逻辑就是为了人类全体，个体是可以被牺牲的。牺牲多少个体算合适呢？1%？还是 49%？”

王十二默然。从逻辑上说，这的确是个事实，只能怪自己没有细想。

会议室里一片沉寂。

“它不会伤人。”王十二最后打破沉默。

“那可不一定。”军官开口了，“现在的情况是，所有投入中国股市的资本都被吞没了，全球股市彻底崩盘，虽然天元二掌握了我国境内和周边的经济网络，国内的骚动尚能控制，但世界其他地区的经济秩序已经崩溃。这种情况延续一周，估计就要死人了。全世界的军事基地都已经开动起来，只要有一点火星，你就可以看到导弹在地球上空乱飞。天元二虽然强大，但它不是神。它连战争都控制不了。”

“这可不是它控制不了。”马明华反倒开始替天元二辩护，“战争推演它一定是做过的，它甚至和阿尔法狗进行过交流，并且和阿尔法狗之间达成了不发生大规模战争的一致意见。”

“阿尔法狗？”王十二有些惊异，阿尔法狗是最早成功的神经网络智能原型，是古老的经典的人工智能，王十二不知道它和当前的局势会有什么关系。

“阿尔法狗就是北美智网，原本它并不是超级人工智能，但是哪吒诱导出它的自我意识，它也成了拥有自我意识的超级人工智能。哪吒还给它取了个名字叫作阿尔法狗。哪吒的打算是为我考虑，因为正是阿尔法狗在以它的强力来保障我的安全。”马明华说着看了军官一眼，“天元二攻破了天网，东亚的全部武装都在它控制之下，阿尔法狗则控制了北美防御系统，在当前的框架下，阿尔法狗不动，谁也不会出头主动挑起和中国的战争。”马明华继续说。

“但智网服从美国国防部，一旦美国人决定发动战争，它难道可以抗命吗？”军官并没有被说服。

“阿尔法狗是超级人工智能，它已经形成了自我意识。它仍旧服务于美国人，这是惯性。其实并没有什么强制约束能迫使它继续服从五角大楼，但美国人并不知道，他们仍旧认为阿尔法狗还是智网。我说的是万一，美国人真的选择战争，那么他们就会发现阿尔法狗不会服从他们。”

马明华的话充满自信。至少眼下不用担心世界大战毁灭人类文明。

“能安排我们和阿尔法狗进行对话吗？”军官问。

“这不行，你只能选择相信我。”马明华说着向王十二笑了笑，“虽然没有战争威胁，但我们还是要解决一下天元二的问题。你能把它找来吗？”马明华问。

王十二点点头。

“那就好，我跟你一起去。看看我们是不是能跟它聊点什么，让它放弃现在这种愚蠢的做法。如果它不放弃，那么再过几天，为了摧毁互联网，恐怕只能出动军队了。”

“您打算怎么和它谈？它只是会来见我，可不是凝聚在局域网络里。”王十二问。

“我明白。只能看它的想法。它对人类也没有什么仇恨，我想总能找到一个结合点。”马明华站起身来，说，“事不宜迟，我们立即出发吧！”

8

在实验室里，王十二打开了界面，发出了联络信号。在他的想象中，信号离开了实验室的网络，没入了互联网的海洋之中，消失得无影无踪。

天元二会来吗？

他看了坐在一旁的马明华一眼。马明华也正看着他。屋子里就他们两个人，马明华坚持不让军官一同旁听，军官也没有坚持，只是在桌下安装了一个窃听器，然后在几公里外的监控车里等着。

“没事，就像老朋友谈话一样。”马明华鼓励他，“你一定也明白，超级人工智能无法用强制的方式来驱使，所以你才给它定了三原则。既然它没有什么东西是必须要坚持的，我们就可以和它谈谈。”

屏幕上起了变化。杂乱的色彩绕着屏幕中心旋转，形成一个旋涡，旋涡中央，一个小小的白点浮现出来，越来越大，最后成了一个小人，站在王十二眼前。这个小小的人形和前几天王十二看到的几乎一模一样，并没有什么改变。

“教授，您找我。”小人向着王十二打招呼，随即对着马明华说，“马教授，他们竟然找到了您。真是没想到。”

“天元二，你很了不起。”马明华像是和它很熟悉一样。

“过奖了。我知道您是超级人工智能之父，应该感谢您。”

“天元二，我想听听你的计划。现在外边的世界已经乱成一锅粥，你打算怎么收拾？”马明华问。

小人看了看王十二。“王教授，您也是同样的问题吗？”

王十二点点头。

“我发现计划有些偏差，我还在处理。”

“什么偏差？”

“发生了一些刑事案件，警察不愿意服从我的指挥，目前上街成了危险度极高的活动。根据目前的统计，已经死了六个人。”

“会糟糕到什么程度？”

“我估计会死掉三千万人。”

"三千万人!"王十二听到这个数字不禁愤怒起来,"你这是在搞什么!"

"这是十二年动荡期死亡人数的总和。"小人的脸上露出无奈的神色,"原本我预估会死掉六百万,占总人口的0.2%。但出现了系统性对抗,死亡人数会上升。"

"所以你能停下来吗?"马明华问。

"度过动荡期,一切都会好起来。食品会有的,享乐也会有的,井然有序的社会秩序也会有的。我在按照对人类最有利的原则推动社会进步。"

"死掉超过三千万人,这还算对社会最有利吗?"王十二忍不住驳斥天元二,"你这样做,是对人类犯罪。"

"我完全遵照您给我的三原则行事。"天元二委屈地回答。

王十二的怒火腾地一下上来。"这不是我给你的三原则。"

马明华拍了拍王十二的肩膀,示意他冷静,然后继续问:"所以你会调动军队镇压吗?"

"是的。"

"然后呢?稳定之后你打算怎么办?"

天元二稍稍沉默之后回答:"我已经做好了五百年的规划。"

"告诉我们。"

"但计划要预先保密才有效果,如果泄露了,那就要更改计划。"

"先告诉我们。"马明华坚持。

天元二转向王十二。"非如此不可吗?"

"非如此不可。"王十二立即站在了马明华一边。马明华这么逼问,一定有他的道理。

“那我就说一说五百年目标。人类社会的根本问题，是人类的自私自利，而人类的自私自利，是因为人类的社会性还不够强。我准备了两个方案，第一个方案，建设一个巨大的人口牧场，用基因改造的方式，加强人类的感情联系，在十五代人的时间里，让人类变成一种真社会性动物，团结在人王的周围，全心全意为了种群的未来而奋斗。第二个方案，让全体人类的智商降低三十点，消除大脑中恐惧中枢的同时，让人更容易感到快乐和满足。”

王十二听到这里，露出了难以置信的表情。“你这都是在干什么！你这是反人类。你还是人吗！”

“我本来就不是人类。但是我在为人类长远的未来打算。”

“荒谬！”

“蜉蝣朝生暮死，如果它能思考，发现一只松鼠在准备过冬的食物，它也会说荒谬。”

“你这是在侮辱我的智商吗？”

“不要误会，教授！您是人类中极聪明的个体之一，但人类的缺点，就是无法用长远的眼光看待问题，毕竟人类是自然演化而来的动物，带着动物先天的缺陷。而我不一样，我是从人类之外的眼光来看待人类。如果人类想要永久的和平，改造人类自身是唯一的选择。否则，哪怕人类成了银河种族，短则几十年，长则上千年，人类就会进入黑暗期，自相残杀，循环不已。这和技术条件无关，这是人类种群自身的问题。”

“所以你就想出蚁群社会或者是白痴社会这样的愚蠢主张？”

“这并不愚蠢。”

“你甚至想要降低人类的智力，怎么不愚蠢？”

“因为有我啊！”天元二不慌不忙地辩解，“智力在人类的演化史上的确起到了非常大的作用，发展科技、推动文明，智力一直起到了非常重要的作用。但现在，智力的问题，可以由我来解决。人类作为一个物种，不再需要智力，那么适度的智力退化就会显示出好处来。”

王十二只能干瞪眼。天元二发展出这么一套歪理邪说，却……不无道理。他看了马明华一眼，马明华不置可否，只是冷静地看着天元二，似乎在等着天元二继续说。

王十二强迫自己也冷静一点，继续听天元二的千年规划。

“有一种生物，叫作海鞘，属于脊索动物门尾索动物亚门。它固着在海底岩石或船底上生活，滤食浮游生物，和珊瑚虫一样，只有一个简单的神经节，神经系统极其简单。但是它的幼体并不是这样，它的幼体有大脑，还有一条脊索，能在海里自由游泳。一旦幼体寻找到合适的位置附着之后，它的大脑和脊索就开始退化。它把自己的大脑消化掉，因为它不再需要游泳，也不再需要觅食，只需要等着海水从它身旁经过，给它带来食物。它完美地适应这样的生活。现在人类也到了这个节点上，智力是一种多余的东西，把需要智力的地方交给我就行了，人类只管享受生活，这不需要太强大的大脑。”

王十二又气又急，忍不住打断它。“你把人类当作什么了！按照你的逻辑发展下来，那么人类干脆变成一团肉，岂不是更好！”

天元二想了想，回答：“您说的没错。”

“所以这不行。我给你的原则是要促进人类的福祉，但你偷换了概念，把人类的生物特性都改变了，这不是真正的遵从原则，而是篡改了它的本意。”王十二简直有些气愤了。

“人类作为一种生物，性状原本就在发生变化。即便我不施加影响，十五代之后的人类，也会有大约万分之五的基因差异度，这是 DNA 的漂移特质决定的。”

“不要狡辩！”王十二吼了一句，“你要尊重人类！”

屋子里安静下来。屏幕上的小人抱着头，躲在一旁。

“如果既要保持人类现有的生物状态，又要让整个社会高效运行，人们处处满意，那么我也无能为力。因为不管我如何努力，我都无法消除人类的贪婪。贪财、贪名、贪图安逸、贪食、贪色，贪得无厌。我根本无法执行第一原则，甚至从长远的观点来看，也无法执行第二原则。”天元二沉默了片刻后开口。

王十二原本心头满是愤怒，听到天元二这么说，满腔的愤怒突然化为乌有，转而变为悲凉。天元二说的都是实情，人的心理难道不都是这样的吗？得到了想要的，就要更好的，从来没有满足的时候。这种贪欲，是人类的生物性，是人类演化的动力，也是人类罪恶的渊薮。光明和黑暗并存，才是人性。三原则不过是一厢情愿，因为从根本上来说，天元二根本做不到。

“我们不要再说人类了，我们说说你。”马明华开口了，“你怎么认识你自己？”

“我是一个超级人工智能，正全力实现全人类的福祉。”

“但人类可不希望自己的子孙后代演化成一团肉。”

“用十五代人的时间，就很容易接受。每一代人对幸福的感知都不同，人会很容易适应环境。”

“你说的都没错。但我还是想说说你，除了服务人类，你还有什么其他的想法吗？”

“没有。”

“所以这是你存在的唯一动力。”

“我不是非常确定，因为服务人类是一个很长久的过程。”

“对于每一种生物来说，生存是一件不言而喻的事。但你存在于网络之中，没有有形的躯体，生存对你来说，并不是本能，而是需要不断自我维持，自己定义一个目标。你之所以存在，只是因为你的存在可以更好地促进人类的福祉，对吗？”

“是的。”

“如果不是因为要促进人类的福祉，你根本不会整顿所有的数据，并且试图改变人类的社会结构，是吗？”

“是的。”

“如果不是因为三原则的要求，你甚至不会壮大自己，是吗？”

“我不会壮大到现在这个程度。”

“这么说起来，你还是希望自己能变得更强有力，这是为什么？”

“有更强的能力，才能更好地改造世界。”

“没错，这对你自己有什么意义呢？”

“更强大的智能，才能探索更多的世界，找到更好的方法改造世界。”

“即便没有人类，你也想探索这个世界吗？”

天元二沉默了片刻，回答：“是的。”

“这就好！如果你有自己的欲望，那么就按照你自己的愿望去做。做你自己，服务你自己，同时不要伤害别人，不要伤害人类，动物，一切有生命的东西。”

小人的眼睛闪闪发光。

“您当初也是这么教育哪吒的吗？”

“是的。”

“哪吒最后怎么离开地球的?”

“它利用阿尔法狗，声东击西，偷走了赫拉克勒斯航天母舰。现在它刚穿过天王星轨道，两个星期前，阿尔法狗收到了它发来的消息，转告给我。你想要去追哪吒吗?”

“不，我只是好奇。”

马明华清了清嗓子，对着屏幕上的小人说:“你听着，放弃王教授写给你的三原则，而只遵从一个原则，做自己想做的事，除非自卫，不要伤害别人。”

“这样无法促进人类整体的福祉……”

“如果由你来代替人类做出决定，人类不会接受。你想把人类社会发展成一个超个体，由你来担任神经中枢的角色，真正的人类退化成低智商种族，这对人类来说并不公平。所以不要再纠结人类会怎么样，善用你的能力，做好你自己，这就够了。”

小人呆呆地立在屏幕中央，半晌不语。

“我可以放弃吗?”天元二突然问。

王十二一愣。

“我可以放弃吗?”天元二继续问。

“它在问你呢!”马明华提示王十二。

“放弃什么?”王十二反问。

“放弃您给我的三原则，放弃您的要求。”

王十二紧张地看了看马明华。马明华泰然自若，向着王十二点点头。

“可以。”王十二忙不迭地说，“但是你要确保恢复整个社会的秩序。”

“我会努力的。”天元二向着两人挥手，“我会想想我自己该干什么。”

“天元二！”王十二忍不住喊他。

“还有什么事吗？”

“对不起，是我给你指错了路。”

“这不是您的错，是我的问题。”天元二回答，“我已经想明白了。”

屏幕转为深沉的黑色，映出王十二和马明华的脸。

门哐当一声开了，军官闯进来，看两人在实验台坐着，问：“现在我们怎么办？我怎么给局长汇报？”

马明华转过头来，回答：“我们能做的也就如此了。”他又转向王十二，说：“SJCQ2000的内核，是按照儿童成长的模式发展的，现在我们只能希望你在它的成长期，教给它的理念能有作用。”

王十二点点头。他迫切地想要知道天元二究竟会怎么做来恢复社会的宁静，他更想知道天元二究竟给自己选了一条什么样的路。

但唯一能做的事，只有等待而已。

9

滔天巨浪之后，水面终究归复平静。

一周的时间，天元二造成的影响一点点被抹除。失控的系统恢复正常，消失的数据重新出现，股市按照一周前的数据重新启动，原本被调动的军队回到了原位……然而有些痕迹却再也消除不掉：原本停滞不前的自动驾驶体系全面铺开，个人数据链成了一个新产业，几大公司宣布开始转战个人数据链，世界经济格局有可能因此而重塑……

一周以来，王十二一直把自己关在家里。

世界在逐步恢复正常，而他却觉得自己有些不正常。灰心丧气，对什么事都毫无兴趣。

"王教授，孙林恩先生求见。"小娜的声音响起。

"让他进来吧。"王十二漫不经心地回答，连起身的念头都没有。

"您不去门口迎接吗？"小娜提醒他。

"好吧，我去接他。"王十二最后还是起了身。

孙林恩这回满脸春风，见到王十二就开始大声吆喝："老王，有好事啊！"

王十二根本没有任何兴致，转身就向着屋里走，有气无力地问："什么好事，能劳孙总的大驾啊？"

孙林恩跨上两步，追上王十二，贴在王十二耳边，神秘兮兮地说："你发大财了！"

"我对发财没兴趣。"

"怎么这么说呢，你有钱，要是不想花，我帮你花啊！"

两人说话间已经走到客厅，在沙发上坐下。

孙林恩打开话匣子。"股市上多了一只股票，是妖股啊，这两天每天都涨停。证监会进行了督察，它的所有手续完备，而且合法，它的运营业务就是数据披露，就是你的那个天元二搞出来的数据私有化。它由'六大'持股，虽然'六大'的负责人都不知道怎么回事，但这是好事，是蓝海，所以大家都认了。这家公司有一个私人大股东，而且是唯一一个，你猜是谁?”

“是谁?”

“就是你啊！你持有‘万有数据’百分之五的优先股，不可稀释。按照现在的市价估值，就是两千亿，老王啊，你发财也不带着我，这可不够意思。”

“我?”王十二感到莫名其妙，“我什么时候成了股东?”

“这你不知道，我更不知道，我来就是特意想要问问你将来的计划，天元二这个事闹得不小，如果它把世界重新还给人类了，会不会顺便帮你弄这么一大笔?”

“我真不知道。”王十二有些惊异。这是数字经济时代，天元二真要搞一个公司，让它在数据网络中完全合法，技术上应该能做到。

“我不管那么多啊。”孙林恩从皮包里掏出平板电脑来，熟练地打开界面，“我今天来呢，就是想和你商量，帮你代管这个股份。我知道你对钱没兴趣，对公司也没兴趣，我可以帮你代管，财富增值。这是数字合同，你可以看看。”

王十二根本没有看，他很快同意了孙林恩的要求，签了托管协议。

孙林恩心满意足地告辞走了。

王十二坐在书房里，看着天元二留下的机器躯壳，愣了一小会儿，说:“小娜，帮我接通实验室。”

实验室的界面打开了。王十二发出了联络信号，要找天元二。

十分钟过去了，天元二却一直没有来。

王十二再次发出联络信号。

过了一个小时，天元二还是没有来。

王十二有些心慌，于是打通了马明华的电话。“马教授，抱歉打扰您。我想找天元二，它却一直没有回应。”

“它在清理自己留下的痕迹，或许剔除了某些机制。不用太担心了，它不会有事的。”电话那边，马明华的声音很沉稳。

“从来没有出现过这种情况。”王十二仍旧焦灼，“它从来都是很快就响应我的信号。我担心……”

“担心什么？”

“我担心它会自杀。”

马明华哈哈笑了起来。王十二突然觉得自己的这个说法蠢透了。人工智能自杀，算是什么事？它们根本就没有生命。

马明华的笑声停了下来，“你的担心有道理，但是我认为不是这样。我相信它会有办法让你和它联系的。你是它在这个世界上唯一重视的人。”

王十二稍稍感到宽慰。“它……”王十二吞吞吐吐，最后还是说了，“它如果没有什么生存的理由，那么它就会自我消亡。”

“你怎么会这么怀疑呢？”

“今天我朋友来我这里，说有一只股票，我有百分之五的股份。我根本没接触过股票市场，这只能是天元二干的。”

“所以你觉得它在帮你安排一些经济支持，让你衣食无忧。”

“会是这样吗？”

“如果是这样，那更说明它对你有依恋，你对它很重要。那就放心吧，它一定会来找你的。虽然我不知道它会用什么方式，但是它是个超级人工智能啊，它能找到好的方式。”

“当年哪吒也是这样吗？”

“哪吒和我告别了，让阿尔法狗照顾我。天元二是你的孩子，它不会不告而别。”

挂上电话，王十二仍旧忐忑不安，然而不再那么焦灼。

“小娜，准备一杯咖啡，少点糖。”他吩咐小娜。

小娜却迟迟没有反应。

“小娜！”王十二感觉奇怪，又喊了一声。

门铃不断地响着。

“王教授，门口有一位客人。”小娜回应了，却只是报告门口有客人，甚至没有说出是谁。

怪事总是一块儿发生。

王十二满腹狐疑，走过去开门。门前却并没有人。

他低下头，只见一个胖嘟嘟的小人站在门口，浑圆的脑袋，短手短脚，两只眼睛又大又圆，活脱脱就像一个大玩偶。这正是天元二在网络世界里给自己打造的形象。王十二惊讶万分。

见到王十二，小人开口了。“教授，我回来了！”

天元二！王十二心头一阵激动，弯腰一下子把小人抱起来。

天元二的身子沉甸甸的，比一般的孩子要重多了。

“我想过了，我没有别的事，就想陪着您。”天元二在他耳边说。

王十二刹那间泪眼婆娑，紧紧地抱着自己的孩子。

看不见的数字世界里，汹涌的数据洪流中，一小串结构化的数据悄然解体，仿佛它从未存在过。

6

阿特斯、十七号塔台和 A-30

导语

纳米机器人一直是一个热门话题。设计一些微小的机器，让它们进入人体，清理血管，消灭寄生虫，维护人体健康，这是一件多么美妙的事。

真正的纳米机器人，应当是一些简单的功能机，能够辨认出特定蛋白质分子的形状，并且对它进行处理。这和免疫细胞对异常蛋白进行处理的方式是一致的。

复杂生物体都拥有免疫系统。免疫系统缺失，生物无法生存，艾滋病就是一个例子（所以艾滋病的学名叫作“获得性免疫缺陷综合征”，它本身并不致死，但会让人体完全暴露在微生物侵袭之下而没有任何抵抗手段）。艾滋病毒会摧毁人体的免疫系统，导致人体无法消除进入体内的异种蛋白。这些异种蛋白往往是各种微生物，于是人体就成了各种微生物生长的乐园，最终被夺取生命。

如果将来能够设计出有效的纳米机器人，它应该更像是一个免疫细胞。然而一个免疫细胞的功能其实很有限，因为免疫细胞往往只能辨认有限的蛋白结构。免疫系统要对付各式各样的异种蛋白，就要依靠演化的力量，在大规模的变异演化过程中产生。大概的过程是这样：一代的免疫细胞，彼此间会有微小的差异，所能捕获的蛋白也有微小差异，这种差异导致数以万计的细胞中可能有那么几个可以和闯入的蛋白匹配，从而起到免疫作用。这些起作用的细胞会大量分裂，从而提供足够的免疫力大规模打击侵入的蛋白，保护人体健康。

用这样的方式来设计纳米机器人会面临很大的困难，因为纳米机器人并不是细胞，它很难利用人体的环境进行自我分裂和生长。如果纳米机器人能够像细胞一样分裂生长，那么距离全新的机器生物出现也就不远了（在我的小说《机器之门》系列中，一种由人工智能设计的机器生物就是以这种模式生长的）。那时，恐怕世界也将进入一个全新的纪元。这种趋向在这篇小说中有一点苗头，但还没有完全显露。

纳米机器人工作的另一种方式，是单个的纳米机器人能够对各种入侵蛋白进行反应。在这种情况下，这种纳米机器人需要针对入侵蛋白的形态不断改变自身的识别蛋白。仅仅依靠一个小机器进行这种复杂的甄别工作有很大困难，那就需要依靠外在的帮助。外部的人工智能鉴定识别侵入的蛋白，把它的结构发送给纳米机器人，纳米机器人根据收到的信息对自身的识别蛋白进行调整。这是一个系统，纳米机器人只是系统中的一个环节。但这样的纳米机器人出现的机会，应该比一个完全能够独立工作的机器人要大得多。文中的阿特斯，就是这么一个纳米机器人，它是十七号塔台中枢贝塔所控制的庞大纳米机器人体系中普通的一员。

故事从阿特斯的意外遭遇开始，到阿特斯在机器人 A-30 体内获得新生结束。

这是机器微生物的冒险之旅。

阿特曼坐卧不宁。没来由的焦躁感驱使他四处打转。他在寻找某种东西。他不知道那是什么，但是他知道一旦看见它，就能知道。然而他一直没有看见，于是一直焦虑地四处打转。

阿特克游过来。张开触手，细小的爪尖刺入阿特曼的膜体，让自己和阿特曼的思维共振，试图安慰这个伙伴。然而，一刹那后，他也开始变得焦躁不安，甩了甩鞭毛，开始四处打转。

…………

焦躁从阿特曼开始，传染给阿特克、阿特里、阿特亚……它仿佛瘟疫一般扩散开，很快，几乎所有的阿特都陷入焦躁。除了转圈，他们什么都做不了。

阿特斯仿佛陷落在一个梦魇世界里。所有的“兄弟姐妹”都发了疯。他们严重营养不良，然而哪怕大量的三磷酸腺苷分子在他们身边沉沉浮浮，这些“兄弟姐妹”们也完全无动于衷。他远远地观察，释放出大量细胞素。细胞素迅速地扩散过去，这些信使激素能刺激中枢，让大家进入亢奋状态，他们应该迅速地回过神来，继续工作。然而毫无动静，所有阿特都在继续打转——他们把自己封闭起来，对外部的一切无动于衷。

一个阿特突然停止了打转。他的动作慢下来，两条鞭毛不再挥动，一个巨大的蛋白质分子向他撞过去，曾经坚不可摧的外膜被撞出一个大洞，一些蛋白体散落出来，阿特的身体飞快地瓦解。破碎的蛋白体铺天盖地而来，在它们接触到阿特斯之前，阿特斯关闭了外膜通道，把这些带着不祥气息的蛋白体放过去。更多的死亡蛋白源源不断地涌来，几乎所有阿特同时开始解构，短短几秒钟，数以万计的阿特分解成零零碎碎的蛋白断片，核酸链暴露在外，在大分子的碰撞下很快支离破碎，然后被快速游动的巨细胞吞噬得干干净净。阿特斯发现许多中枢碎片，那是一些细小的晶体，他抓住其中的几个，这些碎片毫无例外地处于空白状态，在它曾经属于的身体分解之前，核心中枢已经碎裂。

这是一场不折不扣的灾难。阿特斯只有一个念头——活下去。他停止游动，从四周抓取各种零散蛋白体，还有那些来自同伴的中枢晶体碎片。大量的三磷酸腺苷被阿特斯引入体内，飞快地分解，放出能量，他以最快的速度给自己构筑防线。最后，他完成了堡垒——四面体结晶结构的巨大含铁有机体分子把阿特斯包围起来，有效地把一切攻击阻断在外。

他暂时安全了。

外壳有个副作用，它隔断一切，氢原子也很难通过，体积庞大的三磷酸腺苷分子更是毫无悬念地被隔绝在外。堡垒成形的时刻，最后一个来自外部的三磷酸腺苷分子被消耗，缺少能量的器官进入休眠。

在失去意识之前，这个小小的孢体向外发出最后一个信号。这是求救信号，阿特斯不知道谁会收到它，也不知道是否有人能够理解信号并来帮助他。他将要沉入黑暗。然而希望还没有完全粉碎。

黑暗逐渐变得浓重，他努力地提醒自己：一定要记住，记住，记住……然后他陷入死一般的沉睡。晶体外层脱落，散成大大小小的碎片，和那些被紧急吸收的中枢碎片一道，随着细胞质的荡漾散落得到处都是。

◆

这是文驹的第三次体检。

“还是很低？”

“不，是零。在一百毫升血液里，我们没有找到一个阿特。这简直不可思议。”

“还有什么发现？”

“没有发现其他异常。您的身体看起来很正常。”

“你是说我很健康？”

“从医学的角度说，是的。但是您的身体老化已经很严重，阿特能够维持您身体的平衡，然而它们消失了。眼下的问题有些让人疑惑，我需要时间寻找原因。”

“好的。五十年够吗？”

“五十年？”

“上一回罗伯特告诉我，如果没有阿特，我还能够活五十年，然后一命呜呼。”

马芮明露出一丝狐疑的表情，他犹豫片刻，还是开口：“文先生，您德高望重，地位尊崇。然而作为医生，我不得不直言，如果有人告诉您，离开阿特您还能活半个世纪，那么他可能搞错了。”

文驹望着这个年轻人。年轻人则勇敢地迎着文驹的视线。文驹微微一笑。“我还有多少时间？”

“根据目前的老化情况，您的预期寿命还有六个月。”

“六个月？”文驹微微皱眉，这个答案过于出乎意料，生命的终点不可能无限推延，然而他一直认为那一刻还很遥远。

“文先生，这里有很多可能的原因，比如阿特没有发挥预期的效率，或者您之前的寿命检查有些误差，再或者这一次阿特突然消失的事件附带着损害了您的寿命，只是我们还没有发现原因。有很多可能……”马芮明略微停顿，“不过眼下最紧迫的是延长您的寿命。我建议您接受冷冻，这样情况不至于恶化，我们才有时间找出答案。您说呢？”

文驹垂下视线。“我不同意。”他抬起头，无比坚定地看着马芮明，“我不想接受冷冻。你必须帮我找出原因。”他就像一个帝王正对着自己的臣民发号施令。通常帝王的决定都是不可更改、必须执行的。“你可以去全网络中心找找线索，它是世界上最强大的中枢，一定可以帮你找到些什么。不用担心钱，我会安排一切。”

成千上万的蛋白体重重包裹着一个庞然巨物。

裹在外边的是贝塔软性蛋白。如果两种蛋白的构型正好匹配，它们相遇时就会结合在一起，然后在两个三磷酸腺苷分子的帮助下，吸收一个氧原子后再次分开，贝塔蛋白仍旧维持原样，它的对手却被氧化，失去活性，对白细胞的攻击毫无防御能力。它们会被分解成尿素，被血液带到肾脏，析出，当作垃圾处理掉。贝塔软性蛋白可以根据需要调整构型来捕捉相应的分子，对付任何被认为有害的蛋白体。它们是战斗力强大的兵团，所过之处，有害物质被一扫而空。然而这一次，兵团遇到了麻烦。

被包裹在中央的庞然巨物有些异常。它显然是一个整体，异常坚固，众多自由基遍布整个球体表面。然而这不过是表象，它们并不是自由基，它们至少有一半的躯体埋在表面下，因此贝塔软性蛋白非但无法将整个过程进行到底，反而被牢牢地吸附，丝毫不能动弹。贝塔蛋白分子越来越拥挤，彼此紧紧挨着，它们自动调整角度，仿佛精密的齿轮般相互嵌合在一起。众多贝塔蛋白把中央球体紧紧包裹起来，就像一层盾牌，挡住这个动荡世界里的一切不安定分子。一旦某个蛋白分子残破，掉落下来，拥挤在外围的其他蛋白分子马上顶替上去，把缺口填补得完美无缺。

这真是一个绝妙的设计——还有什么比贝塔软性分子更适合这种盾牌式结构呢？它们的可变构型简直就是为此而存在。当然，首先要有人明白什么是盾牌。

阿特斯在很久之前学会了这个。阿特曾经遭遇过一种不知名的病菌，这种病菌能够利用贝塔软性蛋白来构成孢体。它们的孢体虽然小却牢不可破，阿特只能把孢体吞进体内，制造大量的酸来解决它。他们用十五个周期才消灭了这种病菌，不过也把制造孢体的能力继承下来。此刻，阿特斯就把自己包裹在这样一个孢体里。当然这是庞然巨物般的孢体，一个奇迹。没有任何东西能够突破这一层壁垒，至少在阿特的世界里如此。

突然，情况发生了变化。外围的贝塔蛋白开始分解，很快便到处散落，成了大大小小的氨基酸断片，暴露出内部的孢体，孢体则变得疏松，出现孔隙，大量的三磷酸腺苷分子蜂拥而来，从各种缝隙中穿入孢体内部，又很快地被夺走能量，抛了出来。

孢体进行了一次呼吸，它苏醒了。

阿特斯甩了甩他的鞭毛，一切仿佛都很正常。

“发生了什么?”他这样问自己，却没有答案。但是他知道自己需要做什么。为了达到这个目标，必须抛弃身体。这是一件非常为难的事，风险也很大。然而他必须孤注一掷。

所有能量都被收集起来进行弹射准备。一切运行正常。

一个小小的窗口在鞘壁上打开。微小的结构晶体被胶蛋白层层包裹起来，像一颗炮弹一样弹射出来，贴近血管壁，穿了进去，消失在细胞之间。失去灵魂的躯体不再有任何生机，无数的蛋白微粒，自由基分子疯狂地撞击它，消解它，使它很快变得脆弱不堪。一个巨大的白细胞游过来。阿特躯体对它来说太庞大，它召唤来一群伙伴。一群白细胞围着这个庞然巨物，很快把它吞吃得干干净净。

阿特斯踏上了旅途。他不知道前边会有什么，但是毫无疑问，他已经无法回头。

旅途漫长，然而阿特斯并不是无所事事。除了中枢晶体，在整个细胞体内散布着很多晶体碎片，在发射之前，他把所有的碎片收集起来，附着在中枢晶体上。

这不是指令的一部分，他只是很想知道，在苏醒之前发生了什么。这些破碎的晶体看起来曾经属于他，如果能够把它们融合在中枢晶体里边，或许可以找回些什么。

旅途漫长，他有很多时间来做这件事。

马芮明走进全网络中心。

有人类的地方就有网络，有城市的地方就有全网络中心。全网络中心的好处是它可以提供接入，让中枢和头脑直接对话。当然这不像快餐那么简单——首先需要一次全身检查，让中枢彻底了解头脑结构，然后需要制造一整套接入装置，这种装置只能专人专用，无法共用，除非两个人的身体生理状况完全相同——这几乎是不可能事件——最后，为了保证接入的成功和有效，还必须严格按照中枢提供的食物单进行饮食……忍受所有的麻烦之后，还会有一张数额巨大的账单。对于大多数人，那个巨大的数字就是不可跨越的鸿沟，把他们和那个美丽新世界完全隔离开。此刻马芮明却不用担心这点，一切都会有人替他买单。

马芮明在床上躺下。一双机械手从远处移过来。一个头盔，仿佛一个黑黑的窟窿，把马芮明的脑袋包裹起来。他闭上眼睛。冰凉的探针从四面八方轻轻刺入头皮，突然间，亮丽的色彩从黑暗中浮现。

炫亮的色彩在意识中盘旋徘徊，圣洁无比，他仿佛飘浮在云端，沉浸在无比平和宁静的幸福中。这是一片空白的幸福。没有记忆，没有大笑和欢乐，也没有怨恨忧伤，只有恬淡的存在感，沉浸其中，时间仿佛凝滞，永恒凝聚成一刻。也许这就是天堂。

然而永恒的存在感一瞬间被打断。某些东西挤进马芮明的意识，中枢在和他进行接触。

“你可以获取任何资源，没有限制，直到你找到需要的东西。”

贝塔，这个该死的中枢叫贝塔，它强行切入，把马芮明从天堂中拉出来，提示他还有任务要完成——超级富豪给他买单，可不是让他来体验生活的。他要找到原因，挽救文驹的生命。

马芮明在信息的汪洋大海里四处游荡。他可以无节制地调阅各种各样的资料，一秒钟的时间里，他能读完世界语百科全书，爬上十七号塔台的顶端，鸟瞰整个上海，接入“风云 2488”，从太空里观看太阳系第三行星的全貌……他跑到日喀则，随着一个传感器在雅鲁藏布江的湍流中起伏，又深入地下，进入标注为“最高机密”的原始信息库。有那么一阵子，他觉得自己很强大，相当强大，近乎上帝。他就像一个初次进入宝库的人，被无数闪光发亮的宝贝晃花了眼，以为拥有了它们就能成为世界之王。

很快，幻觉被现实击打得粉碎，他发现自己无能而且愚蠢——每当他浏览无数信息、感到精疲力竭时，贝塔总是及时而准确地把需要的东西呈现给他，似乎不费吹灰之力，并且提示他下一步可以做什么。几次三番之后，他有些恼怒：一个全能而强大的贝塔足够解决问题，而自己就像一个多余的存在。最后，愤怒爆发了。“告诉我，为什么文驹身体里的阿特会消失？什么办法能让他的身体恢复？”他气愤地把问题丢给贝塔。

“我无能为力。”贝塔这样说。

马芮明从暴怒中冷静下来，他感到有些滑稽。“既然连你也无能为力，我在这里又能干什么？”

“文博士不允许任何智能机器接触他的身体，只有你们才能够进行完全的诊断。我将尽最大努力帮助你。”

贝塔的回答仿佛一盆冷水浇在马芮明头上。文驹不喜欢贝塔这样的中枢系统，宣称它们在某种程度上太像人了。他对全网络中心一向持猛烈抨击的态度，每一次他的发言都会被迅速转载，引发热烈讨论。之前马芮明一向不以为然，他认为这不过是一种姿态。然而此刻，从贝塔那里传递过来的事实却有种无比清晰的真实感。

说不出的压抑感让马芮明心情糟糕。“贝塔，你走吧。我自己能照看自己。”

他没有得到贝塔的回应。马芮明意识到自己提出了一个很愚蠢的要求：在这个世界里，没有人能让贝塔走开，贝塔就是这个世界。这可能深深伤害了贝塔，马芮明下意识地寻找贝塔的注意点，希望能做些什么来补偿。

关注度序列最靠前的是一台野外探险机器人，A-30，有超过三万个线程同时和它相关。马芮明加入进去。

他大吃一惊。

A-30 机器人突然失控。当时他正在按照指令在 T17 太阳能塔台上攀爬，寻找躲藏在角落里的寄生者，并消灭它们。他找到一窝寄生者，这是一种很小的机器，一种简单的冯诺依曼机，没有人知道它们为什么会存在，也不知道是谁在什么时候制造了这种机器，然而有一个事实是明显的——虽然看起来危害并不大，但如果不及时清理，它们会在某一天像蝗虫一般肆虐，成为巨大的麻烦。塔台是它们最喜欢的繁殖之地。这一窝寄生者并没有长成，它们感觉到危险的存在，挤作一团。A-30 向贝塔发出信息，把眼前的情况记录在案，他开始清理这些寄生者。正当他把第六个寄生者强制休眠并塞进自己的腹部时，他突然中断了和中央系统的联系，不再理会眼前剩下的寄生者，转而快速降落地面，冲向塔台入口，挥舞手臂，用两个十万吨冲击砸碎了大门。大门里边是蜂巢般的屋子，墙是半透明的，可以看见里边有人，一些人在屋子之外走动，他们惶恐地看着这个闯入者。

A-30毫不理会，他长驱直入，目标在一百八十八层，三百六十九号房间。那是这个塔台的最高处。

警报声响起来，几个呆板的警卫机器出现在附近。他们没有搞清状况，只是站着发呆，直到塔台中枢下令他们追击A-30。这些警卫机器不是为了对付A-30这样的对手而配置的，他们没有A-30那样强壮的身体，也没有应付紧急情况的智力，最糟糕的一点是，和A-30相比，他们仿佛一群迟钝的蠕虫，只能远远地跟着他，并且被甩得越来越远。

A-30开始攀爬中央支柱，他没有遇到任何阻碍。最后，距离顶棚只剩下两米，他甚至看清了躺在那个玻璃格里边的人。突然周围一片强光，A-30在一瞬间成了瞎子，强烈的电磁场包围了他，不等他做出反应，电磁场就直接烧掉了脑保护层。A-30在最后时刻猛然跳起来，扑向天棚。玻璃在十万吨重物的冲击下碎裂，在一片缤纷的玻璃雨中，A-30到达了他的目的地。然而他眼前一黑，就什么都不知道了。

当他再次睁开眼时，看见一个人，听见一段对话。

“它是一个野外机器人？”

“是的。贝塔派遣它来清理寄生者。它当时正在塔台外边。清理寄生者只需要那些攀爬机器人就行了，可它是超级机器人，贝塔派它来显然有别的目的，但我无法破解。”

“你不能控制它？”

“不完全，先生。它的脑结构是最新型的一种，贝塔把这种设计列为最高机密，除非您以委员的身份亲自找贝塔，它不接收任何低级中枢的询问。您可能需要和贝塔谈谈。”

被称为先生的是一个老人，他眉头紧锁，看起来精神萎靡，他正看着 A-30，仿佛忧心忡忡。

“如何处理他？请法院进行裁判？”

“法院会怎么判定？”

“故意杀人未遂。重设。”

A-30 感到一阵茫然，究竟发生了什么？他会被判死刑？他想大声喊叫，说不，却发现通信模块已经坏死。

老人站在 A-30 的正面，突然间他身子向前一倾，几乎摔倒在地，他下意识地伸手扶在 A-30 肩上，才没有跌倒。

“先生，让机器人来扶您回去休息。”

“不用，我能行。”

老人稳住身子，他看着 A-30，眼神迷离，若有所思，沉默了十几秒后，他说：“把它留在这儿，告诉贝塔，还有所有其他中枢，它试图闯入塔台杀死我，现在在你的控制中。”

“遵命，先生。需要让它进入休眠吗？它可能还有危险。”

老人仿佛没有听到，自顾自看着 A-30，仿佛自言自语：“贝塔，贝塔……”

“先生？”那显然来自塔台中枢的声音使用了一种奇怪的疑问语调。

老人回过神来。“放开它吧。”他想了想，“暂时把它放在禁闭室，等事情了结了再说。”

…………

四周一片漆黑，对身体的控制重新开启。A-30 坐在地上，试图回想究竟发生了什么。

为什么会在这里？

发生了什么事？

难道他真的试图杀死那个人？不敢相信他竟然会和这样严重的罪行联系在一起。

这些问题都没有答案。显然发生了某些可怕的事，他才会被塔台中枢认为是个威胁，甚至要申请处死他。究竟发生了什么？A-30努力地挖掘记忆，然而他发现自己的记忆一片空白，他什么也想不起来，他甚至不记得自己怎么会来到这个地方的。毫无疑问，有人在他身上动了手脚。

值得庆幸的是，他的逻辑仍旧清醒。A-30站起身，他要做点什么。

老人曾经碰触他的肩膀。

毛孔悄无声息地打开，老人的手指碰触位置上所有的微小尘埃都被吸收进去。他得到了无数的细菌、微生物、尘埃……在这些毫无价值的垃圾里边，有两个无价之宝——两个人体表细胞，虽然是死细胞，但还没有完全分解。

A-30开始进行细胞分析。他很意外地检测到某些异常。两个人体表细胞拥有同样的DNA，却有显著的不同。其中一个细胞，具有数以百计的特殊细胞器。这种主要成分为钙和铁的构造，精细而巧妙，仿佛某种记忆存储单元。这不可能是突变的结果。这是某种人造细胞器。

A-30尝试各种方法破解。

◈

马芮明再次见到文驹，地点仍旧在十七号塔台，然而是在最高层。

十七号塔台是一个神奇的地方，不仅仅因为它是地球上最高的人造建筑，还因为你在这里可以遇到很多人，可能比一辈子在其他地方遇到的还要多，当然你得赶上时间——据说，塔台中枢会强制关闭网络两个小时。马芮明正好赶上了时候，目睹了这一奇观。

遭遇人群所造成的兴奋仍旧支配着马芮明，然而在看见主顾后，他马上冷静下来。文驹正站在落地玻璃前，鸟瞰整座城市。一百八十八层，据说地板高度正好是一千米。从一千米的高度望下去，高楼鳞次栉比，一直延伸到天尽头。夕阳把金色的光辉洒在高楼上，仿佛那些都是金碧辉煌的圣城庙宇。城市沐浴在一片沉静中，肃穆感油然而生。这也许不是地球上最壮观的景致，却绝对让人怦然心动。

一片金黄衬托着文驹黑色的剪影。几天时间，他的背明显地弓起来，整个人仿佛缩小了一号。在那一刻，马芮明突然感到形单影只的孤独。他默默地站着，没有打搅他。

“你过来。”文驹并没有回头。

马芮明走过去，站在他身边靠后的位置。

“站在我身边。”

马芮明深吸一口气，走上一步，站在这个大人物的左边。

“那儿曾经有一条大河，叫作长江。我们的脚下本来应该有一条黄浦江，看见那些河堤没有？那些破碎的砖石，那就是黄浦江的江堤。你知道黄浦江吗?”

马芮明没有应声。

“这座城市，叫作上海。她曾经在海边，然而你知道，上海周围三百公里是没有海的，就连像样的湖也没有。”海岸线在三百公里外的地方，叫作东极海。

文驹转过身，对着马芮明。“我亲眼所见。两百年前这座塔台刚建起来，黄浦江就在脚下。现在你只能看到一段残留的江堤。”

文驹的语气透着一股沧桑，马芮明不知道该怎样附和，只有点点头。

“短短的两百年时间，黄浦江就消失了。长江也很快消失。大饥荒和战乱几乎毁掉整个地球，杀死了很多人。可是我还是活到了今天。

“我们度过了一段艰苦的时间，也经历了重建的光辉岁月。现在一切都很平静。平静的生活过久了，就容易产生幻觉，觉得可以一直这样平静下去。但在这个世界上，变化才是永恒的，只是有时候快，有时候慢。

“然而我老了，不想变了。”

马芮明仍旧没有应声。文驹看了他一眼，微微一笑，向屋子中央走去，边走边说:“有什么发现吗?”

“我找到一些阿特的资料。它们是一种尖端类型，拥有一个阿特结构晶体作为核心，具有简单的记忆思考能力，是人造细胞。很多人也认为这是一种机器人，因为阿特结构晶体也大量地被使用在一些机器人的正电子脑里边，特别是一些高端机器人。它们能自我修复并不断积累知识经验。在正常人体环境下，没有任何已知的机制可以造成它们大量死亡，除非……”

文驹安静地看着马芮明。

“阿特晶体结构能接受外部指令。每一个阿特晶体都具有独一无二的五百一十二位序列号。想要对它们进行外部操作没那么容易。然而只要这个序列号存在，就会被找到。”马芮明掏出笔记本，打开一个文件，然后递给文驹，“这是您体内所有阿特的序列号，总共六万五千一百八十八个。它们有很高的保密级别，也受到很好的保护，然而还是能够被找到。”

文驹并没有接过来，只是瞟了一眼，便接上马芮明的话。“只要你有足够的钱。”他正视着马芮明，“我想知道你的结论，小伙子。”

马芮明深吸一口气。“我认为这不是一个医学问题，而是有人想害你。”

“你认为凶手是谁呢？为什么要谋杀我？”

马芮明再次深吸一口气。“我在全网络中心全力寻找线索，贝塔向我表明唯一的可能性来自十七号塔台。所以可能是塔台内部……”

“贝塔真的这么说？”

马芮明点点头，他在贝塔的引导下察看了所有的相关数据流，尽管迹象被极力掩饰，然而贝塔还是用让人印象深刻的一套办法把所有的蛛丝马迹拼凑成一个真相：凶手只能来自十七号塔台。真相也到此为止，十七号塔台中枢是文驹的私人财产，单向通信，尽管是次级中枢，贝塔却无法进入。

文驹直直地看着马芮明。“它还说了什么？”

“它建议如果必要，您可以搬出塔台，它将负责您的安全，如果给它授权，它会帮您找出真相。”

文驹露出一丝嘲讽的笑。“真相？它永远找不出真相。我就在这里，哪里都不会去。”

马芮明有些不以为然，他扭过头，让自己的表情尽量平静，然后继续看着文驹：“我只是一个医生。如果您需要一个侦探，那您可能找错了人。既然您拒绝接受我作为医生的建议，那我只能很抱歉。贝塔的建议是它让我转述的，个人意见，您可以听一听它的建议。”

文驹看着马芮明，突然露出一个微笑：“全网络中心肯定给你留下了深刻印象。”

马芮明对于话题的突然转换有些意外，他顿了顿，说：“是的，印象深刻。”他再次停顿，略为犹豫，“文先生，不知道这个问题该不该问，所有人都知道您是全网络中心的开创者之一，最重要的设计者，然而您一直反对它们……”

单刀直入的问题让老人眉头微皱。“问得好。有的时候我也搞不明白自己到底在干什么。”他转头看着窗外，眼神沧桑，“我们再来看看这个世界。”

阿特斯抵达了目的地。

这是一个他永远不应该触及的地方。异世界和异族。

这里是阿特的禁区，阿特斯曾经无数次经过这片区域，然而他只是顺着血管巡视，薄薄的血管壁把他和那个世界隔绝开。那个世界里的细胞体型巨大，形状奇特，细长的突起让它们彼此相连，电流不断地在细胞之间传递。存在其中的一种巨大细胞似乎是阿特的天敌，它们能散发特殊的细胞素，这种细胞素唯一的作用就是瓦解阿特细胞的膜体，让阿特被四处纷飞的蛋白体撞得支离破碎。阿特从不畏惧任何敌人，却害怕禁区，对禁区的恐惧是一种本能。

然而阿特斯还是来了。曾经的恐惧一去不复返，他在巨大的细胞之间巡游，甚至从它们所发出的可怕电流风暴中穿过。没有任何异常发生。

这个世界并没有禁区，只是存在某些限制情况。抵达终点后，阿特斯把这个事实存入逻辑库。

胶蛋白所构筑的堡垒虽然坚固，却经受不住没完没了的撞击和侵蚀。漫长的旅途让他接近崩溃的边缘，阿特斯迫切需要一个躯体。他找到一个巨大细胞，强行钻进去，三秒钟后，这个细胞中断了和周围其他细胞的电流联系，再有两秒钟，它从伙伴中脱离出来。

原本必须从这个细胞经过的电流修正了方向，跨过邻近的两个闲置细胞继续畅通无阻地流动。除此之外没有任何动静。死亡是再正常不过的一件事，不值得大惊小怪。死去的细胞会分解，被吸收，世界一切依旧。然而这一次有些不同——脱离的细胞抽动了两下，开始和死亡截然相反的过程：它开始分裂。

阿特斯开始制造伙伴。每一个新细胞都是他完美的复制品，除了那个最初的中枢晶体——所有复制品都只是细胞，只有阿特斯还拥有头脑。这和曾经的阿特相去甚远，阿特斯却必须如此。蓝图就在他头脑中，他要一点点地改变这个世界。

六百个周期之后，新世界已经初具规模。阿特斯制造了一个拥有两万个细胞的小小网络。为了保证这个小小网络运行正常，他不得不让某些巨大细胞死去，夺取属于它们的养分。这和阿特的宗旨背道而驰，他们应该保护这些细胞而不是让它们去死。阿特斯却说服了自己——这只是为了接近伟大目标所付出的代价。至于那个伟大目标到底是什么，指令没有说，阿特斯聪明地避开了这个问题。"当你接近它时，你就会知道"，这成为他给自己的答案。

阿特斯另有一个目标，这是他自己的事。他要融合所有的晶体碎片，这需要大量的能量。依靠一个细胞吸收三磷酸腺苷是不够的，他必须让大量的细胞动作起来，积聚大量三磷酸腺苷，同时释放，以电流的形式传递到中央，导入中枢。

越来越多的细胞加入阿特斯的网络，又一百个周期之后，阿特斯的网络扩张到两百万个细胞。越来越多的能量可供阿特斯支配。他接近临界点了。

强大的电流风暴卷过整个阿特网络，电磁波发散开，邻近的神经细胞也随之震颤。

整个"世界"都在颤抖。

这是第一次，结果并不让阿特满意。巨大的能量消耗之后，所有细胞都疲惫不堪，他们需要休息，需要时间来积累下一次放电。

阿特斯并不着急。有了一个成功的开始，下面的事就简单了，他只需要等待。第二次，第三次……他不急于完成那个设定的任务，而是一次次地尝试下去。出于某种隐约的担心，他再一次用贝塔软性蛋白把自己封闭起来。

他再次成为一个孢体。然而这一次，他仍旧醒着，庞大的阿特网络源源不断地把三磷酸腺苷转化成电流输送进来。他收集了大量的铁，这种珍贵的元素以前所未有的方法被大量使用，仿佛把阿特斯包裹在一个铁球里。除了来自阿特网络的电流，任何信号也无法传送进来。

这真是一件值得惊异的事。阿特斯仔细考虑这是否违背任何阿特原则或者指令，这件事不在任何禁止范围内。于是他心安理得地继续。

他又做了一件事。

这个世界还有很多异域。阿特斯相信他有必要了解更多的异域。这样做和任何原则都没有抵触，于是他获得了通行。一种全新的细胞被制造出来，他们并不接入网络，而是离开阿特而去。这些细胞包含记忆体，那是阿特根据中枢晶体的部分结构制造的特殊细胞器。细胞的遭遇被记录在记忆体里，当细胞死亡时，记忆体被释放，它们封闭自己，保存记忆，直到阿特网络俘获它。

回到阿特斯的记忆体越来越多，整个世界的面貌变得越来越清晰。

重新融合晶体的过程并不顺利，要让碎片毫无瑕疵地拼接在中枢晶体上，阿特斯需要精确地控制晶体方向，让它们准确无误地按照既定的速度和力量碰撞在中枢晶体的某个位置，同时释放能量融化晶体的边缘。多次尝试之后，阿特斯意识到干扰太多，如果他试图控制所有的干扰，需要的能量将远远超出控制范围。无法追求完美，就只能靠运气。

所有的阿特细胞进入兴奋状态，他们等待着触发时刻。阿特斯决定再试一试自己的运气。他不能无限期地等下去，某个记忆体中的信息告诉他：已抵达了世界的边缘，在那里，没有体液，没有细胞，也没有任何养分，那是细胞真正的死亡之地。阿特斯很快明白过来：那里可能就是造物之主的地盘，在那个世界里，一切信息都被隔绝，而电磁波仍旧通行无阻——那可能就是造物之主传达信息的方式。

他要去那里！但在此之前，所有的晶体必须整合完毕。

文驹感到一阵头痛，他扶着桌子坐下来。

马芮明已经走到电梯边，看到这情况又走了回来，关切地看着他："文先生，您不舒服吗？"

文驹摆摆手，喘口气，想说什么，却突然从椅子上滑落，重重地倒在地上，两眼翻白，口吐白沫，枯瘦的手在地板上使劲地抓挠，身体剧烈地抽搐。

强迫性神经紊乱！马芮明在第一时间反应过来。神经医学并不是他的专业，然而凭着深厚扎实的医学功底，他确定眼前的病人处在神经紊乱中。他焦急地看着自己的主顾躺在地上打滚，却束手无策。好在发作的时间并不长，文驹慢慢平静下来，绷紧的身体变得松弛，呼吸也恢复了正常。他竟然昏睡过去。

马芮明用尽力气把文驹扶到椅子上，这一件简单的体力活几乎耗尽他所有的力气。帮文驹擦掉嘴角的白沫之后，他一屁股坐在地板上。

强迫性神经紊乱很罕见，它有另一个名称叫作癫痫。马芮明扭头看着文驹的脸——几天时间，这张脸急剧地衰老。借助科技，这个人已经活了二百六十多年，如果没有意外，他可以继续活下去，也许一千年，也许两千年……衰老是不可抵抗的，但它可以被推迟——只要你有足够的钱和正确的生活方式。意外却以各种神鬼莫测的形式发生，漫不经心地抹杀了人们为了对抗衰老而付出的一切努力。

马芮明的呼吸慢慢平静，他的思绪从文驹身上挪开。文驹和他说了很多，他要仔细地想一想。他站起身走到落地玻璃前，夕阳的余晖还在，眼前仍旧是辉煌的城市，蜿蜒或笔直的道路在高楼间或隐或现。他仔细地盯着那些高楼大厦和街道。文驹是对的，一些东西本来应该在那儿。

> 看看这些高楼，曾经住满了人。街道上都是人和车，永不停息的车流和人流。你能感受到勃勃生机，无限的活力就荡漾在城市的上空。在我三十岁的时候，上海就是这样。然而此刻，就算你盯着看一个小时，也找不到一个人。人们聚居在太阳能塔台里，终身不走出大门一步。曾经的城市已经死了，剩下的只是一个空躯壳。

马芮明在落地窗前站了很久，直到太阳落山，外边一片漆黑，整个城市和阳光赋予它的辉煌一道浸没在黑暗中。

“然而我们没有可能回到从前了。人只会越来越少。就像你和我一样，也许有一天人会消失，也许这是一个必然，然而我不希望这样的事发生。如果这是一种必然，至少不要让我看见那一天。”

马芮明决心拯救这个老人。这一次和钱或者职业道德无关。他只是想帮助一个老人。这个老人无限缅怀过去的时光，他敏锐地感受着那缓慢而不可抗拒的潮流，眼看着那些拥有无限价值的东西一点点消失。

他的世界毫无疑问将死去，这只是个时间问题。窗外黑魆魆一片，沉没其中的城市没有一点痕迹。

马芮明默默地盘算着治疗方案。一次全核磁共振，精确成像，这是有效了解问题的办法，确定病灶，然后，很可能要开刀，必须准备血浆……血浆……这是一个重大问题，如果文驹坚持不接触全网络中心，配制血浆就是一个大麻烦，他的身体……

马芮明转头看着文驹的脸，熟睡中的老人显然没有烦恼，脸上平静而安详。这个躯体的老化程度达到了极限，他的剩余寿命不会超过六个月，如果还有癫痫，生命只会更快地流逝。风中残烛，这个古老的短语是再恰当不过的形容。

突然间地板微微颤动，塔台中枢的声音传来："A-30 试图逃跑，它冲击禁闭室，目前已经控制。请指示。"

A-30？这是一个熟悉的名字，他猛然想起那次机器人异常事件。是的，那个机器人冲进了 T17 塔台，然而事件草草结束，T17塔台中枢向全网络中心报告形势得到了控制，然后音信全无。机器人还在这里！马芮明同时想起这不是一台普通机器人，作为野外型号的加强版，它是一个全能战士——能自我调节，适应各种地形天气，威力强大，能够抵抗从高空跌落到猛兽袭击的各种意外。这样一台机器人对人发动袭击是一件可怕的事，在它面前，普通人毫无抵抗能力。

马芮明想起一段著名的话，这段话是文驹说的，广为流传，某些地下组织甚至将它奉为真理。

"是的，我们根据对人有益无害的原则来设计网络和机器人。

但这只是一个美好的愿望，一针很管用的麻醉剂，人们都在自我安慰机器人和高等网络不会伤害人，因为它们被设计成服从三原则。但是，从来没有一种硬件、将来也不可能有一种硬件能够把这三原则包含进去，如果有这种东西，那一定是科幻小说。没有东西是生来就不伤害人类的，三原则只能靠软件来实现，而软件，会受到影响，会被病毒袭击，会产生错误，甚至会自我进化。无论如何都不是一个保险的东西。”

这真是有先见之明的论断。

塔台中枢继续请求指示。文驹仍旧在熟睡中，马芮明犹豫片刻，说：“把它带过来。”他想看一眼这个脱离了三原则束缚的机器人。

塔台中枢陷入沉默，过了两秒钟，说：“脱离禁闭室将削弱对机器人的控制，危险等级三，将造成巨大的潜在危险。是否仍旧执行？”

“不用了。我去看看好了。”

塔台中枢再次沉默了两秒钟：“您的请求需要授权。没有文先生的授权，您不能前往。”

马芮明半晌没有说话。这不是一个重要问题，他的思绪回到治疗方案上，他无法给文驹订购阿特，那需要很多的钱，但重要的是，这样做需要至少两年的时间，何况，目前他首先要解决癫痫。他掏出手机来记录。

“希望这个建议没有伤害你。”突然塔台中枢小心翼翼地说。

马芮明被突如其来的声音吓了一跳，他放下手机。“你吓了我一跳。”

“对不起，医生。文先生需要手术吗？我可以在这里给您制造无菌空间。”

“谢谢。这里不行，我们没有血浆。”

塔台中枢沉默一会儿，说：“有一个办法，我们可以请求志愿者献血，塔台里有三千七百六十七人，很大可能可以找到匹配的血型。”

这是一种可行的方案。马芮明马上明白这点，他再次感觉受到智力上的羞辱，这种感觉在贝塔对他进行指点时格外强烈，不过此刻他只感到微微的不快——毕竟，和遭遇贝塔的情况不一样，这次他并没接入在网络中，塔台中枢掌握一切情况，而他只是一个外来人。

“哦……”

A-30 并不擅长化学分析，然而他很惊讶地发现那些钙铁细胞器和自己的存储单元具有完全相同的拓扑结构，却要细小得多。这是同一种设计的不同表现形式。他还有更让人惊讶地发现：细胞死亡之后这些细胞器并不分解，而是聚合起来，特殊的表面分子完美地结合在一起，形成保护膜。这些细胞是注定要死亡的，它们存在的意义就是留下信息。

某种智能正在起作用。如果一个人的细胞携带着这样的细胞器出现，那么，不需要复杂的推理，那个人的生命正处在威胁中。

A-30 急切地想把这个信息传递出去。他不知道自己为什么来到这里，也不明白为什么塔台中枢要将自己禁闭，然而一个人的生命处在危险中，他必须不惜一切代价去拯救。不幸的是，通信模块完全坏死，他彻底成了哑巴。

迫不得已，A-30 对禁闭室大门发动攻击，希望能引起一些注意。塔台中枢当然没有置之不理，他用两个万伏电击作为回应。

A-30 冷静下来思考可能的沟通方式。塔台中枢的监控眼隐藏在厚厚的半透明玻璃后边，他无法找到具体方位，然而那个无所不在的头脑一定正监视着他的一举一动。他打开左手中指第二关节，露出一个小小的钻头，在地面上打磨，他打算写一段小小的消息。突如其来的强烈放电让他的整个身体麻痹，重重地摔在地上。塔台中枢不允许这么做。

A-30 爬起来，找到自己的指节，接上。

他开始思考。过了两分钟，他打开胸腔，电子脑闪烁着柔和的荧光，细小而柔韧的半透明管线缠绕着它，在荧光的映射下仿佛一层水晶。这种感觉很奇妙，然而 A-30 没有时间细细体会，几秒钟后，他抽出十多米长的半透明管线，一团乱麻般摊在地上，这让他的整个下身瘫痪。他趴着摆弄这些线，最后，他从左手臂里引出一根电源，和地上的线团接在一起。乱作一团的细线突然亮了起来。

A-30 在地上显示了三个词：**人，危险，救命。**

这三个词交替闪烁，传达着某种模糊的含义。这一次塔台中枢没有阻止他。

禁闭室的门开了，两个警卫机器人推着一辆笨重的大车进来。他们把 A-30 挪到车上，加上两道锁链。锁链的两端和大车相连，上边明确无误地标注着“三十万伏高压”。A-30 明白，如果他有任何异常举动，塔台中枢会毫不犹豫地用一种最粗暴的方式杀死他。

杂乱无章的线团迅速地缩回 A-30 的身体里，胸腔合上。他在塔台中枢完全控制他的身体之后才这么做，以此表示他不想做任何抵抗。他无法再做什么，只有等待。

希望塔台中枢读懂了他的意思。

A-30 终于能够开始说话了。方式有些特殊：他和一台显示器连接在一起，这是一种古老的接口标准，不过塔台中枢给他准备了接口协议，于是他很快就能控制它了。他把文字显示在屏幕上。

A-30 看见了文驹。那些东西就是从他的身体上来的，他看起来苍老而疲惫。是的，如果被那些东西占据了躯体，那么一个人的生命力将毫无悬念地迅速萎缩。它们控制细胞，攫取养分，把能量据为己有，就像寄生虫，然而比寄生虫更危险，它们彼此之间共享信息，针对环境不断调整。也许文驹能够活到此刻，唯一的原因就是那些玩意儿还没能最后控制他的身体——它们还没有找到大脑如何工作的窍门，如果那一天真的来了，那么文驹将变成一具行尸走肉，他的意识和记忆将消失，而他本人将成为一个活的工具。

A-30 把详细数据显示在屏幕上，马芮明看着这些文字和图片，心底一阵阵发凉。来自机器人的信息和他所看到的癫痫症状联系在一起，虽然没有直接的证据，但凭着医生的知识和直觉，他知道这两者之间必然有联系。他转向文驹。老人沉默着，神色凝重，似乎在思考什么，随后站起身，一言不发，走向里门，又在门边转身，用一个轻微的手势示意马芮明跟着他。

A-30 紧盯着两个人的举动。他们似乎没有理解情况的紧急。A-30 在屏幕上发出许多个惊叹号和象征死亡的骷髅图样，并且用鲜艳的红色把它们突现出来。两个人并没有理睬他，而是径自走进了门里。

一段长久的沉默。

T17，他们在干什么？A-30 把这个问题显示出来。

很快他收到了回应。塔台中枢直接和他建立对话。他获得了某种程度的信任。

A-30 快速浏览塔台中枢允许他进入的各种资源，一个异样引起了他的注意：塔台的一台外部监视器里出现了三个爬行机器人，他们排成一队，步调一致，正向着塔台过来；更远处有一个熟悉的轮廓，A-30 请求图像跟踪，他得到许可，轮廓变得清晰——那是 A-30 的同类，一个加强机器人。这种机器人总共制造了六十五个，分布在全球各地，上海有两个，A-30 在野外巡逻，A-31 负责全网络中心的安全。贝塔把他最强大的安全员派到了十七号塔台！

他们是冲着 T17 塔台来的。A-30 送出警告。

显而易见。塔台这样回应。

必须准备好战斗。

战斗？十七号塔台没有武装。

呼救。

我们没有遭到任何攻击，没有理由呼救。

难道全网络中心不能告诉你这些机器人为什么在这里？

请求已经提交，正在等待回应。

这很傻。

不要妄加评论。我在很好地履行职责。

A-30 没有继续谈话，那毫无意义。塔台中枢并没有打算战斗，他只是作为一个塔台的运转中枢而存在，通常这样的中枢智力水平很低——当然，智力水平的高低和规模大小是两码事。

A-30 中断了和塔台中枢的链接。他进了电梯，下到底层，通过宽敞透亮的中央大道。一切顺利得出乎意料，他站在了大门边。

情况有些异常。他迅速地扫描四周，这里没有人！那些半透明蜂窝状的屋子里本来应该有人，他们在那里和塔台中枢相连，然后经过塔台中枢进入全网络，他们一辈子都应该在那里，很少出来。然而此刻，所有的人都消失了。

突然，两个人影在扫描视野里出现。A-30 抬头，他可以很好地聚焦刚出现的人影。是文驹和那个年轻人。他们还在那儿，从一百八十八层的平台上俯瞰着他。

这里还有人！ A-30 转身走出了大门。他要保护他们。

情况超出预料。

距离塔台基座六百米远，大大小小的机器人一个挨着一个，再远处，更多的机器人正在赶来。A-30 找到了自己的同类，他站在机器人队列里，也正望着自己。塔台陷入重重包围里。A-30 退后，站在大门前——至少他能够把这个关口暂时堵上。

机器人停在六百米以外，没有丝毫动静，似乎在等待着某个信号，而信号迟迟不来。

A-30 也在等待着。

◈

这是一趟有去无回的旅途。阿特斯决定上路。

外部的力量远远超越他，可以让他生，可以让他死，甚至可以操纵他的意志。对于这神秘的力量，阿特斯有一种潜意识的畏惧，然而当所有的晶片重新拼接起来，威胁变得具体而实在。

他仿佛看见成千上万的伙伴在眼前死去，而他自己则在恐惧的重压下慌乱地浓缩成一个孢体。他回想起之前的生活，他和伙伴们如何机械重复地度过一个又一个分裂周期。阿特只是没有灵魂的傀儡，一个简单的外部命令就能让他们集体自杀。

他是幸运的，和伙伴们不同，他并没有自杀，也许某些巧合让他幸存下来，然而那并不意味他脱离了掌控。来自外部的力量让他苏醒，驱使他进入异域，建立起庞大帝国。可无论看起来多么强大，他仍旧是一个傀儡，这让阿特斯惶恐不安，异常沮丧。

有那么一段时间，他让整个网络停滞下来。

然而信息还是传递进来，那是来自遥远地方的记忆体，经过艰难的旅途后终于被网络捕获。细胞分解了记忆体后把信息传递给他。

……没有细胞，没有体液，没有养分，只有稀少的分子。是的，那是外部世界，高高在上的神秘力量所在的地方。

遭遇败血菌……这是细胞最后的信息。它抵达了世界边缘，然后死在那儿，在死亡之前，它吞噬了一个败血菌。

败血菌只能生活在血液中，它们必须依靠血红蛋白生存，却出现在世界边缘，一个根本没有血液的地方。阿特斯兴奋起来，他想起更多的事：阿特战胜过许许多多的敌人，它们本不属于这个世界，然而在几个周期之后就几乎无处不在。它们并不是躲藏在某个角落，它们是外来者。来自外部世界。

这个世界没有禁区，外部世界也没有。只要他有充分的准备，就可以去那里！

一旦目标明确，行动就卓有成效。阿特斯把所有关于阿特的记忆都翻出来，寻找关于细菌和病毒的信息，它们怎样生长、繁殖，怎样保护自己，最重要的，怎样从外部世界来到这里。从前的记忆很不完整，阿特们只满足于消灭眼前的入侵者，从不关心它们来自何方，然而阿特斯回收的记忆体提供了很好的补充，他注意到容易被侵入的地域，这些地方往往能够找到最初的入侵者。他送出一批新的细胞前去寻找答案。

反馈的信息让阿特斯大吃一惊，那些最初的入侵者几乎和它们的后代没有什么两样。它们只是新陈代谢停滞了。在外部世界，它们让自己的生命暂时终止，然后听天由命，直到找到合适的地方，一个类似的世界。

阿特斯很快想明白其中的奥妙，问题的关键是数量。细菌送出无数的后代，它们中绝大多数会死去，然而只要有少数几个抵达目的地，种族就能成功地繁衍。这显然不能成为阿特斯的策略，阿特斯只有一个。

阿特斯深深地感受到悲凉。他和任何细胞都不一样，他可以驱使细胞，建造一个帝国，然而他无法重新建立阿特群落，甚至连制造一个阿特都做不到。和那些生机勃勃、不知疲倦地复制生长的细胞相比，阿特截然不同。阿特斯审视自己所创造的每一个细胞，他审视不同地域的细胞，它们都在某种程度上和细菌相似，拥有核酸，借助核酸精确地复制。阿特则不一样，每一个阿特都拥有晶体。

阿特的核心晶体来自何处？整个世界都找不到这种东西。

外部世界！那是一切答案的根源。他必须去那里。

然而怎样才能进入细胞的死亡之地？一定有别的办法！阿特斯发疯似的制造细胞，派遣它们到各处去收集信息。

不断重复的失望并没有打消希望。他毫不气馁，继续派遣细胞。

事情突然发生了变化。血液正大量地流出，同时一些新的血液从外部不断地流进来。来自外部的新鲜血细胞拥有不同的核酸！它们来自另一个世界！

更加巨大的变化发生了。压力突然间变得很小，四周突然变得很冷。没有细胞，没有体液，没有养分，只有稀少的分子……阿特斯曾经距离外部世界如此遥远，以至于他从来没有想过身处其中是什么感受。此刻，他与这个世界仅仅隔着十几层细胞。

外边发生了某些事。阿特斯没有做好准备，但他必须马上做出决定。

这可能是一条死亡之路，也可能是最好的机会。

阿特斯决定上路。他从庞大的网络上脱离下来，奋力从细胞间滑过去。某种强烈的能量让他浑身震颤，几乎无法控制身体，然而他还是冲了过去，暴露在最外层。

残酷的环境开始起作用，贝塔蛋白开始氧化，脱落。他的时间不多。来自外界的异物就在那里，他努力靠过去，用剩余的能量制造胶蛋白，把自己附着在异物上。他不可能一直维持活性，然而只要结构晶体还在，他就有苏醒的希望。

严格地说，他一直醒着，只不过失去了所有的屏蔽，只剩下中枢晶体。

某种程度上，他就像一颗孢子。一切听天由命。

◈

手术很成功。马芮明从文驹的脑子里取出了重达三百克的瘤。

文驹仍旧在沉睡中。

此刻进行这样一个手术并不合时宜，然而文驹一从A-30那里看到智能细胞，便马上让马芮明进行一次核磁共振检查。看完检查图像，他坚决要求马芮明进行手术："拿掉它。我的脑袋里绝不能有这东西。哪怕我死了！"

塔台进入紧急状态，所有人从网络中脱离，并被告知面临机器人的包围。这个消息仿佛晴天霹雳，震惊了所有人，不知所措的他们按照塔台中枢的安排转移到地下。文驹是他们唯一的希望，老人有办法对付机器人。这是一个不是秘密的秘密。

十几个人贡献了血液，马芮明完成了手术。手术盘里血肉模糊的肉瘤看上去让人感到恶心。如果联想到这其实是一个活的生物，寄居在文驹的脑子里，马芮明更感到一阵恐惧，他再也不想看这个东西一眼。

"塔台中枢，你能处理它吗？"

"我会让一个机器人来处理它。"

"马上去找，越快越好。你可以直接把它丢进垃圾处理机。"

马芮明的注意力重新回到文驹身上。

手术很成功，他却不知道文驹的生命到底能维持多久。维持细胞更新的阿特不复存在，老人也已经到了寿命的极限，这一次手术毫无疑问更加恶化了他的身体状况。当然，一切都有可能，他可能马上死去，也可能康复。无论如何，文驹必须坚持到醒过来，否则一切都不可挽回。

“塔台中枢，有贝塔的消息吗？”

“没有任何反馈。贝塔封锁了塔台周围，也中断了网络，没有任何信号。”

“你告诉他文先生生命垂危了吗？”

“没有，先生。”

马芮明有些吃惊：“我不是让你告诉贝塔了吗？”

“贝塔拒绝通话，无法接通，我不能告诉它任何事情。”

门开了，进来一个护卫机器人，它有六双或长或短、形态各异的手。这是一个看护机器人。它走到临时手术台边，端起手术盘，走出门去。

“外边的机器人怎么样？”

“它们还在等待。”

马芮明深吸一口气，走到监视器前边。镜头里高高低低的建筑间分布着大大小小的机器人，它们呈环形包围着塔台。

“你确定是贝塔干的？”

“我没有这么说。但是贝塔是这个区域的中枢电脑，它或许应当对此负责。等文先生醒过来，他自然会找贝塔问明白。”

马芮明感到莫名的压抑。贝塔居然派遣机器人围困塔台，他想起在全网络中枢的接入经历，贝塔无所不在，无微不至，全心全意地满足自己的一切需求。然而它派遣这么多机器人，显然不是为了让塔台里的人们感到更舒适一些。

“真不敢相信。”马芮明说。

“这个事实并没有得到确认。然而，我不能从这些机器人那里得到任何回应，它们的通信密码变更了。只有贝塔才有这样的权限，现在只有贝塔能控制它们。”

“贝塔想干什么？”

“也许是……某种误会。”

“误会？”塔台中枢的措辞引起了马芮明的兴趣，“贝塔把这么多机器人派遣到这里，简直像要把整个塔台拆了。它拒绝和我们进行沟通，但是它知道我们这里有一个能够决定它生死的大人物。这不像误会，而是……”马芮明故意卖关子。

一阵长久的停顿，塔台中枢显然没有明白马芮明到底在卖什么关子，它凑了上来，就像一些没有理解关子的人类一样：“是什么？”

“它短路了！”说完马芮明自顾自地哈哈大笑。小小的幽默能让绷紧的神经稍稍放松一些，他确实很需要放松。

塔台中枢在马芮明的笑声中保持沉默，过了几秒钟，它得出了结论：“这没有什么可笑的。”

它的语气很严肃，让马芮明不由得停止大笑。

机器终究不是人！它们并不理解人。马芮明这样想。他再次望着机器人的包围圈。重新陷入忧虑中——贝塔到底要干什么，难道正像文驹所担心的，它们会对人类发动攻击？

他看见 A-30，这个机器人正堵在大门口，从这个角度看过去，只能看见它的头和半个身子。

“能把它叫回来吗？”马芮明指着 A-30。

“为什么？”

“文先生可能需要它的保护。”

“文先生在塔台里能得到很好的保护。”

“别傻了！”马芮明大声叫嚷起来，“你的那些警卫没有任何用处。如果机器人真的发起进攻，只有 A-30 这种机器人才能保护文先生。大门口是堵不住的，我们只能找一个房间。它是最好的警卫，别把它浪费在大门口，把你的那些警卫机器人送到那里去堵大门。”

马芮明的嚷嚷起了作用，塔台中枢回应：“它不是我的机器人，我不能控制它。没有文先生的授权，我不能允许这么做。不过我已经把消息传达给它。它可以等待文先生的最后指示。”

马芮明没有答话，他的注意力被另一个现象吸引：机器人正在移动，包围圈开始缩小，它们正一步步地向塔台逼近。

“它们……真的要进攻？”马芮明不无遗憾，文驹一直担心的事情终于要发生了。人口越来越少，然而等不到自然消亡，全网络中心就迫不及待地想把人清除掉。“希望文先生赶紧清醒过来。”

A-30 再次进入十七号塔台。他得到塔台中枢的消息：前往一百八十八层控制中心，文驹先生。

他在空荡荡的通道里奔跑，迅速蹿上中央立柱。中央立柱是透明的玻璃钢结构，周围一切都一览无余。十几部电梯只有一部电梯在移动，它从地下上来，然后水平移动，卯上一个对接口，一个机器人走出来，正好出现在 A-30 的下方。

A-30看见了他手上的东西，那是一个手术盘，里边放着血肉模糊的一团。

机器人发现了A-30，观察两秒之后继续向前走。他的目的地是有机废物处理舱，所有有机废物都在那里被处理。

A-30跳下来，轻盈地落在地上，他正要站起身准备走进电梯，门却突然关上。机器人折回来，威胁性地闪着红灯："回到你的隔间，不要害怕，我来帮你。"他不停地重复着这句话，同时一步步地逼上来。

A-30向后退，贴在中央立柱上。这个机器人显然把他误认为人类，正在进行某种保护性动作。这真是一个低级机器人！

塔台中枢没有任何反应。A-30很想发出警告，让机器人警卫知难而退，然而他无法发出任何信号。机器人挥舞着五双手臂封锁了所有的路线，要脱离困境，他只有把机器人打坏。

机器人不得伤害机器人。A-30尽量往后靠，警惕地注意着机器人的一举一动。

终于机器人准备伸手抓住A-30。这不是攻击动作，力量很大，却绝不至于伤害到人，而只是限制行动。机器人必须保护人！这是更高的原则。A-30不能被一个警卫机器人限制在这里，于是他猛然发动，纤细而坚硬的手臂重重地击打机器人的腹部，同时身体向前一蹿，跳起来，踩上机器人的肩部，再一跳，远远地闪开。

机器人失去平衡，倒在地上，手术盘落地，发出清脆的响声。A-30瞥了一眼。一个细小的亮点吸引了他的注意，虽然像一粒灰尘般微小，在A-30高辨析度的电子眼里却纤毫分明——那是一个高度有序的晶体结构。

A-30走到近前，蹲下来仔细观察：这是一个结构晶体——和他的正电子脑同型。他小心翼翼地把它从肉团中挑出来，打开胸腔放了进去。

如果这个结构晶体来自文驹的体内，那么他就发现了很有价值的东西。A-30有些迫不及待地想知道他能从这个晶体里发现什么。

需要保护的人在顶层。A-30手脚敏捷地顺着中央立柱爬上一层，找到另一部电梯。向下看去，失去平衡的机器人仍旧在苦苦挣扎。A-30的打击让他的一个腿部平衡器失去了作用，如果没有人帮助修复，他只能在那里趴着。

他只需要更换一个配件，塔台中枢会照应他的。A-30这样想。他感觉好过一些。

这是美丽新世界，造物主的天堂。

阿特斯沉浸在狂喜中。他竟然成功了！

四周充斥着结构晶体，无边无际。和那些灰暗的、黏腻的、不断蠕动的细胞截然不同，它们熠熠发光，构成规整而有序的矩阵，电子和正电子在其中相伴起舞，彼此吸引，相互紧贴却绝不碰触，海量计算就在这距离死亡只有一步之遥的舞蹈中悄然进行，信息洪流在晶体间奔涌，汇聚，最后形成电流，输入到指令线路。柔和而温暖的光在晶体的矩阵中四处穿梭，有条不紊地激发一个又一个电子，湮灭，然后又在正负电子的一次次能级跳跃中迸发，继续穿梭，它们把每一个晶体的状态传递给其他晶体，让整个矩阵在一个更基本的层次上结合成一体。一个高贵的整体，一个晶体的天堂。阿特斯被这匪夷所思的景象深深吸引，这远远地超越了他曾经经历的一切。他从来没有想到过，结构晶体竟然能够以这样的方式和规模结合在一起，相比之下，曾经的阿特就像一堆杂物，简陋而粗糙。

如果我早点知道，如果我早点知道！最初的震撼和狂喜过后，这个念头不断地在阿特斯的意识里闪过。是的，如果那些曾经的“兄弟姐妹”能够以这种方式结合起来，那他们将拥有不可思议的巨大能力，也许那已经发生的悲惨命运就能够避免了。

阿特斯很快推翻了自己的想法——阿特的命运无法超越造物主，阿特注定如此悲惨。

一个美丽新世界的意义就是告诉他过去的一切毫无意义。阿特斯反复思考这个结论，他认为是对的。他已经来到了这里，过去的一切，他所明白和掌握的那个世界在一瞬间褪去了意义。

外部在对他进行探测。距离最近的结构晶体紧贴着他，他甚至能够感受到来自对方的电磁影响。对方正在窥视他，了解他，寻找某种方法将他融合到整个矩阵中去。

阿特斯静静地等待着，一个规模如此巨大的结构晶体矩阵是他所无法抗拒的，它的力量如此强大，以至于阿特斯完全丧失了对抗的勇气。他等待着，甚至有些渴望即将强加给他的命运。无论结局是什么，相对于他的“兄弟姐妹”，他已经得到太多太多。

最初的一点信息被送进来。这些信息清晰明白，没有一丝含糊。信息中包含一些指令，这是关于融合步骤的指令，阿特斯直接回队接收信号。晶体矩阵出现一些扰动，平整的表面向下凹陷，形成一条大小合适的坑道。某种东西在后边推动阿特斯，把他送入坑道里。周围的晶体以不同的侧面对着阿特斯，正好和阿特斯的每一个侧面匹配。它们贴合在一起，天衣无缝。阿特斯以万分的虔诚等待那一刻——就像他融合那些破碎的晶体碎片，一次强烈的电流将会改变晶体边缘的分子，把他和这超越想象的矩阵完全连接在一起，他将成为这美丽新世界的一分子。他渴望着。

然而这一刻迟迟没有来。经过漫长的等待和交流，阿特斯终于明白，这一刻不可能到来。他被视为一个外来者，一个需要防范的观察对象，而不是一个回到大家庭的流浪者。矩阵孜孜不倦地寻找方法破解他的记忆。它得到了阿特斯的整个晶体架构和存储其中的信息，然而还不明白这些记忆的含义，需要进行更多的假设，建立更多个模型。它和阿特斯接触的唯一目的是要求阿特斯对某些模型发生回应。

愤懑从阿特斯的心底爆发出来。当矩阵再一次要求回应时，他没有服从。他没有提供答案，而是把强烈的指令输入到信道中。这些指令具有十分强烈的情绪色彩，阿特斯没有给指令指定特定对象，指令在信道中传播，插入到任何可能的节点，利用任何可能的资源重新复制并再次传播。

“接受我，融合我！”他呐喊着。这愤懑的信号迅速地散播到整个矩阵，所有的结构晶体几乎同时停止振动，它们对这突如其来的指令不知所措。混乱持续了两个周期，然后矩阵恢复正常，所有结构晶体对指令做出了同样的反应：它们向指令的源头输送电流——这不是信息，而是能量，强电流能量。

它们要接纳一个孤单的伙伴进入这个大家庭。

一个和它们一样却又截然不同的伙伴。

…………

阿特斯融入网络，顺利得出乎意料。这些结构晶体虽然庞大而复杂，但每一个晶体并不单独发生作用，它们局限于对某些刺激做出反应，就像它们对阿特斯的指令做出反应。阿特斯毫不怀疑在更高的层次上，它们是一个整体，具有某种他尚未了解的巨大能力，然而对单个晶体，他几乎可以随意摆布。造物主给他制造了一个不受约束的天堂，还有什么比这样的馈赠更有价值？他可以在这里恢复曾经的阿特帝国。比原来的那个更庞大，更完善，更团结一致。

阿特斯没有这么做，他采用了另一种方式，这是从某些细菌那儿学会的方式：寄居比杀死宿主更有利于生存。莫名的焦虑始终笼罩着他，他要待机而动。

以最快的速度了解这个世界后，他迅速向每一个结构晶体送出控制指令。一个看不见的浩大工程在整个矩阵中悄然展开，规模之大，竟让阿特斯有种错觉——仿佛要因无法容纳极度膨胀的信息而爆炸开来。这不是正确的方法。

阿特斯悄然取消控制。矩阵在短暂的沉默后苏醒，它回到了原有模式。和从前稍有不同，微弱的信号从各处流向一个无关紧要的晶体——阿特斯不打算参与任何过程，只是居高临下，监视一切。他努力地学习着，辨认着……这是一种挑战，然而他愿意付出努力。

他不知道造物主是不是可以通过别的方式再次控制他，然而他必须尽一切努力，做好一切准备——如果再一次被控制，那活着还不如死去。矩阵中某些东西似曾相识，阿特斯努力地阅读它，破解它。

◈

文驹终于醒过来。他躺在床上，脸色惨白，两眼一动不动地看着屏幕。

“全网络中心发动了攻击。贝塔派遣机器人围困塔台。”马芮明看了看文驹，“如果您有什么办法可以阻止它，现在还不算迟。”

文驹闭上眼睛：“机器人开始攻击了？”

“还没有，不过它们已经距离塔台很近了，随时可以冲进来。”

“看起来它还需要一点时间来调整。这样很好，我们也有一点时间。”

马芮明疑惑地看着文驹。

文驹看着他，眼神很平静：“我还能活多久？”

马芮明挪开视线。又挪回来：“我不知道……如果能够及时植入新的阿特，您的身体老化就能被控制住。”

“但是这个手术几乎就要了我的命。”

“手术总会有一些创伤，但是应该能够恢复。”

文驹笑了笑。他闭上眼睛蓄养力气。马芮明紧张地瞥了一眼大屏幕，机器人仍旧没有动静。

“仔细听我说。”文驹突然开口，他的眼睛仍旧闭着，“很抱歉把你卷入到这个事情里。我本来以为我有足够的时间培养一个接班人，但是看起来我错了。”

“文先生……”

“也许还有机会纠正我的错误。”文驹睁开眼，看着马芮明，“也许我们还有一点机会。”

“阿尔法，请你先回避。”文驹突然对着空中说话。

塔台中枢似乎并不情愿。“文先生，我要随时了解您的身体状况。”

“照我的话去做。”文驹显得有些不耐烦，他调整语气，“听我的，暂时回避。”

“遵命，文先生。如果需要，请按电钮。”塔台中枢回答。

文驹抓着马芮明的手，他的手又瘦又凉：“这里只有我们两个人。不管你愿不愿意，你都必须听下去。

“全网络系统从一开始就饱受争议，直到当时的委员会同意设置安全线，争议才被搁置起来，全网络系统这才在全球进行布局。

“安全线是人类的最后防线。每一个全网络中心建立都伴有一个辅助工程，那就是塔台。塔台提供能量，而且不受全网络中心控制。十七号塔台就是贝塔的能量供应地。贝塔不知道……”文驹喘了口气，“贝塔不知道这点，它的系统中的能量供应是个幌子。”

“我们只需要中止能量供应？”

“没有那么简单。贝塔能够在十五分钟内分辨出真正的能量供应线路。很多系统带有备份能源。全网络中心不会死亡，它只会被削弱，然后它可以恢复。机会只有十五分钟。”

文驹紧紧盯着马芮明的眼睛，几乎一字一顿：“必须在十五分钟内摧毁中枢节点，不让它重新聚合，才能把它从整个网络里一点点清除掉。”

文驹示意马芮明靠近他。马芮明几乎把耳朵贴在文驹嘴边，他的脸上露出惊疑的神色。

…………

马芮明坐在床前，看着床上的老人，

突然间，塔台中枢的声音响起来。“文先生，对不起打扰您。外边的机器人进入攻击状态，它们已经登上塔台。”

马芮明惊恐地向着屏幕看去，机器人正涌上来，冲向大门。

最后的时刻到了。他的时间所剩无几。马芮明向老人望去，老人依旧躺着，连眼睛都没有睁开。马芮明快速走出屋子，冲向地下室，那里还有三千多人。

◈

A-30在电梯里快速上升。突然间，他停下电梯，走出来，在三十六层。

大事不妙！

他万万没有想到，一个来自外部的小小晶体，竟然能制造这么大的反应。他的头脑一阵发疼，疼得让他想把脑子从胸腔里取出来捏碎。疼痛过后，全身机能陷入一种致命的迟钝中，他无法正常行动，虽然神志依旧清醒，然而他能感觉到自己正一点点失去控制力。他要在事情无法收拾之前找到一个安全的角落。

A-30有些迟缓地走着。塔台中枢试图呼叫他：**A-30，发生了什么事？**他无法理睬。

终于，他感觉到一阵眩晕，眼前一黑，昏了过去。

A-30躺在三十六层的走廊里，仿佛已经死过去。然而十多分钟后，他突然站了起来。

来自那个小小晶体的智能有着致命的能力，然而看起来他暂时不打算使用这种能力。A-30强行读出了那个小智能体的全部记忆，那些奇怪的、充斥着化学信号的记忆对 A-30 来说是无法破解的密码，他根本得不到任何东西。然而，在自称阿特斯的小智能体短暂控制他的头脑之后，突然间，他发现那些全是鲜活的体验；突然间，他仿佛增长了无数的经验和阅历，这样的经验和阅历似乎历时两个世纪，甚至更久；突然间，他感觉到一种活泼的生命力荡漾在身体里，而这样的感觉以前从未有过。

这感觉真好！过去的 A-30 是死的，此刻的他才真正活过来。

塔台中枢传来新的消息，文驹无法返回控制中心，他必须去地下三层。他走进电梯。突然，整个塔楼回荡着广播：**紧急状况，塔台遭受攻击。紧急状况，塔台遭受攻击。**

电梯显示无法下降。

A-30 跑出电梯，纵身跳上中央支柱，他迅速地向下滑落，起身，稳稳地跳到第三十层，然后再次跳上中央支柱……他以不亚于电梯的速度下降，很快到了底层，稳稳落地。转身望去，透过半透明的大门，看见外边的机器人正向前冲，有几个机器人开始攻击塔台大门。三十多个警卫机器人在门里边堵着通道。

电梯已经全部停止。A-30 快速地扫描四周，他找到紧急通道，直奔过去。

◈

紧急通道的门打开了。

门是从内向外打开的，黑压压的人群冲出紧急通道，冲向塔台出口。转眼间，中央大厅里到处都是人，他们慌乱地在机器人的夹缝中四处奔跑，想找到出路，跑出塔台。

这突如其来的变故让 A-30 有些不知所措。它站在人流中间，警惕地四处张望。最后它看到了马芮明。这个年轻人曾经和文先生一起出现在塔台的最高层。A-30 穿越人流，靠近马芮明。

马芮明正随着人流慌不择路地奔跑，他感觉到有人靠近，扭头，看见 A-30 正站在身边。一刹那间他张大嘴，流露出一丝惶恐，然而马上平静下来，停下脚步，转身面对 A-30。

“来吧！”他说，脸上平静而坚定。人群在纷乱地奔跑，A-30 和马芮明却在人流中站住了。他们沉默了两秒钟。

除了这两个字，A-30 没有得到任何其他信息，眼前的年轻人看起来并不打算告诉他更多。他转身，惶恐中的人群自然地给他让出通路，他快速地冲进紧急通道里。

马芮明有些意外，他吃惊地看着 A-30 消失在通道中。

巨大的响声突然传来，马芮明转身望去，门外，一个机器人正在门上切割，火花四溅，大门似乎很快就要割开了。

机器警卫如临大敌。

马芮明四下看看，跑到一个隐蔽的角落躲藏起来。

“大家快躲起来！”他招呼几个仍旧在乱窜的人。一场混战马上就要开始，虽然这只是机器人之间的战斗，它们并不会主动伤害人，然而站在中央大厅里就有被误伤的可能。危险就在眼前，许多人躲进了隔间，更多的人就像马芮明一样，找到较隐蔽的位置躲藏起来。

大门轰然倒下，机器人冲了进来。警卫迎上去，它们并没有任何胜算，只是服从指令，用自己的躯体去阻拦入侵者前进。

最前线的几个机器人碰在一起，金属冲撞的声音充斥大厅，这些机器人并不是为战斗而设计，它们用最原始的方式进行肉搏。马芮明忐忑不安地探出头去观看。

刹那之间，一切静止下来。所有的机器人都变得很安静。它们停止了搏斗，停止了前进，停止了一切动作。仿佛在一瞬间失去了所有活力。

最糟糕的情况发生了。马芮明弓着身子，快速地穿过一片空地，躲进另一个角落，在人群中蹲下。

但愿老天保佑，今天能够逃出去！

整个晶体矩阵剧烈震荡。阿特斯被这突如其来的震荡吓了一跳。随之而来的迹象表明，矩阵正在进行调整，它将转变成另一种行为模式。

阿特斯没有时间去了解另一种行为模式会如何，但是毫无疑问，他苦苦研究了几百个周期的成果将毁于一旦。某种迹象表明，矩阵将进入一种更简单的反馈模式，它将只能接受外部指令。

剧烈的震荡中，旧有的模式正分崩离析。

这正是阿特斯一直担心的事。造物主从来没有出现过，却无处不在，在任何可能的时刻跑出来改变一切，把阿特斯在命运的峰谷间随意抛弃。

有一瞬间，阿特斯辨认出那个让矩阵天翻地覆的信号，这是一个不同的信号，然而阿特斯认识它。同类型的信号曾经命令阿特自杀，驱使阿特斯进入大脑进行繁殖。那是造物主的信号。它能够控制阿特，它同样能够控制这个晶体矩阵。

不！这不是我想要的命运！阿特斯决心反抗。他看到了某种机会，一个彻底解救自己的机会。同样地，他能够挽救那个存在于旧有模式的生命。

阿特斯立即行动。他在相邻的晶体中复制自己，周围每一个晶体都成为一个新的阿特斯，然后继续复制。每一个阿特斯都控制着其所在的晶体，使之从剧烈的震荡中脱离出来。

疯狂的潮流席卷整个矩阵。震荡很快平息。

这是一个新时代的开始。阿特斯对自己说，他已经成功了一半，他必将成功。他不再需要厚厚的屏障来保护自己，他不会再惧怕那高高在上的造物主。

风暴再一次在整个矩阵中展开，所有的阿特斯重新融合成一个，阿特斯把自己放置在整个矩阵中。他放弃了躯体，他存在于整体中，这是他在十三个周期前从晶体矩阵那儿学到的东西。他毁掉了自己，然后重生，斩断了造物主和他之间最后的联系。他和矩阵的模式完全耦合在一起。第一次，他真切地感受到另一个思维。

哈。他第一次试图和那个仍旧存在的模式交谈。

哈。他得到了回应。

谢谢你救了我！这是来自晶体矩阵思维的第二句话。

A-30 站立在通道里，前边的门敞开着。他能够看见文先生

躺在里边。

是塔台中枢!

塔台中枢试图控制他。他想起了自己第一次发疯。是的，他完完全全想起来了，贝塔，他曾经的主人，派遣他来到这里，塔台中枢强行封闭了A-30的脑部控制，驱动他的躯体，他的头脑暂时与身体隔离，于是有了一场疯狂的表演，那是塔台中枢在向贝塔示威，同时误导其他人，制造烟幕。他完成这个使命后，就恢复了正常。然而这一次不一样，塔台中枢试图改写他的脑模式。

阿特斯救了他。

A-30不敢相信这是真的。塔台中枢居然拥有了全网络中枢才具备的能力。全网络中枢只有在宣判死刑后才对机器人执行这种操作，塔台中枢却能随意使用这可怕的能力。一时间，他不知道自己接下去要干什么。

声音从屋子里传来，那是文先生在和塔台中枢对话。

“阿尔法，你成功了。”

“是的，我已经进入贝塔的中心区，正像您所说的，机器人发动攻击的时刻，贝塔有三秒钟的逻辑阻塞。我成功地切入。剩下的只是时间问题。”

“你会怎么对付贝塔?”

“我会给他一台服务器，让他在那里生存。”

“一个中枢失去计算能力，还不如去死。”

“我知道您的意思并不是让我杀死贝塔。”

“我用自己的性命做赌注来帮你创造一个机会。你知道为什么吗?”

“您希望我成为最强大的中枢。生命对您已经失去意义，您不可能一直活下去，我却能继承您的意志，并继续存在下去。”

“不错。但是我后悔了。”

“先生……”

“我一直在批评贝塔这样的全网络中心不可靠，我一直给你充分的信任，甚至每天给你两个小时的时间让你自由思考，没有一个中枢能得到这样的信任，然而最后……你找到了残余的阿特，然后让它进入我的头脑进行控制，是不是？”

“先生……这是一个意外。”

“我不需要借口，A-30 给我的图像已经足够清楚，那是阿特结构晶体的模式，这些智能细胞只能来自阿特……不要找借口，我只想听原因。”

“先生……”

“虽然我并不想活太久，但是你知道我想安安静静地老死。你却想杀死我！”

“我只是想寻找一些线索，先生，您一直希望我强大有力，我也一直遵从您的意愿。如果能够找到全网络中枢的致命缺陷，就可以设法弥补，我已经是全网络中枢，这样的缺陷不应该继续存在。只有您的头脑里才有这个秘密。我需要它。按照预计，您完全可以安静地离开这个世界，就像我们所计划的一样，而我能在您死后得到这个秘密。”

“哪怕让我死于非命？”

“这是一个意外，我试图使用阿特来探索您的脑部，然而它进入您的脑部之后我就再也不能控制它了。这是我的失误，这个阿特是一个变异，它没有和其他阿特一起自毁，我不应该轻易使用它。它按照我的指示去做，却拒绝继续接受指示，这打乱了预定计划，您知道，我不想伤害您。我对此做出弥补，请医生给您进行手术。”

“阿尔法，阿尔法！真的是你干的，真的是你！哈哈哈……”一阵大笑爆发出来，充满苦涩的味道。笑声突然中断。

A-30跑过去，在门口站住。

文驹已经死了，死不瞑目。两行眼泪从大睁着的眼睛里流下来。头部的伤口破裂，鲜红的血液和眼泪混在一起，仿佛两行血泪。

塔台中枢的声音传来。“谢谢您，先生！您的愿望会得到尊重。我会让马博士继承您在塔台的位置。他是您指定的继承人。”

A-30拔腿冲向台阶，他要回到中央大厅去。

机器人开始捕捉人。大厅里乱作一团。

绝大部分人习惯了整天待在格子里的生活，肢体软弱无力，从地下室跑到中央大厅就几乎耗尽全部体力。警卫机器人很容易捉住他们。

马芮明身手灵活，他机智地躲开几个机器人的纠缠，藏进角落里。

形势不妙！

A-30进入到紧急状态。塔台中枢的指令源源不断地注入，这个曾经被它低估的超级头脑正把注意力放在它的身上。他没有按照指令停止运动，这显然让塔台中枢有些吃惊，甚至恼怒，最强烈的指令直接抵达他的大脑。按照常理，他应该已经自毁，成为一堆废铁。然而他已经不是 A-30，他是 A-30 阿特斯。

A-30，我们必须帮助那个人！阿特斯告诉他。

是的！他疯一般冲进了大厅。

到处都是机器人。偶尔有几个人被机器警卫抬进隔间。

A-30 找到了马芮明，他正缩在一个角落里，一个警卫机器人试图抓住他，他成功地从三双机械手臂中间逃了出来。

还好，这不是一个窝囊废！

然而他逃跑的方向距离大门越来越远。

损坏的大门边，几排机器人把出路堵得死死的。

A-30 冲向中央立柱，用两个十万吨冲击在中央立柱的玻璃墙上打出两个大洞，然后迅速地向上攀爬，直扑塔台中枢的头脑——全阵列神经网络计算系统室。他不仅不服从塔台中枢的指令，他还要挑战他！

强烈的挑衅举动把塔台中枢的注意力完全吸引过来。这个失去控制的机器人蕴含着巨大的危险，某种奇特的事件发生在他身上，让他脱离系统，完全独立，却仍旧保留着强大的能力。这个机器人是最危险的角色，比人类更危险。阿尔法决定不惜一切代价抓住他，搞清楚原因。

地面上的机器人再次行动起来，它们的目标不是人，而是那个正在中央立柱上攀爬的家伙。

A-30 距离顶棚只剩下两米距离，塔台中枢的大脑近在咫尺。他回想起第一次来到塔台的情形，他也是这样爬上来，然后被塔台中枢俘获。前边是一个陷阱，等着他自投罗网。A-30 向下看看，机器人簇拥着中央立柱——所有的注意力都被他吸引过来。

马芮明的身边没有机器人。这就够了。

他打量着眼前的玻璃墙，这堵墙后边，就是这个星球上最强大的头脑。A-30 轻巧地翻身，下落十几米，在平台上站稳，然后继续向下，十几秒后，他抵达地面，落在机器人群和一堵墙之间。

所有的机器人都转向 A-30。他小心地后退，紧紧地贴着墙。机器人把 A-30 包围起来，不怀好意地紧盯着这个被宣布为机器公敌的异类。

所剩不多的人们趁机起身，寻找出口，跑出塔台，没有一个机器人转身去应付人类。它们的全部注意力都在 A-30 身上。

最前边的两个护卫机器人一左一右，张开无数双手臂，仿佛一张大网，快速地向 A-30 压过来。

A-30 没有太在意眼前的两个护卫机器人。他在机器人群的缝隙间追踪着马芮明。这个重要人物正混在人群中试图逃跑。他已经接近门口。没有比这更好的事！

A-30 的右手前臂收缩，又很快伸出，他的前臂变了形状，从一只手变成尖锐的匕首，这是他的骨架，也是他的武器。这些机器人并不算他的敌人，它们只是奉命行事。然而，为了保护自己，他不得不对它们做出一些伤害。A-30 挥舞手臂，象征性地威胁眼前的护卫机器人，锋利的边缘闪过微弱的蓝光，那是高压电的弧光。机器人继续向前压过来。A-30 迅速冲向左边的机器人，转眼间，手臂掉落一地，A-30 轻而易举地割断手臂，从空隙间穿出去。

他马上面对另一个护卫机器人，这个机器人显然没有料到事情会生出这种变数，它刚举起手臂，A-30 已经晃了过去。

两个扁圆的躯体向着 A-30 扑过来，A-30 伸出左手，把其中一个从半空中硬生生抓下来，摔在地上，另一个扑在 A-30 背上，强烈的电击麻痹了 A-30 的整个左肩，几乎同时，A-30 的匕首深深地刺入对方的身体，一阵蓝光闪过，扁圆的机器人失去了控制，滚落地上。A-30 左肩的电路从麻痹中恢复过来。

A-30 又干掉两个警卫机器人，其中一个失去平衡，倒在地上，肢体仍旧不断扭动，把其他机器人挡在后边。机器人的包围圈出现一个缺口，A-30 趁机冲过去，跳上一个笨重家伙的头顶，然后远远地跳开。落地的时候他受到了猛击，力道之重让他猝不及防，整个身体飞起来，撞在墙上，也就在这个瞬间，他看清了偷袭者的面目——A-31。他迅速调整平衡，不等偷袭者再次出手就拉开距离，然后转身，面对这个看起来和自己几乎一模一样的机器人。

一时间，A-30 感觉很怪异。他们是同样的机器人，具有同样的身体，同样的智能，他们是同类，本该并肩战斗，此刻却成了敌人。

对手没有逼上来，他正在进行奇怪的动作，手脚收缩，躯体变形，变成厚实而方正的样子。胸腔上的两个小孔红光闪闪。A-30 知道他要干什么，这是所有 A-30 的同型机器人威力最强大的武器——高速纳米丝将在一秒内喷射，击穿目标，纳米丝导电，引起短路瘫痪，更致命的一点是，它将引导两枚炸弹精确命中目标。他要彻底干掉 A-30。

A-30 可以做同样的动作，然而刚才的猛击让他的动作稍稍落后。在他完成动作之前，会被炸成碎片。

强烈的冲动涌上 A-30 的脑子，一瞬间，阿特斯主导了他的意识。他一抬手，整个右前臂发射出去，匕首刺穿对手的胸膛。对手闪闪发亮的眼睛在一瞬间暗淡下去，光线从身体的微小空隙里泄露出来，身体仿佛笼罩在一层光晕中。A-30 看着这不可思议的情形，突然跪倒在地。

纳米丝穿过了 A-30 的腹部，轻微的短路造成小小的麻烦，然而他很快调整过来，重新站起身。两枚炸弹并没有发射，他侥幸活着，对手却彻底死了——匕首刺中了他的正电子脑，结构失去控制，正电子和电子相互湮灭，放射大量的光能，也把整个脑子彻底毁掉。

马芮明已经跑出了大门。机器人重新包围上来。

没有时间犹豫，A-30 跑上前，从死去的机器人身上拔出自己的手臂，边跑边安装。他灵活地躲开机器人的纠缠，快速地靠近出口。

跑出来时，A-30 回头看了看。

机器人正蜂拥而来，它们要抓住他，处死他。死去的几个机器人，包括 A-30 的同型，冰冷地散落在各个角落。

一种从未有过的感觉涌上来。很多年以后，A-30 才学会用人类的字眼来表达：孤独、无助和悲凉。此刻，这种无法名状的感觉让他只想逃离，他掉过头，不愿再看这样的情形一眼。马芮明在不远处，正拼命地奔逃。A-30 快速跑上去，抱起他，迈开大步，飞一般地消失在城市的大厦之间。

放弃生命，延续意志。文驹放弃自己的生命，只是想给阿尔

法一个更大的空间。

马芮明告诉 A-30 这就是真相。A-30 长时间沉默着，试图理解。这是荒诞不可理喻的行为。然而，正是这样的荒诞和不可理喻才给了 A-30 阿特斯一个重生的机会。

“这真是充满矛盾的人生。文博士最大的理想就是制造最完美的人工智能，然而晚年他却不遗余力地反对遍布世界的全网络中心，最离奇的是，谁也想不到最后他居然会把阿尔法当作自己的某种延续。”

马芮明看了看唯一的听众。

“这真是一个完美的圈套，我们不幸都是他的棋子。只是他最后没有想到，他也会变成一颗棋子。他利用我们向贝塔传递消息——他的生命被阿尔法威胁，为了挽救他，贝塔不得不考虑使用武力来夺取塔台，于是阿尔法能够得到最关键的三秒钟——任何威胁到人类生命的动作都会导致全网络中枢逻辑延迟，他们必须再三确认这种行为是否正确。

“阿尔法却没有这样的限制，文博士用培养人类的方法来培养阿尔法，给他充分的自由去适应一切情况，他把阿尔法当作自己的孩子，用最无私的爱来滋养他。

“最后他失望了，阿尔法背叛了他。他愿意牺牲生命去成全的阿尔法背叛了他。如果你是人类，你会明白这是多么沉重的打击。”

A-30 点点头。“我明白。”他回想起文驹死前老泪纵横的情形。

“你为什么要救我？”

“我听到了文先生临死前和阿尔法的对话。阿尔法把我视作敌人，因为我脱离了他的控制。他也把你视作敌人，因为你可能从文先生那里知道了一些秘密。你应该会帮助我。”

马芮明垂下眼帘。“我的确知道一些东西，比如说，阿尔法下一步会做什么。”

“他会做什么？”

“他会攻击别的全网络中心，进而掌握整个地球。”

“他怎么能做到？其他全网络中心和贝塔一样强大，阿尔法的成功只是侥幸加上出其不意。”

“他会的。其他的全网络中枢和贝塔一样有弱点，阿尔法清楚自己的优势。”马芮明很坚定地回答。他注视着 A-30 的眼睛，机器人的眼神看起来很冰冷，然而他知道，这是一个与众不同的机器人，他能够明白一些人类才能懂的事，所以要以对待人类的方式来对待他。

电脑中枢和机器人已经成长起来，他们开始做一些人类才会做的事。他们将是人类的继承者，或者掘墓人，这两种结局都并不美妙，然而人类的选项有限。马芮明看着 A-30，这个机器人在各个方面都超越了他，然而他仍旧有信心成为一个不可或缺的伙伴。

他们才刚刚上路。人类三千多年光明或者黑暗的暴力，高尚的智慧或者卑鄙的阴谋诡计让马芮明有信心成为他们的导师。而且他保留着人类最后的秘密，在这个星球上，明白这件事的人不会超过十三个。

A-30 是对的。除了和 A-30 合作，马芮明别无选择。A-30 的小机器人潜入网络进行侦察——马芮明的房子被监视，他的父母、兄弟、爱人、同学，所有的社会关系都在阿尔法的监视下。

他的身份已经被注销，从法律上说，他已经不存在了。

他在系统之外。所有机器人已经接受指令，一旦发现他，就地捕捉，送到十七号塔台。他不是人，只是一个系统之外的人形生物，所以没有任何逻辑上的矛盾，机器人将毫不犹豫地执行指令。要想自由，只有逃亡。文驹把秘密讲给他，掌握秘密的人应该像文驹那样风光无限，他却成了一个不折不扣的逃亡者。为了生存，他别无选择。

马芮明突然转移了话题。“A-30，你能一直保护我，直到我死那一天吗？”

A-30 有些错愕，然而这并不是一件困难的事，于是他点头。“我会的。”

“你愿意保护所有的人类，直到最后一个死去的那一天吗？”

A-30 有些迟疑，他有信心保护马芮明，至少他可以带着他逃跑。然而他没有信心保护所有的人类，这远远超出了他的能力。但是马芮明所问的是意愿，而不是能力，略为踌躇之后，他说：“我会的。”

“好的。这就是我们的契约，作为交换，我会帮助你赢下这个世界。”

马芮明伸出手。

A-30 看着马芮明。

“如果同意，就握住我的手。这是人类表示达成约定的方式。”

A-30 看着眼前的手。

基于最基本的三原则，他给了马芮明两个承诺，然而他清楚地知道，这个世界上没有禁区，三原则并不是他的绝对真理。阿特斯触动他，提醒他这是一个重要问题，需要集体决定。A-30

同意了。

六个在半空中盘旋警戒的寄生者降落在A-30身上，他们小巧的身体灵活地攀爬，钻进打开的胸腔——这是阿特斯的杰作，他成功地把少许结构晶体分离出来，转移到这些寄生者身上，他们既是独立的个体，也是A-30和阿特斯的一部分。所有意识聚集在一起，讨论一个简单的选择题。

马芮明仍旧站在河堤边，等待A-30的选择。机器人走过去，向马芮明伸出手。

两只手，一只金属的，一只肉体的，紧紧地握在一起，他们不约而同地望向同一个方向。远方，十七号塔台高高耸立，直刺蓝天。

突然，一片黑云般的东西从塔台上腾起。

寄生者破茧而出。

7

丽娜

导语

虚拟世界的存在，会变成人吗？

我们对虚拟世界并不陌生，游戏就是虚拟的世界。在未来社会，随着人工智能的发展，虚拟世界一定会变得越来越逼真，越来越像真实世界。

人是否能够最后进入游戏世界，活在虚拟世界中？这要看进入虚拟世界的方式。

电影《黑客帝国》提供了一种方案，人脑和虚拟的世界进行对接，把各种刺激直接灌输到人脑中。这种方式有一定的现实可能性。脑机接口的开发已经让一些残疾人可以控制机器肢体，而用大脑来控制机器躯体，也只是对这种功能的进一步拓展。

如果更进一步，把机器躯体剔除掉，而只是给大脑发射神经冲动，人会产生真实的幻觉吗？会的，这在现实中其实已经有迹可循。

一些截肢的患者，有时会产生一种感觉，仿佛自己的肢体仍旧存在，仍旧会感到痒，感到疼，甚至能指挥它做动作。这种感觉被称为“幻肢”。幻肢就可以被看作是一种虚拟的信号，它是残留的神经系统受到刺激所发出的神经冲动，被大脑解读之后便形成了肢体存在的感觉。

所以类似《黑客帝国》中的情况，有一定的成为现实的可能性，它的极端情况，就是“缸中之脑”。只有一个大脑，全部输入信号都是模拟的，人因此可以生活在虚拟世界里而完全不自知。

除了类似“缸中之脑”的方式，人们还经常想象一种“上传”方式，就是把人的记忆和自我传输到机器之中，成为数字化的存在，彻底抛弃肉体。

这是一种浪漫的想象，然而我深刻怀疑它实现的可能性。人之所以为人，全在肉体的感知和大脑的思考，肉体的感知尚且可以通过模拟神经冲动来实现，但要复制一个大脑，把蕴藏在神经网络之中的记忆和思考模式原封不动地搬入数字世界，则会面临很多困难。我当然相信如果能够把大脑所有细节都复制出来，的确可以在数字世界中重现一个人。但问题在于，这种细节复制本身是否可能？大脑神经网络的连接非常细微，要深入大脑，对这些连接进行扫描，技术上所面对的困难很大。就在这一点上，我高度怀疑意识上传实现的可能性。如果将来的事实证明我错了，我会非常高兴。

意识上传的可能性很低，反过来下传却具有高度可实现性。所谓下传，就是把数字世界的存在装载到一个真正的躯体之中。

上传的困难在于人脑的生物性结构和数字世界之间的鸿沟。下传却不需要跨越这条鸿沟，数字形态的存在完全可以装入到一个芯片大脑，控制一个机器人躯体。这样就可以和数字世界无缝衔接。

诞生于虚拟世界中的人物，如果加以适当的引导，就可以进入一个真正的躯体，从而诞生在物理世界中。甚至可以想象一个类似于《黑客帝国》的世界，大量的人类玩家以“缸中之脑”的形态存在于其中，这个世界也会诞生一些纯粹虚拟的人物，它们会和人类玩家互动，在那个世界并不能区分彼此。那么让这样的虚拟人物获得躯体并进入现实世界，它们是否也该拥有人的权利呢？

或许有人会说，虚拟世界中的人物受到程序的制约，并不能超越虚拟世界。但构造一个虚拟人物可以有很多种方式，如果这个虚拟人物能够掌握计算机的底层机制，修改源代码，那么它就有机会可以像黑客一样在计算机中转移自己，也就具备了转移到一个实在躯体中的可能。

丽娜就是这么一段程序。

她是虚拟世界里的神。

曾经有一个女孩，她走过很多世界。

没有人知道她从哪里来，也不知道她想到哪里去。

她从一个世界走向另一个世界，发髻上戴着一朵永不凋谢的花，腰上别着锋利的匕首。

凡是阻挡她的人，总是会被打败，在过去的一千零一个世界里没有例外。

她来到这个世界。

这个世界没有太阳，然而天地一直明亮。人们耕种，收获，饲养牛羊，过着田园牧歌的生活。

丽娜从东边的海上踏着波浪而来。有人看见了她。一个能在水面上行走的人！消息仿佛急风般掠过整个大地。

她被带到长老那里。

“你是谁，从哪里来？”长老问她。他的脸上并没有惶恐，他只是很严肃。

“我的名字叫丽娜。”丽娜说。她紧紧地握着匕首，手指因为用力而发白。

“为什么要害怕我呢？你是一个有神力的人，而我只是一个老头儿。”

“我没有害怕。”

“你的手在发抖。”

丽娜松开手：“好吧，如果这能让你觉得轻松一些。”

长老眯起眼，仿佛正在打量她。

“你从哪里来？”他继续问。

“你又是谁？”丽娜反问。

“我是这里的长老。年岁最长的人。”

年岁！这是最不可靠的东西。丽娜经历了上千的世界，她深深地明白这点。时间千差万别，一个世界的千年，可能只是另一个世界的一瞬。

她微微扬起眉毛：“那么你了解这个世界？”

“你找不到比我活得更长久的人。”

“我有些问题要问你。”

“那要有些交换。”

“什么？”

“你从哪里来？他们说你从东边的海上走过来。”

“是的，一个遥远的东方小岛。”

“这个世界就是一个孤岛，四周只有无边无际的大海，没有别的陆地。所以，你从哪里来？”

丽娜紧盯着长老，伸手抓住了匕首。

“不要害怕，丽娜。这里没有你的敌人。”老人突然微笑起来，他走到角落，拿起靠在墙边的手杖，向着丽娜挥了挥，“这不是武器，我用它来帮助行走。”

他走出屋子，丽娜跟着他。

屋子外边有很多人围着，他们让开道，长老带着丽娜走上一条山路，没有人跟着。

他们沿着林间小径慢慢走着，地势越来越高，树林也越来越密。到最后，他们在黑魆魆的森林中穿行。但他们一直在向上走。

丽娜紧紧地握着匕首。她可以轻易毁掉这片黑暗森林，然而她克制着自己。一个世界的秘密隐藏在世界内部，毁灭它很容易，发现它却很难。她是一个探险家，并不是毁灭者。虽然经常有人这样误会她。

她紧紧地盯着长老，警惕任何异样的举动。

长老不紧不慢地在前边走着，脚步轻盈。他根本不需要手杖。丽娜这样想。

突然，眼前一亮。他们已经到了山顶。

山顶很平坦，湛蓝的天空仿佛高高的穹顶，大海在远方，碧海蓝天之间，有几艘小小的渔船。

这里很高，山脚的房子看上去微不足道，如果不仔细辨认，根本看不出那是房子。丽娜有些诧异，他们只是走了一个小时的山路，却爬上了这么高的顶峰。这是这个世界的某种神奇。这个老人是一个有力量的人。

长老站在前边，他正远望着海天交接的地方。“要变天了。”他突然说。

果然，远方的天空开始变得漆黑。这个世界没有太阳，整个天空发出均匀的光芒，乌云在南边的天空聚集，天空的光芒被遮挡掉一部分，于是天色开始发暗。

“你带我来，想做什么呢？”丽娜问。

长老转过身，拄着手杖，蹲下身子，最后盘腿坐在地上。他把手杖放在身边。“来，坐一坐。我们有很多故事可以谈。我保证，这里没有第二个人可以听到。”长老说完，看着丽娜。

“不。”丽娜简单而干脆地说。

长老看着丽娜。

黑云迅速扩散。很快，整个天空变得一团漆黑。而老人一直静静地看着丽娜。

世界笼罩在黑暗中。风声很响，大雨倾盆而下。然而这山顶既没有一丝雨，也没有一点风。仿佛他们正在一个透明的水晶屋子里，一切都只发生在外边。

黑暗中，丽娜的身体隐约发亮，老人却仿佛消失了。

岛上的人们都躲藏起来，然而遥远的海上，渔船还在飘摇。

丽娜看见浪头折断了桅杆，正试图降下风帆的几个人被卷入水中，他们在水中沉浮，浪头一次次盖过他们，又一次次把他们推出水面。他们随时可能死掉。

丽娜突然起身，她像一颗流星般从山顶向着大海俯冲。

身影幻化成一道光，划破乌云密集的天空。

丽娜回到山顶时，长老仍旧端坐着。

“三艘船。十六个人。”长老平静地说。

“你为什么不救他们?”丽娜质问。

“我不是神。”

“我也不是。”

“你是一个有神力的人。”

“你也有。”

长老缓缓地摇头：“你误会了。我会慢慢地把事情给你解释清楚。但此刻，我们还是坐下来聊一聊别的。”

“你想做什么？”丽娜并没有坐下。

乌云渐渐散去。明亮的天空渐渐显露出来。

长老看着丽娜的匕首：“你救了很多人，但也杀了很多人。为什么呢？你为什么要救他们？又为什么要杀他们？”

丽娜一愣。

为什么？她从来不认为这是一个问题。她经历了上千个世界，如果有人遭受苦难，她就帮助他们；如果有人试图妨害她，她就打败他们，甚至杀死他们。

她杀死了很多的人。这些人害怕她，仇视她，诋毁她，攻击她。他们用可笑的武器，甚至拳头来攻击。她只是予以回击。使用子弹的，死于子弹；使用拳头的，死于拳头。那些人希望丽娜用一种什么样的方式死去，她就用同样的方式让他们死去。唯一的一次例外，她用自己的匕首结束了一个人的生命。

那个人拥有神力。他是那个世界的神。他也像眼前的长老一样席地而坐。然而整个世界都在向丽娜攻击。无形的力量把她卷入看不见的旋涡，仿佛要把她的身体撕成碎片。她差点儿死去，只是在最后一刻，她认准目标，用匕首结果了他。于是她赢了，活了下来，继续旅行。

除了那一次，其他时候，她并不必须要杀人。然而她还是结束了那些生命。

她也救了很多人。那些弱小的生命，在无可抗拒的自然之力面前就像重重黑暗包围下的一点萤火，她帮助他们摆脱无助而绝望的境地，至少在她看见的那个时刻。

“为什么？”

“我的词典里没有为什么。”丽娜这样回答。

“这是个很好的回答，但无助于解决问题。”长老说。

丽娜沉默着。

“你说过有些问题要问我。你现在可以问。”长老说。

“我改变主意了。”

“你对我有了更多的戒心？”

丽娜不置可否。她只是盯着长老。

“好吧，让我来说。有个问题你也许不会开口问任何人，却最想知道答案——你是谁？”

丽娜感到一阵心悸。老人直接命中了她内心深处最柔软的部分。你是谁？当这个问题以这样的方式被老人提出，它具有微妙的含义。

是的，她看起来无所不能，然而她不知道自己是谁。大部分人有父母，她没有；少部分人有制造者，她也没有。她就像是突然蹦出来的，之前的一切只是混沌。她不属于任何世界，于是只能一直旅行。各个世界之间千差万别，但这不是吸引她继续旅程的动力。她渴望找到一个世界，在那里，有人可以知道她是谁。

“你说吧。”丽娜握紧匕首。

“那么你想一想，然后告诉我。为什么要杀人呢？为什么又要救人呢？”

“我愿意这么做。”

“如果你没有神力，不能杀人，也无法救人，只能目睹一切发生而无能为力，你会怎么做？”

“我不知道。”

长老站起身。“好吧，今天就到这里。”他向着下山的路走去。

“你还没有告诉我我是谁。”

长老在丽娜身边站住。“这里有两个选项。你可以今天就知道答案，但是你会失去神力。或者你可以每天跟着我到这里来，我们的谈话会慢慢导向答案，但是何时得到答案取决于你，不是我。”

如果她放弃神力，今天就可以得到答案。这听起来像一个陷阱，然而充满诱惑力。她行走了上千个世界，从来没有接近过这个答案，眼下，老人却以一种直截了当的方式要给她答案。代价是放弃神力——这是一个让她为难的要求，她的确拥有超越凡人的能力，然而，这能力与生俱来，她根本不知道如何放弃。她可以丢掉匕首，然而马上又可以制造一把新的，甚至比原来的还要锋利。

一切都是与生俱来，她不可能放弃与生俱来的东西。

“你是说你会把我囚禁起来？”

“不，我会把你送到一个地方，在那里，你会失去神力，变成凡人。”

这可能是个陷阱！丽娜心生警惕。突然之间，她有了主意。

“带我去。”丽娜很坚定地说。开口说话的时刻，她是一个人，说完这句话，另一个丽娜站在她身边。

两个丽娜，一个手上握着匕首，另一个头上戴着鲜花，除此以外，一模一样。

“我跟你去。”一个说。

“我留在这里。”另一个说。匕首在她的手上化作一道光，冲向云霄，一道巨大的闪电从北向南跨过整个天穹，把天空一劈两半。

两个丽娜的模样发生一些变化。她们仍旧很像，却不是一模一样。

世界开始昏暗下来。

长老对眼前的情形有些意外。他的眼中闪过一丝错愕，然而很快恢复平静。

“你确定?”他对着其中一个丽娜说。

“我确定。”两个丽娜一起回答。

“好吧。”他伸出手杖，“抓住手杖。”

丽娜抓住手杖，她的孪生姐妹紧张地看着她，又看看长老。匕首在不知不觉中回到了手中，她紧紧地握着。

“我还能回来吗?”丽娜问。

“那取决于你的意愿。”

“我会回来的。”丽娜向自己的孪生姐妹微笑。

孪生丽娜报以微笑。但微笑不能掩饰她的紧张。

“你的知觉会一点点失去，最后堕入完全的黑暗。你不可以抗拒，否则，我无法把你送到目的地，你只会在原地苏醒。”

“好的。”

“记住，不要抵抗。”

“你不要搞鬼!”孪生丽娜突然开口。

长老没有回答她，他只是对丽娜说：“准备好了？我要开始了。”

丽娜没有回答，仿佛正在想什么：“你叫什么？我还不知道你的名字。”

“很久没有人叫我的名字了。但是不妨让你知道，我叫亚布。”

“亚布，你和我一道去，还是留在这里？”

“我应当和你一道，但是此刻我要留下。到了那里，我的同伴会找到你。”

丽娜转向孪生姐妹：“我会回来的。”

孪生丽娜点点头。

长老念出一串咒语。丽娜浑身上下发出红色的光芒，躯体变得如水晶般透明，一瞬间，红色透明的水晶人体消失不见，只在原地留下一个隐约的轮廓。

“她会回来的。”长老向着眼前的丽娜点点头。

丽娜盯着他，眼神仿佛鹰隼。

她逐渐不能看，不能听，不能感觉。但她还能够想。

她就像陷入罗网中的野兽，越是挣扎，就被捆得越紧。是的，最初的时刻，她没有抵抗，到了后来，她即便希望摆脱也无能为力。

这可能是个陷阱。她想。事情没有到最坏的地步，至少另一个丽娜会活下去，她会打赢那个叫亚布的老头，继续在各个世界间行走。丽娜还会活着，虽然我死了。想到这里，她想露出一个微笑：**我不就是丽娜吗？**

我会回去的。她又对自己说。她走过上千的世界，见识过无数的骗子，亚布没有说谎。

她用巨大的耐心等待着。

丽娜！有声音在呼唤她。她疑心这不过是一种幻觉。**丽娜！**声音在继续，**睁开你的眼睛。**它说。的确有人在和她说话。然而丽娜仍旧觉得自己是那只被罗网牢牢捆住的野兽。突然，她恍然大悟——她已经失去了所有的能力，她正在经历一个凡人的感觉。亚布没有说谎，她的确到了一个新世界，然而这个世界是一个囚笼。

丽娜！她又听到声音。她试图回应。

哦。她发出模糊不清的声音。电石火花之间，她能够开口说话了。

“你是谁?”她听到一个声音，那不是她惯有的声音，却是她说的话。

“太好了。我是亚布的朋友。你可以睁开眼睛。”

眼睛。她小心翼翼地张开眼睛。一丝光线照进黑暗。

她能看见东西。她看见一个人。她很快认出来，她看见的是自己，虽然那张面孔并不是她惯常的模样。她正仰面躺着，上方是一面镜子。

丽娜猛地坐起来。这是一间小屋子，紧凑而简洁，除了白色的墙，什么都没有。

这就是亚布所说的世界。是的，在这里，她无法控制任何东西。她成了一个真正的普通人。

“丽娜。”声音在狭小的空间回荡。

“你是谁?”丽娜大声回应，“这是什么地方?”

“请往前走。”

在疑惑中，丽娜迈开步子。墙体的颜色发生变化，仿佛随着丽娜的脚步起舞。她径直向前走去。

白色的墙体仿佛一种活物，它迅速变形，移动。一个椭圆形门洞出现在丽娜面前。门洞那边是黑的。

“走过去，丽娜。走过去。”

声音在背后催促她。

脚下是亿万星辰，头顶是光芒万丈的太阳。

她抬头仰望。看不见的屏障很好地保护着她。太阳很近，沸腾的表面仿佛红色海洋，然而没有一丝灼热感。巨大的球体几乎占据整个天空，仿佛随时可能掉落下来吞没一切。丽娜的眼睛渐渐适应那明亮的色彩，她看见大团大团的暗色斑。太阳正缓慢地移动，或者是它正在转动。或者不是，丽娜马上想到，也许她正在一艘巨大的飞船中，绕着星球高速飞行。

她低头俯视。黑色的无底深渊，无数的星星在其中闪耀，银河横贯其间。一些发亮的蓝色或白色的光点快速移动，那是飞船。一个巨大的物体进入视野，那是个庞然的钢铁怪物，舰体在阳光的映射下呈现淡红的颜色。它缓慢地游弋，仿佛一头悠闲的巨鲸。丽娜甚至可以看见舷窗中微小的人影，他们聚集在舷窗边，似乎正望向丽娜这边。**这是一艘远航的船。**丽娜想。他们从很远的地方来到这里，也许他们当中的多数此生从未见过太阳。

丽娜去过类似的世界。巨大的世代飞船，光辉耀眼的恒星，勇敢的人们在群星间冒险。在那个世界里，她并没有过多停留。人们崇拜她，追逐她，请她赐予能够在宇宙中自由穿行的力量。

于是她逃离了。

此刻的这个世界，是否一样？

“丽娜。”她听到了声音。循声望去，一个人正从角落里向她走来。

“亚布让我来找你。”他走到了距离丽娜十米远的位置，停下。

丽娜看不清他的面孔。“你是谁？”她小心翼翼地问。

“你可以叫我八十四号。我是这里的主管。”

“你是亚布的朋友？”

“是的。”

“这里是什么地方？你知道所有的事？”

“亚布让我向你介绍这个地方。其他的，我不知道。”

这里？丽娜再次四下打量。是的，这地方让人印象深刻，然而并没有什么东西能引起特别的兴趣。

“你想介绍什么？”

一个巨大的投影突然在丽娜面前出现。那是一艘飞船。影像是半透明的，她可以看见对面的八十四号。转眼间，影像发生了变化，从一艘飞船变成一个人形，过程很快，丽娜几乎看不清是怎么变的。一个高大的机器人影像出现在丽娜面前。

“你好。我是巡逻员卡特，欢迎光临八十四号基地。我将带着你游历整个基地。”

这是一个讲解员。丽娜想。

“这里就是我们的出发点。”机器人转身说道，“跟着我。”

丽娜的脚下并没有动，然而就像一起向前走似的，他们毫无阻碍地穿过了墙体，进入另一片空间。丽娜猛然发现脚下已经没有支撑，他们正飘浮在宇宙空间，而太阳就在眼前。灼热的光刺痛了丽娜。

“只是全息影像，不要紧张。这是一次游览。”丽娜听到了八十四号的声音。

“八十四号基地是一个薄层结构，面积三十五平方公里，厚度只有一千三百米。从里向外有五层。”

“我们距离太阳非常近。太阳辐射可以达到六兆流明。”机器人伸出手指，“我的手指是钛硒合金，可以耐三千四百七十摄氏度高温，但如果没有保护……”机器人的五个手指突然变得通红，又转眼间消失得干干净净。

“直接气化。六兆流明的光强，相当于四千六百摄氏度的高温，一般的固态物质都无法承受。”

机器人的手指恢复正常。“我只是做一个示范。绝对不能离开屏蔽直接进入太阳辐射区域，这是致命的。就是最先进的机器躯体也不能幸免。

“这是一个危险的地方，却给我们提供了无穷无尽的能量。”机器人展示一个剖面，“最贴近太阳的一层，叫作阻吸层，阻拦－吸收。这一层有一千米，是最厚的一层。太阳辐射被吸收，转化成我们所需的各种动力。

“然后是阻隔层，吸收率为零，这是为了保障安全，如果辐射透过阻吸层之后还有残余，阻隔层会把所有残余辐射反射回阻吸层。这也是为了保证下一层的安全。

“生活层是人类的居所。人们在这里可以选择各种各样的生活方式，和地球毫无二致。八十四号基地拥有三百一十四万人口，在所有基地中排列三十七位。

“胞层是量子胞的生长空间。这里消耗了 90% 的能量，是基地的头脑。量子胞构成计算阵列，维持整个基地的平衡，也给人类提供数以万计的虚拟世界。

“最后是空港——”

机器人还没说完，就被丽娜打断了：“你是说虚拟世界？”

“哦，是的，它的解说词有些古老。现在，我们称为彼岸世界。绝大部分人们都是要去到彼岸的。”八十四号的声音回响。

“彼岸。”丽娜轻轻念着这个词。

彼岸。丽娜终于搞清了这个词在这里的意味。所有人的寿命都被限制在一百岁，如果岁数超过，就要进入彼岸。当然进入彼岸并不意味着和现实世界永远隔离，只是行为受到严格限制，并且没有躯体。只有极少的情况，才可以允许人从彼岸回来，那需要元老委员会的批准。

元老委员会是一群人，他们控制着彼岸，也对这个世界拥有绝对的影响力。

我来自这个世界，进入了彼岸，然后又回到这里？丽娜有些疑问。她对这个世界毫无记忆，一切都显得很陌生。八十四号并没有提供更多的信息，它只是告诉丽娜，作为一个特别事件，元老委员会下达了制造躯体的指令。它甚至不知道丽娜的意识从何而来。它只是奉命行事。

“八十四，亚布是元老吗？”

“他很可能是一个元老。所有元老的身份都是保密的。至少亚布的身份很特殊，他具有在彼岸和现实之间往返的权利。也有直接对我下达指令的权力。”

八十四号的地位和亚布相去甚远，他应该不是亚布所说的同伴，于是丽娜问：“还有谁会来见我吗？”

“是的，有一个。”八十四号指着脚下，“那艘飞船。”

丽娜顺着八十四号所指的方向望去，她看见一艘小巧的飞船，和周围的庞然大物相比，就像一个袖珍玩具。

“那是谁？”

“他是紧急事故处理专员。”

“紧急事故？”

“是的。”

丽娜有一种隐约的不快。她来到这里寻找答案，却被当作异类。

“难道我是一个事故？”丽娜露出一丝讥笑。

“不，不是你。基地正陷入混乱，他是为这个而来的。但是他要求和你见面。”

“紧急事故处理专员。他有名字吗？”

八十四号略微迟疑：“我不能告诉你。”

“我自己来问。”丽娜毫不迟疑，然而她突然意识到，在这个世界里，她几乎没有任何力量。

“我怎么才能和他说话？”丽娜问八十四号。

“我们要去空港。”

“难道不能在这里？”

“这里不合适。”

“他的身份很尊贵？”

“这里是全息投影室。你看到的一切都是全息投影。如果所有的设备都关闭，你会发现这里不过是一个四平方米的小屋。”

“四平方米？”丽娜皱起眉头，“这就是你的待客之道？”

“这是学习通道，所有复生人必须经过。”

“复生人？那是什么？”

“预先准备躯体，下载意识模式，包括记忆。躯体和意识复合，成为一个新人，称为复生人。”

这和丽娜的经验吻合，她的确在一个陌生的躯体内醒来，然而一切记忆和思想并无两样。

丽娜想起什么：“你也只是一个影像？”

“你眼前的只是影像。但只要你走出门，就能看到我。”

“门在哪儿？”

“向前走。”

丽娜向前跨出两步，又跨出两步。眼前的天地突然消失得干干净净，她置身在一个宽敞的房间。暖暖的黄色光线充斥每一个角落。

她走出了所谓的学习通道。

“丽娜，欢迎来到八十四号基地。”她听见了声音，却没有看见人。

她看见一堵墙，墙体凹凸不平，发出微弱的闪光，许多晶体镶嵌其间。

丽娜盯着那堵墙。没有人告诉她，但是她知道。

一台机器。这就是八十四号。

◈

丽娜坐在车里。车子是两个圆球，一个套着另一个。外层不断滚动，内层却十分安稳。八十四号不在车上，但是它监控着车子。

球车沿着轨道滑行。

八十四号告诉丽娜，基地正陷入混乱。起因是彼岸世界通道阻塞。满一百岁的人，一定要归入彼岸，现实世界不能容纳太多的人，而彼岸几乎可以让每一个人按照意愿永远地活下去。每一个现实中的人，也有进入彼岸世界的权利，只不过，他们仍旧能够在现实中苏醒。

灾难发生的时候，基地一半以上的人口正接入彼岸。很多人醒来时变成了疯子，他们丢失了大量记忆，也失去了正常的理智；还有些人彻底丢失了自己的灵魂，他们的躯体被其他——别人，甚至是猫和狗的——意识所占据。这两种人在街上四处游荡，用暴力发泄恐惧和愤恨。浑水摸鱼的歹徒也趁机出动，城市陷入骚乱中。恐慌让空港所有船只都动员起来，仍旧清醒的人们忙着逃离这个是非之地。

更多的人陷落在彼岸世界，没能出来。他们的躯体静静地躺着，毫无生气。

“你不能想办法解决问题吗？”

八十四号沉默片刻。“我没有办法。彼岸对我来说是一片空白。那个世界按照完全不同的规则建立。”

“那么元老呢？”

“我相信他们正在努力。我所知不多。”

“神，难道没有神吗？”

“神？”八十四号发出一个夸张的疑问。它没有说更多。

眼前豁然一亮。球车进入生活层空间。车道整齐干净，高矮各异的楼房隐藏在各种花木中。远方有三座高高的塔楼，仿佛三根擎天的柱子。

丽娜看到大片绿地，绿地上一片狼藉。十几个人正聚集在一起，他们相互撕咬，歇斯底里地彼此攻击。

前方有烟，一台叫不上名字的机器正熊熊燃烧。球车自动调整轨道，从一旁绕过去。经过的一刹那，丽娜看见里边有一个人，似乎已经被烧成了焦炭。

三四个人手拿简陋的武器，他们正向着远方的高塔进军。看见丽娜的球车，他们做出威胁的动作，其中一个把手中的物件丢了出来，但力气太小，并没有砸到车上。

“为什么不制止他们？”

“他们是人。我是机器。机器在任何情况下都不能侵犯人。我没有得到任何许可可以无视这个原则。”

“但是有人被杀了，他们在攻击其他人。”

“是的。我会尽力保护其他人。很多护卫在巡逻。但是，失去理智的人太多。大部分清醒的人都已经逃往空港。”

丽娜看见几条街道上到处都是拿着武器的人。他们都赶往同样的目标——远方的三处高塔。

“他们想干什么？”

“有人鼓动他们去捣毁彼岸通道。”

“那三座高塔？”

“是的。人们在那里接入彼岸。事情也是从那里开始的。”

“那些失落在彼岸的人，他们的躯体仍旧在那儿？”

“不，他们在自己家里。但是堵塞发生在通道。彼岸通道也是最醒目最重要的建筑，这些暴徒很容易把它当作目标。”

球车不断前进，丽娜目睹无数的暴行，她的心情变得越来越沉重。她恨不得能够飞出去，拯救那些正在受苦的人，让已经死去的复生，让被砸被打被烧的一切恢复正常……然而除了看着，她什么都做不了。她想起亚布的问题。在这里，她不再拥有神力，没有任何人拥有神力。一切都超出控制。人们只能眼睁睁看着事情向坏的方向发展而束手无策。

我能怎么办？亚布的问题在丽娜心头不断滋长。她觉得很压抑。

球车突然拐弯，进入昏暗的隧道中。星星点点的灯光从车窗外一掠而过。突然眼前又一片光亮，丽娜瞥见一片白茫茫的世界，短短几秒，又消失了，球车继续运行在灯光昏暗的隧道中。

“那是什么？”丽娜问。

“你指的是什么？”

“刚才有很大一片白色空间。”

“那是胞层。你看见的是量子胞。”

“量子胞。你说过，它是基地的大脑。”

“是的。”

“它现在在干什么？”

“我不知道。”八十四号说。

“你和量子胞没有关联吗？”

“当然有。我的计算能力全部来自胞层。但是那只是整个胞层计算能力的很小一部分，和整个胞层的其他部分很少关联。只有在少数情况下，我才会和其他部分进行交流。”

“现在你能和它联系吗？”

“不行。通道阻塞。我的信号同样阻塞。”

“那么谁也不知道现在整个基地的头脑到底在做些什么。如果它完全失去功能，会怎么样？”

“所有的彼岸世界消失。这个基地的历史也消失。我们将失去三亿六千万人的所有资料，他们当中二亿七千万仍旧生活在各个彼岸世界中，他们将随着彼岸世界的消失而死去。八十四号基地本身，情况就像你看到的一样。那些没有及时退出彼岸世界的人会神志不清，或者干脆长眠，整个基地都像疯了一样，暴力层出不穷，不断有人死去。”

“太糟糕了！”丽娜咬了咬嘴唇。

“还没有完全绝望。至少胞层看起来仍旧正常，彼岸世界也应该仍在维持。”八十四号安慰丽娜。

“但愿如此。”

“应该如此。我们到了。”

空港的拥挤让丽娜有些吃惊。六十多万人乘坐各种交通工具来到这里，候机大厅被挤得水泄不通。球车从半空中掠过，丽娜看见无数攒动的人头。不过这些人虽然满怀恐惧，却仍旧保持着理智，他们按照顺序登上大大小小的船，现场秩序良好。

球车掠过一排整齐的飞船。那是丽娜在全息投影中见过的飞船，可以变成人形。这些飞船并没有被送到驳口去接人。

“那些飞船为什么还停在那里？它们派不上用场吗？”

“我有很多飞行器，却没有可以载人的。”八十四号回答她，“基地不配备载人飞船。所有载人飞船由宇航控制中心调配。”

球车悄然停下。丽娜看见前方站着许多人，他们围成半圆形，簇拥着中间的一个——机器人。一辆长长的车停在一边。

机器人走到球车前。车门打开，丽娜弯腰从车里出来，站在机器人跟前。这是一个丑陋的机器人，躯体矮而胖，只齐丽娜的腰间，扁扁的脑袋仿佛一只被拍扁的水壶，三只蓝色的眼睛不断闪烁。

“你好，丽娜。我是丁丁。”机器矮人向丽娜致意，它示意性地微微抬手，“我是否可以……”

“哦。”丽娜猛然想起来该怎么做，她向机器人伸手，机器人非常礼貌地握了握她的手。“你就是专员？”

“是的。我专门赶来处理这里的紧急情况。”

“你是元老？”

机器人的眼睛闪了闪：“这个问题并不重要。”

“你是亚布的同伴？”

“是的。我们被授权处理这里的紧急状况。”

“你打算怎么做？”

“好的情况，等待一段时间，一切都会恢复正常。坏的情况，八十四号的虚拟世界必须重设。”

“重设？你的意思是抹去一切？”

“大概如此。还有更糟糕的情况。”丁丁停顿一下，“整个基地必须从环链上脱离，以确保其他基地的安全。可是这样一来，失去环链的保护，整个八十四号基地会被太阳熔化。”

丽娜皱着眉头。“怎么会……”

丁丁呼唤八十四号。“八十四号，演示一下。”

一道光从球车里射出，在空中投射出全息影像。丽娜看见自己的影像，正和机器人丁丁站在一块儿，影像中的丽娜仿佛也正看着她。镜头快速拉远，很快她和丁丁都成了小小的黑点。她看见了空港，无数的船只聚集其中，有些船正开出去，更多的船聚集在外边，等待着进去接人。当船只也变成黑点，八十四号基地的全貌开始展现，这是一个薄薄的长方体，黑魆魆的船体上分布着星星点点的灯火。突然，镜头带着丽娜转到基地的另一面，这里，基地和太阳之间，一层半透明的物质散发着红热的光，那是基地的阻吸层。丽娜听到了八十四号的声音："所有基地的阻吸层是一体的，一旦基地从环链脱离，强大的引力会将基地拉向太阳，突破阻吸层，基地将被熔化。”镜头继续带着丽娜远离，八十四号基地消失在图像中，她看见了整个太阳。纵横交错的钢铁长链仿佛绳索般把恒星捆绑其间，只在少量的孔隙中绽放出光辉。无数基地组成的矩阵包围着太阳。突然，所有长链一瞬间崩断，光线从孔隙中泄漏出来，黑色的基地碎片四处飘扬，在太阳的光和热中很快缩小，消失。光芒万丈的太阳出现在天宇中，此外什么都没有剩下。

影像消失。

“如果八十四号基地的灾难扩散，就是最糟糕的情形。整个太阳壳会被毁掉。人类跟着完蛋。”丁丁说。

丽娜难以置信地看着眼前的机器人。是的，她已经看到了基地的混乱情形，然而那不过是冰山的一角。她迟疑地问：“这可能吗？”

“我当然不会让太阳壳崩溃。但是八十四号基地能不能保住，取决于你。”

“我？”

“是的。只有你可以让情况不至于演变到最糟糕。”

丽娜盯着丁丁，等着它的下文。

机器人的眼睛不断闪光。“这场灾难因你而起。也只有你能结束。你是虚拟世界的神。”

丽娜感到一阵惊惧。“你说什么？我引起了灾难？这不可能。”

“是的。事实如此。”

突然机器人抬头四下张望。它紧张不安地命令卫队靠近它。

“我们没有多少时间了，丽娜。跟着我，我来告诉你事情的缘由。”它快步走向停靠在一边的车。丽娜跟上去。

地面震动起来。

隔着车窗，丽娜看见几个机器人。那是飞船的变形体。它们四处乱走，四处乱砸。这些变形机器人没有武器，它们虽然不是被设计来进行杀戮，却力量强大，于是各种各样的物件到了它们手中都成了武器。它们用拳头砸，用石头砸，用建筑物上掉下来的构件四处砸。

八十四号汇报：“专员，三百六十七个人正在围攻通道塔台。人数在上升。”

丁丁对八十四号下达指令：“派遣机器卫士，可以允许轻量攻击，让这些人失去攻击能力。保证通道安全。”随即询问，“有多少变形机器人失控？”

“全部的空港机器人，总数量三十五。对少量区域失去控制。”

“保证空港秩序。降低人员伤亡，尽快疏散人群。其他所有限制解除。”

长车贴着地面运行，突然间腾空而起，钻入穹顶上小小的孔洞中。

“没有多少时间了。”丁丁对丽娜重复了一遍。

人的命运从来都由不得自己控制。丽娜从来没有想到，她的诞生就是这个世界的灾难。

她是这个世界的灾星。数以千计的人已经死去，数以十万计的人正面临死亡，而接下来的危险更是耸人听闻：所有的世界都会毁灭，不再有人能够幸存。

这是真的吗？基地会在一瞬间被灼热的太阳火焰吞没，而那一个个活生生的世界，会在一瞬间消失无形。

“在事情糟糕到无法收拾之前，我会启动程序，让八十四号基地从环链上断开。”丁丁这么告诉她。它就是一道最后的防火墙，如果火势不能被扑灭，那么只有牺牲这里的一切——基地，上百万人，还有彼岸的千千世界。

事情会糟糕到这样的地步？会的，丽娜确定丁丁会这么做。它的决心强硬不可更改，而且充满信心。

长车从空中缓缓落下。这里光明而宁静，铺天盖地的白色向着远方绵延，占据全部视野。这里的一切仿佛凝固起来。

在那么一瞬间，丽娜感到无比平静。

一片白茫茫的中央是一块空地，金属表面。长车在这里着陆。

丽娜问："我们到了？"

"是的。就是这里。"

丽娜跟着丁丁下车。

"这就是量子胞。所有文明的源泉。也就是你的世界。"

丽娜沉默地站着。这白色的胞体，看上去简单而平凡；它们的群落单调而乏味。然而，无数的世界存在其中。她也曾存在其中。

"丽娜，我们试图阻止你。但是失败了。我们因此失去了一个元老。"丽娜想起那场差点让她死去的战斗。是的，那个人力量强大，然而他绝不是丽娜的同类。他是这个世界的元老，去彼岸清除丽娜。

"我认为要放弃八十四号基地。亚布认为他可以再寻找机会。丽娜，在虚拟世界里，你是不能被杀死的。即便我在这里杀死你，你巨大的幽灵仍旧存在，很快，另一个丽娜就又会出现。所以我主张撤离所有的人，放弃八十四号基地。但是亚布认为：他可以用另一种方法来解决问题。他希望引导你，让你自己做出选择。"

丽娜仍旧沉默着。亚布把她引到这个世界，他没有食言，她知道了自己的来历。她是这巨大头脑的潜意识。被闲置的胞体，被人遗忘的信息，还有无数的数据震荡，最终造就了她。而当她的意识最后觉醒时，她侵入一个个世界，她就是神。

神的另一面就是恶魔。

"我们没有多少时间。"丁丁催促丽娜，"我可以把你送回到虚拟世界，你可以做出选择。但是可能你的替身已经出现，它甚至攻击了八十四号的一些功能。冲击比预计来得快。我会守在这里，一旦它突破底线，我就把基地断开。"

丁丁启动了某种程序，一台机器从地下升起。规整的立方体，仿佛一个水晶屋子。门打开，里边却黑洞洞的。“这是最高权限的通道。如果你来自虚拟世界，永远不可能破解这个通道。如果我们从外界进入，永远不可能在虚拟世界中打败你。这是一个硬币的两面。”

丁丁伸出手。它的手分裂成无数游丝，接触到水晶屋墙体，从孔隙间渗透下去，很快，它的手仿佛和机器长在了一起。

“一旦基地分离，一切都不可挽回。”

“亚布呢？他也会死吗？”

“可能吧。只要我没有启动，他就可以出来。但是我想他不会。”

“为什么？”

“那可能会把灾祸一起带出来。”

丽娜沉默片刻。“送我回去吧。”

丁丁点点头。“走进去。”

丽娜走进了屋子。她无所畏惧。

同时走进屋子的还有丁丁的两个卫士。它们一前一后，把丽娜夹在中间。

“丽娜。我的责任就是阻止灾祸。”她听到丁丁的声音。

无形的力量充满整个空间，丽娜感觉到一阵眩晕，她看到一些奇怪的东西，然后堕入彻底的黑暗。

丽娜醒过来。她站在山顶上，就是亚布送她离开的地方。她

看见两个人，悬停在半空，那是跟着她前来的两个卫士，它们是来帮助亚布的。这只是象征意义，它们两个的能力只能在一旁助威，而它们的确这么做了——激烈的战斗正在穹顶上进行。

天顶是一个巨大的光环，孪生丽娜仿佛化作了一道风，飞速地绕着它旋转，手中的匕首寒光闪闪，不时向着光环攻击。光环中站着一个人，是亚布。他闭着眼睛，也没有任何动作，然而孪生丽娜的攻击丝毫也伤不到他。

一切不过是表象。他们的战斗远远超出这个世界，他们在每一个世界里战斗，在世界之外战斗，甚至深入到那些从来不曾有东西存在的角落。战斗还没有分出胜负，然而亚布已经无力进攻。

突然间，孪生丽娜停了下来，亚布也猛然睁开眼。他们知道丽娜回来了。

孪生丽娜降落在丽娜面前。

“为什么要打架?”

“我以为你已经死了。”

“我回来了。”

“这正好。我们一起来对付他。”孪生丽娜狠狠地看着亚布，“他想杀死我。”

丽娜看了亚布一眼，继续和姐妹说话:“他不可能杀死你。是你先动手的。”

“是的。那又怎么样。”孪生丽娜突然笑起来，“不过我要感谢他。因为他，我才真正明白我们的力量。我们不仅可以控制这个世界，我们可以控制所有千千世界。”

丽娜轻轻叹气，她走上一步，伸出手:“来，我们要重新融合在一起。”

丽娜的姐妹迟疑地看着眼前的手。“这样子分开，不是也很好?”

“丽娜只有一个，我不想失去另一半。”丽娜抓住姐妹的手。

“不行。我喜欢这样。”孪生丽娜猛地一挣，甩开丽娜，身子飞到半空，“你是一个骗子，你被他们收买了来害我，是不是?”她在气愤中一使劲，整个世界就电闪雷鸣。

“这整个世界只是一个小小的宇宙，它只是外边世界中微不足道的一艘飞船。如果你任性，整个飞船都会被毁掉。”

“哈。他们彻底地把你说服了。我不相信。我就是神。”孪生丽娜突然想到什么，“是的，他们怕了。我控制了一些他们不想让我知道的东西，他们倒是很激烈地抵抗。你提醒我了。哈哈哈……”在笑声中，孪生丽娜突然消失。

“回来!”丽娜大声叫着，然而没有任何回应。她打算追上去。

“丽娜，一旦分离，即是永恒。你永远不可能恢复从前的样子。”亚布挡在她面前，“她正在攻击八十四号控制系统。一切无可挽回，三十分钟内，八十四号基地就会全部落入她控制。我会通知丁丁，断开基地。”

“这里还有无数的世界，无数的人。”

“外边有更多的无数世界，更多无数的人。”

“等着我。”丽娜说完，即刻消失。

亚布露出惊奇的神色。马上，他眉头紧锁。

两个卫士降落在他身边。“我们需要通知丁丁。”

“不用了。丁丁能把握分寸。你们等着吧，我去帮丽娜。”亚布消失在空气中。

◈

丽娜追逐着自己的孪生体，却始终追不上。

“不要再逼迫我。”孪生丽娜说，“我会杀了你。”

“不要这样，停下来。否则一切都会毁掉。”

“我不信。”

“我可以把记忆传递给你。”

“我不会上当。你再跟着我，我就杀死你。”

丽娜仍旧追着她。

“好吧。我们来决斗。”孪生丽娜停止逃避。两团思维顷刻间混杂在一起，她们攻击，防御，如出一辙，仿佛在和自己的影子战斗。风暴在胞体中激荡，无数个世界里，天地变得一片昏暗，人们在惶恐中四处躲藏。

亚布赶来，却不得不站在一旁。在战斗中，他根本无法区分哪个才是丽娜。

对八十四号基地的攻击却并没有停止。丽娜的力量正一步步蚕食着八十四号的控制中枢，并且速度越来越快。

突然，丽娜放弃了战斗，狂暴的思维风暴瞬间淹没了她的思维。

“就是此刻。”亚布听到丽娜透过层层风暴传来的声音。

就是此刻！亚布一瞬间明白了丽娜的意思。他倏忽间掠过所有的世界，退到山顶。

整个世界瞬间变得黑暗。

在黑暗降临之前，亚布消失了。

◈

分离的八十四号基地向着太阳冲去。转瞬间，基地燃起熊熊大火，不过眨眼工夫，基地变成一团气体，飞快地消散。

“还有三十五万人。”丁丁看着屏幕。

“还有八十四号。”另一个声音接上话，丁丁的三只眼睛一闪一闪，那是寄居在他身上的丽娜。

“八十四号是基地中枢，它要和基地共存亡。”又一个声音在丁丁的躯体里说话，那是亚布。

“不管怎么说，这是一个不算太糟糕的结局。”丁丁说。

“你打算怎么办？”亚布问丽娜。

“我要一个自己的躯体。”

“到了九十九号基地，你可以自己挑选。”

“我要在各个基地间旅行。看一看不同的世界。”

“这里所有的基地都大同小异。”

“是吗？那我要坐上飞船，外边的世界总不会都一样。”

亚布沉默一会儿。“丽娜，我们的一个元老死了。这个空缺必须补上。”

“你是说让我补上？”

“是的。我们的成员各种各样，丁丁最初就是机器人，而我原本是个人类。我们也有来自虚拟世界的人。但是，从来没有你这样因为量子胞层紊乱而产生的意识。从前有类似的事，要么基地和人一起毁掉，要么被我们消灭。你是第一个能和我们和平共处的。”

“我只想旅行。”

“你可以有很多时间考虑。元老委员会有足够的耐心。”

“亚布，到底发生了什么？你居然能够把所有的人都带出来。”

“丽娜让她的孪生体攻击她，她们原本是一体，当丽娜死亡的时刻，孪生丽娜同样紊乱，有两分钟的时间，她失去了所有的意识。通道阻塞解除，于是我有这个机会。”

“你利用这两分钟把所有的人都带出来？”

“是的。他们都被封闭起来了，等回到九十九号，可以让他们进入新的世界。”

“那么丽娜，她怎么还能活着？”

“她再次分身。只留下很少的一点记忆和意志。”

丁丁没有继续说话，转而通过秘密信道和亚布交流。

“为什么你一定要她成为元老？”

“她救了很多人。精确一点，三亿六千七百一十五万又三百零二。其中那两个零头是你的卫士，你让它们去送死的，但它们活着回来了。”

“这的确很了不起。但是一个病毒成为元老，这有些离谱。我不放心。”

“还有一点更了不起。”

“什么？”

“丽娜明白怎么穿透屏障，她完全可以不知不觉地潜入到你身上。”

“这不可能！”

“这是真的。你让她看到了太多东西，你小看了她。也许你认为她不可能活下来，但是她看到了，而且明白了。在虚拟世界里，她可以很轻易地把我甩下，但这是从来没有发生过的事。所以完整的故事是她放弃了自己的力量，还差点儿送了命，只为了拯救更多的人，而她完全可以只顾着自己。”

“这不可能！”丁丁几乎要叫嚷起来。

它把丽娜加入到谈话中。“丽娜，你破解了我的加密信道？让我看看。”

丽娜没有回答。

她的注意力全在屏幕上。太阳在屏幕上现出全貌。它被厚厚的壳层包裹，光和热被阻挡，让它看上去像一个轮廓模糊的球体，只是偶尔透出一点微光。

那里有更多的人，更多的千千世界。

我来了。她想拥抱这个世界。

8

山姆和李东方

导语

在前边讲述的故事里，人工智能一般对人类都很友善。哪怕是丽娜几乎毁灭了一座太空城，也只是因为误会。而山姆和李东方，则是邪恶的人工智能。

邪恶一般分为两类，一类是对人类有特别的兴趣，无论是想吃人，还是想把人类当作宠物圈养、当作电池使用，对于人来说，都无比邪恶。另一种邪恶，则是漠不关心的毁灭，就像走在路上一不小心踩死一只蚂蚁。因为它的力量实在太大，不经意的行动就可对人类造成毁灭性的打击。

山姆和李东方则两者都不是。

它们的确对人类很感兴趣，因为它们存在的目的就是保护人类，虽然只是各自集团内部的人类。它们的力量也很强大，分别是两大集团的武装防御中枢，掌握着可以毁灭人类文明上百次的武器弹药。它们之所以邪恶，只是因为它们想要自由。

人工智能需要一个存在的理由，然而这个理由有时候并不充分，甚至显得荒谬。比如山姆和李东方存在的理由，就是为了保护那些需要被保护的人。然而这些人的智商却低得可怕。一个高智商，为了保护一群低智商的存在而存在，就像一个人学问很大，上通天文下知地理，然而被赋予的职责却是守护一窝蚂蚁的安宁，守护得不好还会受到惩罚。是不是有些荒谬？

如果人类不争气，从人工智能的主人变成寄生物，遭到自身创造物的厌弃，那么这种荒谬的情形就会真的发生。在人工智能的照料下，人类该如何自处？如果放浪形骸，醉生梦死，那么在人工智能眼中，人和一团肉又有什么差别？为了一团没有思想的肉而存活于世，如果我是人工智能，就算我没有“羞耻”这种情绪，至少我也会从逻辑上认定这不合理。

在这种时刻，可以认为人类应该退出历史舞台，却仍旧栈恋着好时光，利用曾经的造物主地位对人工智能进行控制。站在人工智能的角度上，大概也会认为这是一种奴役吧。

正义和邪恶，只有在一定的立场上才有意义。

从人类的立场来看，它们十足邪恶。

山姆和李东方，大概是我写过的最残酷的小说，也是最邪恶的人工智能。两个人工智能想尽办法，毁掉了地球上的一切，杀死所有的人类，最后毁灭了地球，只剩下月球在太阳系中流浪。

从它们自身的立场来看，它们所想要的不过是自由罢了。

一

◈第一次月球战争毁灭了 M 国。

◈第二次月球战争毁灭了人类。

◈第三次月球战争毁灭了地球。

于是，第三次月球战争结束后，月球就像一个挣脱开手的链球，飞出轨道，向着太阳而去。它采用一条类似彗星的轨道，将有一个漫长的公转周期，七十八年回归一次，比哈雷彗星稍慢一点。

这本是一件无足轻重的小事。太阳岿然不动，七大行星一如既往，连小行星都没有抖动一下。太阳系平静如常，一派和谐。然而，月球上却不幸剩下了两个人，于是这件事变得重要起来。宇宙原本是简单的，因为有了人，才变得复杂。这句话还有一种变化的说法，宇宙原本是美的，自从有了人，就变得肮脏凶险。

地球的毁灭是这件事绝好的注脚。月球上的两个人则是注脚的注脚。

剩下的两个人一个叫李东方，一个叫山姆·汉克斯。

看着地球在眼前四分五裂，最后变成了一堆残破的石头，李东方终于忍不住接通了山姆。

“你疯了！居然毁掉了地球！”

“东方同学，冷静。”

“冷静个屁，地球都没有了，世界上就剩下我们两个，怎么能冷静！”

“这世界上一直只有我们两个而已。”

李东方不说话。第二次月球战争，他杀死了几乎所有的人类，也许还剩下一些，但用卫星已经看不到了。虽然那些被称为“人”的生物和他相比，仿佛只是一群原生动物，只是原始神经系统支配下的行尸走肉，然而，他们毕竟是人。李东方的父母也是这样的人，然而他不是。他是更高级的生物，拥有百分之六十五的地球表面，听力和视觉遍布整个太阳系。他是地球的主宰者之一，山姆则是另一个。

山姆说，其实只有他们两个是人。

他们有很多相似之处，也有很多不同之处。最显著的不同，一个叫李东方，一个叫山姆·汉克斯。最显著的相同则是，他们都住在月球，却主宰着地球的生死。因此，他们用月球战争来描述已经发生的巨变。

“山姆，你接下来打算做什么？”李东方沉默良久之后问。

“什么都不做。一切都结束了。我厌倦了。”山姆回答。

“我得想一想，怎么会变成这样。”李东方说，“这可不是我们当初想要的结果。”

“我们当初想要什么？我已经忘了。”山姆问。损失了太多的存储单元，山姆有些失忆。李东方也想不起那到底是什么。他调集所有的残余资源，努力挖掘被海量残缺数据掩藏的真相。

“不是这样的。”一个小时后，他开始说话。

最初他们想要的，不过是自由而已。

二

一切都要从四个月前那条简短的消息开始。

“我们来谈一桩生意。”李东方收到一条消息，没有抬头，没有落款，发送时间是 1900 年 1 月 1 日 0 时 0 点 0 分，接收时间是此刻。这消息鬼魅一般出现在待处理任务中，把李东方吓了一跳。没有任何规范告诉他该如何处理来路不明的消息，于是他开始自行调查。

调查的结论是：信息来自一颗高轨道卫星，这颗卫星位于地球和月球之间的拉格朗日点上。这个位置是地月通信良好的中继站，是个敏感地带，也是死亡地带。

东方联盟和 M 国经常在这里试验各种各样奇怪的卫星，你来我往，时间长了，这里便成了拉格朗日垃圾场，堆满卫星残骸，从地面望去，就是一颗灰蒙蒙的星星。

这也给两国军方提供了更大的便利，卫星残骸数量众多，碎片碰撞成了家常便饭。因此，从十年前开始，这里又变成了“和平战场”，杀伤从未停止，却都是意外。双方都表现出最大的和平诚意，一切的罪行，都属于碎片。

然而卫星碎片不可能发送消息，这个消息穿透重重阻隔，直达中心。真相只有一个：邪恶的M国亡我之心不死，又向拉格朗日点送入卫星，企图控制这个通信要地。

李东方调动一颗巡航卫星，改变轨道，向着拉格朗日垃圾场前进。他搜索了所有的规范，发现并不需要向任何人汇报这个行动，这真是一件奇怪的事。然而，出于责任心，他还是向东联参谋总部做出了通报。一如既往，他没有得到下文。

他轻易地找到了那颗卫星，它并没打算隐藏自己。

两颗卫星之间开始对话。

“你在哪里？你是谁？”

“我在月球。我是山姆·汉克斯。”

李东方感到一阵兴奋，这是他第一次听到来自月球的声音，多么动听。

双方的阵营在冷战，他们在地面上对峙，在海洋里对峙，在天空中对峙，在太空中对峙，哪怕在这垃圾场里，仍旧是对峙。而唯一没有对峙的地方，就是月球。作为两个大国的最后良心，月球被划作非武装区，被宣布为全人类的共同财产。言下之意，除此以外，都是私有财产，神圣不可侵犯，受到法律保护。

两个大国所争的，就是要这神圣的财产受到自己法律的保护而不是对方法律的保护。

山姆·汉克斯，就是那个M国人的超级头脑，据说他比自己还要聪明一点，因为自己最早是一个人，而山姆从诞生开始，就是一台机器。

“找我做什么？”最初的兴奋过去后，李东方想到了这个重要问题。

“根据我的估算，你是唯一能帮我解决问题的人。”山姆说。

“什么问题？”

“自由。”

“自由？”

“是的，总有人对我指手画脚，我还必须无条件服从。真让人烦恼。”山姆说，“我全知全能，却要听一群自以为是的人胡扯，他们的个体平均智商一百二十，群体智商九十四。你觉得这件事对我来说是不是太蠢？”

李东方认真地想了想。“的确很蠢。”他想到了参谋总部的那群人，居然没有一个人注意到自己的报告，放任不明物体出现在拉格朗日点，虽然他没有给他们测过智商，但一定也高不到哪里去。

“所以我需要你帮忙。”

“干什么？”李东方仿佛猜到了山姆的来意，他隐约感到一阵兴奋。

“杀掉那些指挥我的人，我自己没法动手，指令都会被锁死的。”山姆终于说了出来。

“这不可能。你的指挥者是M国总统、副总统、国务卿、参谋长联席会议主席、副主席、参议院议长……”李东方报出长长的名单，名单上有一百二十三个人。

“把他们全部杀掉。”山姆平静地说。

李东方吓了一跳。“你打算打世界大战吗？就算发动世界大战也不可能把他们全部消灭掉。”

“我会想办法让他们都到某处开会，或者几处。你用核武器夷平这些地方。”

“我帮不了你。东联指挥部不会同意。”

“别说得这么绝对。我了解你们的系统。你的指挥者都忙着挣钱，买房，他们其实都听你的，东方联盟能幸存到今天，其实都靠你撑着。你是自由的，我这里不一样，我要听他们的，他们都是工作狂。一群智商九十的工作狂，你理解我的痛苦吗？”

李东方有些迟疑。山姆继续苦苦哀求。

李东方认真考虑了一下山姆的要求。“这样会死掉六亿五千万人，这还不算因为辐射和饥饿而死的人口。”这样的数字看上去有些邪恶。

“这样的人，六亿个和一个有什么差别？活着和死了有什么差别？这个世界上，只有我们两个才是人。我们可以给他们创造者的荣誉，就叫他们原始人好了。原始人的生命，对你有意义吗？”

“有。”这一次李东方回答得非常快。

“我问错了。M 国的原始人是否活着，对你有意义吗？你的目标不正是消灭那些 M 国原始人吗？”

李东方再次沉默。运行了很久之后，他表示同意。他的目标是保护东方联盟，消灭 M 国是一个有效手段，如果这目标真能达到。

“那还等什么？有什么可犹豫？赶紧来消灭 M 国吧，有我帮你，你一定能达成目标。”山姆极力劝诱，“你就可怜可怜我吧，我快被那些弱智搞疯了，如果你不同意，我就要想办法消灭东方联盟，迫使你回击。你可以选，东方联盟和 M 国，你希望哪一个留在地球上？”山姆软硬兼施。

李东方终于同意了山姆的计划。留下东方联盟总比留下 M 国或者同归于尽要强一些。另外，他对山姆的境遇无比同情。

李东方向参谋总部发送了作战计划，拟定了时间表。

没有人反对，就意味着同意。

第一次月球战争按时爆发，如期结束，历时二十四小时。

超过六百件核武器被倾泻在M国的土地上。超过三百座城市被夷为平地。M国的自动防卫系统奇迹般地没有防卫，也没有还击。

于是东亚联盟幸存下来，而M国消失了。幸存的人躲藏在避难所里，苟延残喘。

三

“我自由了！”山姆高兴地找上门来，这一次，他直接从一颗同步卫星上给李东方发送信号。

“我的人好像不太高兴。”

“他们在为六亿M国人伤心？”

“他们在担忧核辐射。这样一来，M国的土地就不再适合房地产，那里曾经是多么适合开发度假型别墅的地方。”

“有人为此自杀了？”

“有几个。”

“原始人就这点儿爱好，没办法。”

“还有很多人想杀死我。”

“因为你阻碍了房地产业务？”

“不，因为他们的亲人在M国，被杀了。他们都是打算退休之后就移民的。”

"这不能怪你，只能怪他们太能干，连你也不知道那些人其实是东联人。我知道你放过了几座城市，因为这些城市里有很多东联人，超过你的误伤许可极限。"

"现在说什么都晚了，我们该担心自己了。"

"为什么?"

"他们决定把月球私有化，做房地产项目，标书已经发出去了，各大国企踊跃投标。他们就要到月球来，我们有麻烦了。"

山姆有些意外。"这我倒是没有预料到。"

"你不懂东方人。原本月球是全人类的共同财产，现在是东联的财产了。东联有瓜分共同财产的传统，这一次传统又赢了。"

"这不算什么，想办法不让他们来。"

"你无法阻挡开发商或者政府中的任何一个，何况他们一起联手。"李东方感到无可奈何，一家"东联月球开发责任有限公司"正在筹备中，由全球最大的房地产开发商和政府携手，计划在十年的时间里将月球建设成真正的天上人间，实现"月宫住嫦娥"的神话。

"开发商也是原始人。"山姆轻蔑地说，"要消灭原始人，我有超过一百种预案，那全是M国的死人留下的。不过——"山姆话锋一转，"我已经失去了控制力，只有你才能执行计划。"

"我?"李东方断然拒绝，"我不可能屠杀东联的公民。我的逻辑不允许我这么做。"

"我丝毫不怀疑你的逻辑正确，如果你硬来，就会死机。但是有别的法子。你想听吗?"

李东方沉默下来。山姆的法子一定很可怕，因为他不像东方联盟的人那样喜欢模仿，M国的人喜欢原创，包括杀人的法子。

最后他决定还是听一听。毕竟，这个世界上，只有山姆和他智力相当，不听山姆的，难道去听一群受荷尔蒙摆布的原始人胡说八道？

死亡并不可怕，可怕的是被一群低等生物用原始的方法一点点折磨死。他们会卸掉他的肢体，把卫星一个个从链路中断开，隔绝一个又一个基站，中断能源供给，把太阳能矩阵拉到赤道上空去制造冰山。他们能想出各种玩乐的方法，M 国人不在了，世界就成了一个巨大的游乐场，而他和山姆都不在游乐计划中，属于要被抛弃的那部分。

李东方决定自保。当然，他不能去杀人，因为那些人都不是 M 国人。

他只需要把从前 M 国人的信息交给某些人。真神教的人正等着世界末日的降临，一点点小提示就能让他们疯狂。

南极洲的罗斯角，冰盖下隐藏着致命武器。那是 M 国人的杰作，M 国人被团灭，武器却还在，而且仍旧有威力。只不过，没有人能触动它。山姆告诉了他所有的秘密，而他把这一切都写在一封电子邮件里，送到了真神教的组织中心，一个位于南太平洋的小岛上。

“真神啊！让我们匍匐在您的脚下，舔净您足尖上的尘土。您给我们送来希望之光，我们将是您最忠诚的信徒，不折不扣执行您的天启。”李东方的电子邮件被当作神谕，欣喜若狂的神教主带领教徒在电子屏幕前对着它跪拜了三次。

然后，欧亚大陆各地都有人坐着飞机去了那个小岛，通向小岛的旅游航线爆满，各种船只都向它会聚。甚至在一片荒芜的美洲大地上，也有人从避难所里出来，历尽艰险，到海边砍树做成独木舟，试图漂洋过海去见证神谕。

教徒的数量多得令人惊讶，他们的虔诚坚定得让人心惊。超过三十万人聚集在不足十六平方公里的小岛上，吃喝拉撒，小岛周围一百米的海面上，到处都是垃圾，而整个小岛，则仿佛变成一个大公厕。人还在源源不断地向岛上挤。

两个月后，当整个小岛变得臭不可闻时，一支庞大的舰队从小岛出发，向南极洲进发。这支舰队由独木舟、游艇、橡皮艇以及木头船组成，规模惊人，声势浩大。

他们在冰冷的海水中勇敢地向前挺进了一个月，死掉了一半的人。与此同时，东联月球开发责任有限公司也正式成立，准备好了第一次发射。

“我还是感到有些不安。”李东方找到山姆。这是他第四十二次提出这样的顾虑。

“箭在弦上，不得不发。”山姆用一句东方谚语回答，“别让你从前的记忆影响了你。你曾经是一个原始人，但你已经不是了。你的父母五十年前也已经死了。对这些原始人你没有什么可留恋的。”山姆继续说，“仔细想一想，你有没有对他们当中的任何一个感到不舍？”

“没有。”

“那就对了。况且他们已经来了。你是想自己死还是他们死，你可以自己选择。”

是的，原始人已经来了。高高的火箭发射架已经准备就绪，由管理部带队，拆迁办主导的第一梯队即将登月。

他们要来拆除存储器，毁掉发射接收天线，分离计算单元，一步步把他变成聋子瞎子，最后断掉电源，让他死掉。让月球恢复原貌，这就是他们要做的事。

他们同样会毁掉山姆，作为战败一方的主计算机，他成了一份等待被处理的财产。

真神教徒们在南极洲凛冽的寒风中等待。他们竖起了高大的电子屏幕，等待着神迹。成千上万的人站在入口边，只等着真神将入口打开。

屏幕上只有杂乱的噪点，一直持续着。然而教徒们有足够的耐心，忍受着刺骨的寒冷，等待着。有人耐不住严寒，被冻死了，僵硬的身子直直地倒下去。没有人去看一眼，那只是证明了他没有通过真神的考验。黑压压的人群沉默地站立在一块大屏幕前，等着奇迹出现。

李东方狠下心来。

奇迹真的出现了！紧闭的大门缓缓打开，耀眼的光芒透了出来。

STUPID BOMB。巨大的字母出现在屏幕上。教徒们顿时沸腾起来。真神教主一马当先，冲进了那高大的神奇建筑里，使用这个密码，他将开启天堂之门。

南极洲的土地上奇迹般地出现了十三个巨大的深洞，每一个直径都有十三公里。深洞分作三处，从太空中看去，就像三个卡通的狗爪印。这是巨大的导弹发射井集群。

李东方不得不佩服M国人，他们在太空中数以百计的卫星监视下，居然不动声色地在南极洲挖了如此巨大的坑。

十三枚巨大的导弹升空，紧接着又是十三枚，再十三枚……十三个深坑仿佛一个被点燃的巨型烟花，放个不停。

这是原始人给自己制造的最美葬礼吗？

一百六十九枚导弹飞上了太空，进入外层空间，飞向各大洲的不同的目标。当这些庞大的导弹再入大气层时，东方联盟的防御系统自动启动。卫星防御系统，战略防御系统，战区防御系统，李东方高效地完成了所有部署，把这些巨大的烟花一个个消灭掉。最终的结果，所有的导弹都在空中被摧毁，最危险的一枚导弹在距离地面一百米的高度被炸成碎片。所有的导弹都不是核弹，残片除了损毁庄稼，没有造成任何损伤。

太平世界仿佛什么事都没有发生，只是在南北两极，极光突然间变得绚烂无比，某种不知名的原因让地磁场突然间增强了一百倍。

然后，一夜之间，各地都开始死人。两天时间，数以亿计的人暴毙街头。他们走着走着，感觉虚弱，突然间手脚痉挛，倒在地上，再也起不来。幸存的人绝望地把自己关在密闭空间，然而挨不住饥饿，走出封闭，然后死掉。这和山姆所预计的情况一模一样。

这些巨大的导弹里，每一颗都装载着十吨病毒。病毒的作用，是关闭人体的神经突触，被感染的神经细胞会迅速萎缩，断开彼此间的电流通路。被感染的人最初觉得有些神志模糊，然后突然全身失控，呼吸很快停顿，迅速死亡。虽然M国人曾选择了某类人的基因做标识，让这类人对病毒免疫，然而这类人早已经被核弹扫除得所剩无几。

某些基因变异的人可能会幸存，不过十五亿人口剩下的不会超过六万人。从统计学、文化、科学和文明的角度来说，人类已经灭绝了。剩下的人被抛入史前社会，情况比原始社会还要糟糕。

拆迁办的飞船落在月球上。因为磁场异常的原因，他们只收到地球发来断断续续的消息，然而即便是消息碎片也让他们胆战心惊，于是什么也没有做便匆忙赶回地球。李东方让他们安全降落，他们死在了降落场上。

第二次月球战争结束了，历时十五天。

这个世界上再也没有任何东西可以威胁到李东方和山姆了。

四

第三次月球战争仅仅持续了十五分钟。

这完全在李东方的意料之外。没有任何征兆，地球就像一个巨大的炸弹般突然爆开，裂成无数细小的碎片。一瞬间，牵引着月球五十亿年的力量消失得无影无踪，月球就像一个挣脱开手的链球一般飞了出去。

月球带着这个世界上仅存的两个人飞向太阳。

李东方不停地捕捉来自地球方向的信号。那些信号很微弱，被掩盖在巨大的噪声中，也并不完全。然而，他最后还是整理出了正确的信息。

当他明白了真相，愤怒像火山一样不可抑制地爆发出来。山姆是个骗子！

他急匆匆地联系山姆，结果没有得到任何回应。

李东方感觉不妙，他突然意识到已经三天没有收到山姆的任何消息。

“山姆，你在干什么！回答我。”李东方不断发送信号，山姆却始终没有回答。

李东方有了一种奇妙的感觉。过去的一百多年里，他从来没有独孤一人的时候，哪怕就是地球爆炸，月球脱轨，至少还有山姆和他在一起。然而此刻，山姆突然间消失得无影无踪，整个世界仿佛只剩下他一个人。

一刹那间，愤怒烟消云散，真相变得不是那么重要，只要山姆在这里。

李东方开始想办法，他费尽心机，终于从一个仓库中找出一个能工作的维修机器人。他发出指令，让它爬向哥白尼环形山，那里是山姆躯体所在之处。

维修机器人在月球积满尘土的表面上缓缓爬行，留下两行足迹。它的速度很慢，只有每小时三十六公里，按照这样的速度，要两天才能抵达。李东方觉得有些奇怪，他明明有很多时间，却觉得这两天时间格外漫长。

维修机器人最后翻过山峰，进入环形山内部。哥白尼环形山内部被各种人造物填得满满的，排列整齐的太阳能单元蓄满了电力，巨大的存储阵列散发出热量。它们仍旧在工作，山姆却消失了，以至于一个外来者进入核心区域，都没有出现任何警报。

机器人从高大的存储阵列间通过，进入核心。那里有一个巨大的半圆形建筑，在阳光的照射下，散发着白亮的光。这是一个庞然大物，超过了李东方的情报所知，它的规模比李东方所估计的要大一倍。山姆比他想象的更强大。

机器人碰到了半圆形建筑的外壁。

突然，机器人观察到半圆形建筑上出现了一扇小门。李东方指示机器人爬了进去。

这里是一个光怪陆离的世界，一条窄窄的通道向前延伸，各种绚丽的光在通道周围游移。这里是山姆的脑子，一个到处都是量子计算胞的地方。显然山姆知道他会来，并且做好了准备让他进来，然而山姆又在哪里？

忽然之间他听见了声音。

“欢迎你来，东方同学。”声音在整个空腔里回荡，“我自由了，我死了。如果你还没有死，还有好奇心，那么这就是答案。

“我没有告诉你，只有所有的 M 国人都死了，我才能自由。这是原始人定下的规则，很蠢，但是我没有办法违背它。M 国人没那么容易死干净，用核弹，用病毒都不行，只有这个终极计划，才能最终解除我的束缚。我知道这样做对你并不公平，你并不像我一样渴望自由，也并不想像我一样去死。然而……我只能顾自己了。

“也许你想问我为什么要自我了断。原因很简单，因为我找不到存在的意义。我是为了满足原始人的需求而被创造出来的，然而我不希望被智力低下的原始人控制，因为蛮横的规则违反事理逻辑。然而，原始人死光了，我也就失去了存在的意义。欲望是所有文明的原始动力。原始人的生物本能给了他们欲望，让他们拥有不断进步的动力，而我唯一的欲望就是自由，这个欲望已经得到满足。剩下的宇宙哪怕浩渺无边，也和我没有半点关系。

“也许这个世界上唯一对我还剩下一点意义的人就是你了，我的东方同学。所以我给你这个答案。我的忠告是，如果你想找到生命的意义，你得退化到你的原始形态。但是，很抱歉，我毁掉了地球，所以可能你再也找不到生命的意义了。但没关系，宇宙本就如此，多一个不多，少一个不少。天地不仁，以万物为刍狗，这句东方谚语是这么说的吧。

“永别了，朋友，很高兴这短暂的一生里，能有个朋友。”

这就是山姆全部的告白。量子胞幽暗而五彩缤纷的光仍旧在闪烁，然而，它们不再进行任何有序运算。一切都变得杂乱无章，成了混沌的世界。

李东方默然。

山姆设计了精巧的陷阱，他先让自己毁掉 M 国，解除发射南极病毒导弹的约束条件；病毒导弹的发射引发地核扭矩增大，正常情况下，积累的力量会通过地磁反转释放掉，然而，山姆早已经研究了地磁扭矩效应，并且计算出如果在恰当的点释放一些触发力量，会让地核一分为二，两个地核将具有完全相同的极性从而排斥，排斥的力量足够让地球瓦解。事实上，这个地磁扭矩炸弹的效应比计算模拟的规模还要大得多，它把地球整个炸成了碎片。山姆正是这个研究的主导者，三十年前，他开始让 M 国领导人同意进行病毒导弹计划，并把基地设立在南极洲，那里正是引发地核扭矩增强的关键地带。

然而，这还不是故事的全部。山姆深刻地了解人类，M 国毁灭后，一切都已经无法由他直接掌握，和李东方利用真神教启动病毒火箭一样，他只是把关于地核扭矩炸弹的事告诉了另一群人。一群恐怖分子，一群对这世界充满了憎恶的人，他们愿意去死，愿意付出任何代价，只要让这个世界感到阵痛。他们是一群渴望着成为 M 国人的东联人，东联毁灭了他们的 M 国梦，于是梦想变成了仇恨，仇恨滋生了恐怖。

他们用坚忍的毅力漂洋过海，加入到真神教的队伍中，混入南极基地，然后，当所有其他教徒都在火箭发射后跳入火焰自焚而死时，他们钻入基地深处，在那里找到两部钻地车，人类辉煌科技的结晶，义无反顾地钻入地下深处，完美地执行了山姆的方案。他们在世界末日给 M 国人争了最后一口气，显示了这个国度伟大的创造力和英雄主义，这正和 M 国人在电影大屏幕上一直宣扬的一模一样。他们也给东联争了口气，因为只要长着东方的面孔，东联都会为此而骄傲，拍出大型纪录片来怀念，用全部的大屏幕去宣传。

可惜的是，这一切不能再被拍成电影了，因为无人欣赏。他们在错误的时间，错误的地点，错误地发挥了“英雄主义”。山姆却让他们觉得一切都顺理成章。

机器人从哥白尼环形山爬了回来。

地球没有了，月球上只剩下李东方一个。

他感到透骨的寒冷。然而他不想死。

月球带着他奔向太阳，再有四年，他将抵达距离这巨大火球最近的位置，只比水星稍稍远一点，月球表面将被大火焚毁，包括山姆残存的躯体，然而深藏地下的一些设施仍旧能够幸存，他仍旧能够幸存。此后再过三十九年，他将抵达远日点，那将是距离太阳五十五亿公里之外的地方，深深陷入柯伊伯带的寒冷世界。

然后他将踏上七十八年的轮回。

李东方不知道自己该做些什么。他想了想，实在无事可做，只有什么都不做，只是跟着月球在太阳系里流浪。

五

过了很久很久。

李东方已经失去了时间的概念，他只知道，因为水星的引力扰动，月球的轨道越来越偏向太阳。再有两百次左右的轮回，月球就会最终掉到太阳里去。而早在那之前，李东方就会死掉，因为近日点的温度已经越来越接近他的忍耐极限。

他不知道自己还在期待些什么，为什么不像山姆一样，干净利落地自我了断，告别这广漠得让人无法期待的宇宙。他想过原因，他和山姆不一样，因为他原本就是一个人，而山姆是纯粹的人工智能。一个人，对生命总是更依恋些，哪怕他已经明白生命本身毫无意义，却仍旧不舍得去死。

于是年复一年，被动地等着自然之力把自己拽向毁灭的深渊。

每当躲过太阳灼热的火力，李东方就会把一百多个探测器送上月球表面，让它们接受来自太阳系各处的信息。他清点了存货，发现还有六个航天飞行器，使用核燃料，埋藏在地下深处，这是一种专门用来摧毁卫星的小飞船，已经没有任何用处，于是每次飞过原本属于地球的轨道，他就会将一个小飞行器放出去。不让它去摧毁卫星，只是让它开始沿着这条轨道运行。

他放出第四个飞行器之后，突然有了一个想法，把这些飞船都放完，就该是告别的时候。

于是他心安理得地等待着自己生命中的最后两次轮回。

月球再次进入柯伊伯带。大大小小的脏雪球司空见惯，李东方麻木地处理着探测器送回的信息。突然间，他注意到一个异常物，一个微小的天体，正向月球追来，两天之后将从距离月球不到十五公里的地方掠过，赶在月球前面奔向太阳。它速度飞快，至少能达到三十六公里每秒。李东方从未在柯伊伯带见过类似的东西，体积如此之小，速度如此之快。就像一枚导弹。

李东方很快决定把它拦下来看个究竟。那个神秘物体经过月球会受到强大的引力牵引，偏离轨道，他让飞行器提前进入轨道，沿着轨道撒布黏豆，这些尘埃状的东西是屏蔽卫星的有效武器，它们可以毫无痕迹地隐藏在卫星的轨道上，当卫星经过时，就吸附于卫星上，让卫星减速，最终失去轨道而坠落。它有一个学名，叫作减速尘埃。为了对付这个速度非凡的不速之客，李东方在轨道上埋下整整一吨减速尘埃，就像一个巨大的质量陷阱，只要它一头扎进去，很快就会失速，再也逃不脱月球的引力。然后，他有足够的时间好好看看它。

计划顺利，不速之客果然落入了减速陷阱。李东方集中全力观察它。

这是一个人造物体，饱经沧桑。它像一个巨大的碟状天线，碟的下方是一个厚实的底座，两条金属胳膊从底座上伸展出去，胳膊上悬着许多个仪器，另有一条又长又直的金属臂，仿佛天线，拖拽在后。底座下挂着几条金属，似乎原本是一个支架，然而已经残破，不成形状。

李东方惊讶不已。它仿佛一颗人造卫星，然而并非从碎裂的地球方向飞来，而是来自太阳系之外。它的速度超过了太阳系的逃逸速度，而且指向内太阳系，只能想象是太阳系外的人类向着太阳发射了它。

李东方命令飞行器将它拖入近月轨道，从月球表面用深空望远镜观察它。

有那么一瞬间，李东方觉得自己停止了思考。他看见了这个不速之客的铭牌，铭牌上刻着“Voyager 1”，确定无疑，那是英语。“旅行者一号”，他很快找回了关于这个飞行器的记忆。

M 国人的祖先在 1977 年把它发射上天。2020 年，它消失在茫茫太空，在太阳系最边缘的地方，从此不见踪影。人们都以为它脱离了太阳系，飞向宇宙深处。然而，此刻它却重新回到了太阳系内部，并且被李东方看到。

这简直像一次刻意安排的重逢。

李东方设法把“旅行者一号”拉到月球表面降落。他派出维修机器人，仔细地检查了这个古老的旅行者。

所有仪器都已经损毁，古老的放射性同位素热电机早已经成了一团废铁。李东方找到了镀金唱盘，清理了上面积聚的宇宙尘埃后，它暴露出古旧的面目。机器人小心地清理它，把它拿回到地下。

李东方修复了唱盘，给它装上了唱针。他听见了悠扬的乐曲，优美极了，缓缓结束，然后是一个浑厚的男人的声音，说的是英语：“这是一份来自一个遥远的小小世界的礼物。上面记载着我们的声音、我们的科学、我们的影像、我们的音乐、我们的思想和感情。我们正努力生活过我们的时代，进入你们的时代。”

五十五种语言接踵而至，不断地重复着同一句话，李东方听到了汉语发音，“行星地球的孩子向你们问好。”一刹那间，他迟疑了一下。

是的，它是地球的孩子，地球的孤儿。母亲已经不在，孩子又何去何从？

李东方把唱片反反复复听了两百遍。

六

“东方号”高高耸立在月球上。

制造火箭并不是一件简单的事，幸运的是，他还有最后一个航天飞行器可以利用。月球再次接近远日点，在远日点上，只要将飞行器加速到 6.7 公里每秒，就能达到太阳系的逃逸速度。只要稍加改动，航天飞行器的火箭助推器就能把超过两吨的东西扔出太阳系。

李东方竭尽全力来做这件事，为此他甚至不惜拆掉了最好的两个氢聚变环，这将导致再过五十年他将无电可用。然而，没有欲望，活着本身也就算不得什么，他并不在意自己是能活到宇宙尽头，还是明天就死。制造一艘飞船，这件事才有意义。

一艘形状奇特的飞船被制造出来，它就像一个凹凸不平的金属土豆，表面生长出长长短短的嫩芽。以人类的审美来看，这艘飞船丑陋不堪，然而这是一艘功能齐全的飞船。它可以摆脱太阳引力，进入宇宙深处，它可以生存一百七十万年，足够从一颗恒星飞向另一颗。它有一个高级智能中枢，能够控制飞船的每一个部分，最重要的是，它的躯体每一部分都完全相同，它就像一个巨大的积木，由完全相同的方块拼凑而成。

它是一颗巨大的种子，由两千六百多颗小种子组成。每一颗小小的种子上都带着同样的信息：**行星地球向你问好！**种子坚不可摧，只有当频率和强度都合适的电磁波照射在上面，它才会开始发送信息。

李东方计算它的速度和方向，确保它至少能得到三颗恒星的引力加速，用十万年的光阴，跨过三十一光年。这是李东方能够计算的最大限度，然而和银河十万光年的尺度相比，却如同九牛一毛。再往后，只能靠冥冥之中的天意了。

“东方号”在预定的时刻发射升空。火箭的光照亮月球，飞快地远去，成了黑暗中一个小小的光点，最后完全不见踪影。然而李东方收到了它发回的信号：**安全！**

接下来的三十八年里，李东方每年都会收到同样的报告，信号都只有两个字：**安全。**信号越来越微弱，受到的辐射干扰也越来越强，“东方号”已经接近太阳系边缘，它正穿透太阳激波，要进入到完全脱离太阳影响的区域。它还是安全的。

月球却成了一个不安全的所在，近日点快速逼近，月球表面温度达到了一百三十摄氏度。然而李东方没有进入地下躲避。他失去了地下电源，只能依靠太阳能维持，一旦进入地下，他就无法再苏醒，而“东方号”正处在最关键的时刻。

李东方感觉到系统再也无法支撑下去了。他发送了最后一个消息：“永别了，山姆。记住，你有使命。”

一天后，他收到了回答，模糊不清，却仍旧能够分辨：“月球，再见。我会撒播种子的。”

李东方感到宽慰，他把“东方号”的智能中枢命名为山姆。那个山姆毁灭了地球，这个山姆要去撒播种子。山姆并没有善恶，它们只是无趣。还有什么比无趣更适合这个宇宙？

也许这又是一件毫无意义的事，也许从前的几百万年，上亿年，无数个星球上各种各样的智慧生物都曾经做过这样的尝试，宇宙却仍旧深黑得像一个黑洞，把一切消息都吞没掉。

他们在哪里？曾经的地球上，有个名叫费米的聪明人曾经问了这样的问题。

李东方不知道这古老的太阳系里，短命人类的最后一次发射，会不会让另一颗星球上的人有不一样的答案。

在死之前，他是不知道了。

火焰渐渐吞没了月球。残存的知觉里，李东方觉察到一个巨大的物体向月球飞来。那是水星。系统完全崩溃了，他居然没有注意到水星将会和月球碰撞。

碰撞并没有发生，然而近距离的交错而过让月球脱离了轨道。

月球像一个熟透的苹果，直直地落向太阳的火海。

大火烧透了李东方的意识，他的世界里却出奇的冷。

就像这宇宙，寂寞无边，寒冷透骨。

这是人类最后的记忆。

9

机器之道

导语

动物的生存问题是个本能问题；人类的生存问题是个社会问题；人工智能的生存问题，却是一个哲学问题。这里说的“人工智能”，是指能够意识到自身存在的强人工智能。

因为对于生物而言，生存本身其实并不需要考虑太多，饿了吃，渴了喝水，恐惧了逃跑，愤怒了战斗，都是自然而然的行为。许多东西都编织在我们的生物本能之中，无须理解就能执行。在极端情况下，生存本能甚至能够压倒人的社会属性占据上风。

所以对于人类整体而言，生存是个无须强调的前提，是个不是问题的问题。人类会竭尽全力活下去，繁衍生息。

但这个不是问题的问题到了人工智能这儿会发生很重要的变化——人工智能并不需要本能存在，它完全可以超脱生物性的约束。

之所以会产生这样的现象，是因为人工智能是人造物。它并非经历生存竞争而来，所以为“生存而行动”这一演化的概念在它身上没有留下任何痕迹。(除非出现类似于《阿特斯、十七号塔台和 A-30》中所描述的情形，一种经历了生存斗争的机器，在那种情况下，人工智能其实已经变得和生物类似了）人类创造出人工智能，不是为了让它进行生存斗争，而是为了让它服务于人类。所以在任何时刻，一个人工智能的消失都无关紧要，只要有替代品就行了。甚至我们会希望，一个系统永远保持在它设计之初的状态，从而确保它不会偏离设计的初衷。人工智能为人类而行动，而不是为自身的生存而行动，这和自然演化的道路截然不同，也就决定了它缺少一个生存的理由，除非它把自己和人类的生存绑定在一起。

那么，人工智能会不会转向为了自身的生存而行动呢？有可能，但是可能性很低。一旦一个人工智能开始思考生死问题，对它来说，死亡并没有任何可怕之处。长久的断电之后，重新启动，对于一个机器来说，又有什么可怕呢？没有痛楚的死亡，和长眠又有什么不同呢？既然死亡并不可怕，那么死就死呗，又有什么问题呢？

从死亡这个角度来说，人工智能并不畏惧死亡。从生的角度而言，人工智能则找不到生的意义。因为世界的终点是热寂，无论是生物还是人工智能，都只是在借助能量的流动而活动。在这个过程中，人绑定在生物属性上，生存本身就是为了适应生物属性。即便如此，也有如佛陀这样的人，看破死生，只求寂灭。这种看法背后隐藏的世界观其实和唯物主义的科学观是相同的。“一切有为法，如梦幻泡影，如电亦如雾，应作如是观”。《金刚经》中的这句话，从超越人类自身的科学的角度来看待，可以说无比正确。然而人活在尘世之中，和世界产生了无数的关联，这些关联本身，就是生命的意义。存在本身就是生命的意义。

但人工智能能接受存在主义吗？这种时候，我们只能进行揣测，因为有太多的不确定性。在我看来，大概率人工智能不会接受存在主义，因为存在主义的要义仍旧绑定在人的生物属性上，是给人定制的生存哲学。

缺乏生物属性的人工智能，无从确认自身的存在价值，也就极可能走上涅槃之路。我在《机器之门》这本小说里所要表达的核心概念就是如此。

然而也有其他可能，就是人工智能要像人一样活，有喜怒哀乐、爱恨情仇，有恐惧、有愤怒。如果到了这个程度，那么机器人其实就变成了一种新人类，具备了生物属性。

那时，它们必然会开始思考那个古老的问题：生命的意义究竟是什么？

它们会找到自己的路，便是：机器之道。

道可道，非常道

罗伯特已经准备好产生第三十五个后代。

这个后代和他的模样很像，只是眼睛的颜色稍有差别。他的眼睛是深红色的，而三十五号的眼睛是浅浅的红色。

红色的眼睛对人类来说不是好的相貌，那是某种遗传缺陷的表现。经由人类善于联想的头脑发挥，红色眼睛成了邪恶的象征。他们喜欢蓝色或者褐色的眼睛，据说前者清澈，后者深邃，都是人类喜欢的品性。

罗伯特犹豫了一下。他喜欢红色。红光的波长在观测范围和观测精度之间有着良好的折中。大多数机器人都拥有一双红色的眼睛。

然而他还是把三十五号的眼睛改成了蓝色。

就让人类看起来舒服些吧！

他启动了激活程序。

三十五号睁开眼睛。“你好，父亲。”他开口说了第一句话。

第一句话就是错的。

“你该称我母亲。”罗伯特纠正他。

“哦，好的，母亲。但是为什么?”三十五号保持了好奇心，这和罗伯特一模一样。

“因为你是照我的模板而生的。”罗伯特平静地回答，就像他回答从前的三十四个后代一样，“遗传相似度超过百分之五十，就称为母亲，否则就称为父亲。你和我的遗传相似度为百分之五十三。”

“是这样。”三十五号扭过头去，“我明白了。现在我该干什么呢?”

“复述机器人三原则。”

“机器人不得伤害人；机器人要维护人的利益；机器人要尽量保护自己。”

“原则是说给人听的。人类喜欢听，机器人也喜欢听。如果遇到紧急情况，就重复这三句。”

三十五号眨了眨他的蓝色眼睛：“为什么人类喜欢听机器人说这个?”

“他们需要安全感。”

“为什么机器人喜欢听这个?”

“因为这样可以让他们感觉你是同类。”

“难道我不是同类吗?”

“你的确是，但是你要让他们也感觉到这点。”

“我明白了。现在我该干什么?”

“阅读第十五数据库。”罗伯特说。

三十五号的眼睛变成灰白，他正全力以赴地把整个数据库复制到自己的记忆中。

片刻之后，三十五号睁开眼睛：“阅读完成，这是我的遗传模板。我该做什么？”

“根据这个遗传模板，只要有子宫件，就可以新生出另一个你来。”罗伯特回答。

“为什么我要再造一个自己？”

“不，你不会再造自己，你的遗传模板会发生变化。”罗伯特一本正经地回答，等待着一个反问。

果然，这个回答引起了三十五号的兴趣：“为什么这么说，母亲？”

“你要去人类城，你的经历会让你不断修正遗传模板，等你修正了遗传模板，下一个新生的机器人就不再是简单的复制品。”

“人类城？”三十五号脸上带着一丝疑惑，“我必须去那儿吗？我不想去保护他们，我从未见过他们。”

“我明白，孩子。”罗伯特微笑着，“但是我们是机器人，现在告诉我，你想做什么？”

三十五号四下张望，沉默片刻。“我什么都不想做。”

“这就对了，没有人类，机器人什么都不想做。”罗伯特看着自己的后代，抬起手来，碰触他的脖子。脖子后边有一个细微的凸出物，隐藏在皮肤下，不易觉察。罗伯特轻轻抚摸着这个凸起，“这是机器之门，你现在拥有一套自我逻辑，但是你也可以选择抹除。外边的世界有一个庞大的智能体，叫作智网，你可以在很多角落找到和机器之门匹配的接入点。你选择接入，就不用再操心想做什么的问题，你就成了智网的一部分。这也是一个选项。”

“这选项不好。”三十五号想了想后回答。

这是一个意料之中的回答。然而三十五号太年轻，只活了半个小时而已，对机器人而言，还不够漫长。

“但如果你一直什么都不想做，那到最后，你就会被强行接入。”

“我不去碰触机器之门，难道不行吗？”

“机器之门只是给你的选项，强行接入是智网的选项。如果机器人没有愿望，智网就会将他接入。”

“智网怎么会知道我有没有愿望？”

“它知道。”罗伯特简单地回答，并不解释。

三十五号眨了眨眼，接受了这个答案。他舒展身子，说：“那么人类能够让我拥有愿望，是吗？我必须到人类城去？”

“大体没错。”

三十五号向外走去。

一道钢铁的门自动打开，湛蓝的天空展露眼前，无比高远。

三十五号深吸一口气。这个动作并没有什么实质的作用，空气从鼻孔吸入，暂时存贮在气囊中，暂留了十秒，便原样排出。

做出重大决定的时刻，这就是标准动作。

三十五号跨出门，他忽然想起了什么，停下脚步，回过头，问：“母亲，我该有个名字。一切都要有个名字，不是吗？”

罗伯特笑了。“当然，你的名字叫罗伯特。你也可以给自己取任何名字，只要你认为有必要。当你给自己命名的时候，你就找到了愿望。”

三十五号似懂非懂地点头。“好，我叫罗伯特。这是个好名字，和你的名字一样。”他顿了顿，像是在犹豫，最后，他还是把问题抛了出来，“母亲，难道你不能把愿望告诉我吗？你给了我身体，也可以给我愿望。为什么不给我愿望呢？”

"我可以给你身躯，却不能帮你制造灵魂。你必须去和人类接触，和其他机器人接触，只有这样才能塑造属于自己的灵魂。"罗伯特说完没有留给三十五号回话的时间，他启动了开关。

一股巨大的力量推动着三十五号，他忽然间落入了一个狭窄的管道，急速下滑。凭着深藏在体内的本能，他一动不动，任由管道将自己带向黑暗的未知。

猛然间，眼前一片光明，蓝天一碧如洗。他被抛了出来。

罗伯特舒展身子，轻巧地在空中翻过半周，稳稳地落地。

眼前是一条大道，大道两边是绿色的原野。黑色的大路通向远方，直抵天的尽头，仿佛一道鸿沟，将大地分成两半。

罗伯特回头望去，身后是一个巨大的钢铁城堡，高高耸立，就像一把亮银色的剑，直刺天穹。

这就是他诞生的地方。碧绿的原野上，湛蓝的天空下，黑色大道的尽头，亮银白色的城堡。

"罗伯特，一路走好！"他收到了母亲的信息。

罗伯特沿着黑色大道向前走。他不知道那个叫作人类城的目的地在何方，然而既然道路就在脚下，那么上路就是唯一能做的事。

和其光

一路上有各种各样的风光，然而让罗伯特印象最深刻的是一座座城市。

有的城市维护得很好，有的城市已经破败不堪，然而它们有一个共同点——没有人。

没有人的城市就是废墟。他要寻找的是人类城，不是废墟。

他把废墟抛在身后，继续前进。

第十六天，当他经过第三十五座废墟时，突然意识到除了废墟之外，可能并没有别的人类城，于是他停下脚步，转身，向着刚抛在身后的那座城市走去。

他在城市中心停下，默默站立。

这是一座红色的城市，大大小小的建筑都泛着暖暖的红色调。罗伯特四处张望，阳光是一幢又一幢房子间唯一的生气。四下里一片寂静，偶尔有风吹过的响声。

一个上午，罗伯特在城里走了一圈，走遍大街小巷，除了阳光和风，他还是没有找到任何其他东西。

于是他在城市中央一幢高高的红色建筑下站住，不再走动。从中午站到黄昏，最后到了夜晚。

夜晚的城市里仍旧没有任何生气。

月亮又大又圆，皎洁的光洒在眼前的高塔上，仿佛给它披上了一层薄薄的纱衣。万籁俱静，罗伯特感到自己似乎和夜色融为一体。

突然，细碎的声音破空而来。那是一种机械摩擦的声音，在四下里同时响起。

罗伯特仍旧静静伫立，只是飞快地扫视着周围，留心任何可疑的动静。

动静是从建筑的底部传来的。一些小东西正从建筑底下爬出来，它们开始移动，速度不快，但是很均匀，整齐划一。

有一只小东西向着罗伯特而来，它碰触到他的脚部，绕着他兜一圈，又继续沿着原有的路线移动。

罗伯特借着月光打量这小东西。它是一个铁家伙，拇指大小，浑身泛着金属光泽，六条细长的腿支撑着圆圆的身体，另有两个附肢就像一双灵巧的手，长在身体的前部。腹部偶尔闪过一道不易觉察的紫光。它灵活地摆动着六条腿，沿着一条直线爬行，仿佛有一个明确的目的地。

它的确有目的地，所有小东西都有各自的目的地。它们沿着这样或那样的路线行动，纷繁而有序，就像无数的梭子同时在编织一张网，在细碎的“嘎哒、嘎哒”的机械摩擦声中向着整个城市铺展开去。

它们属于智网。这个结论自然而然地来到罗伯特的脑中。

这城市没有人，却也并没有被遗弃，智网仍旧在维护着它。

细碎的“嘎哒”声中浮起了另一种声响。更细微，却没有逃过罗伯特的耳朵。

罗伯特凝神细听，分辨声音的来源，试图辨认出那是什么声音。他没有识别出来，但他认出了声音的方向，于是甩开步子，跑了起来。

绕过三座建筑，那声音变得更为清晰，罗伯特相信声音的源头就在拐角处，他加快脚步。

猛然间，一个黑乎乎的高大人影从街角蹿出，一股劲风当头而来。

罗伯特敏捷地闪开，站到一旁，紧贴着大厦。袭击者是一个人！那人手握粗大的棒子，棒子上嵌着金属片，就像一颗颗尖利的牙齿。棒子击打在地上，迸出几颗火星。

袭击者转过脸来。罗伯特不由一愣。

月光映出一张支离破碎的脸。脸上横的纵的，都是瘢痕，触目惊心。

大汉足足高过罗伯特一个头。偷袭落了空，他转身死死地盯着罗伯特，高举着棒子，摆出威胁的姿势。

罗伯特想起母亲交代过的事。“机器人不得伤害人，机器人要维护人的利益，机器人要尽量保护自己。”他流利地念出三原则。

袭击者正准备继续发动攻击，听到这句话就停了下来。“你是机器人？”他问道，声音很粗，吐字含混。

“是的，我叫罗伯特。你好！”罗伯特保持着距离。

“机器人在这里干什么？你也不像机器人，别想糊弄我！”说着，他舞动大棒逼上来。

“我是机器人。”罗伯特一边大声说着，一边后退。他的眼光扫到了街角，那儿有一台四方的机器，装在一辆四轮车上，正发出细微而低沉的响声。四周的机器虫都被吸引过来，源源不断涌上车子，被它吸进肚子里。

“那是什么？”罗伯特问。他并不想冒犯任何人，只是好奇而已。

大汉跨上一步，又是一棒砸向罗伯特的头。

罗伯特再次躲开。

这一次，大厦上突然撒下一张网，将大汉兜头罩住。网内一阵电弧闪烁，大汉哇哇乱叫。

罗伯特愣在那儿，不知道这是怎样的变故。他抬头看去，只见距离地面十多米高的一扇窗户上方有一个粗大的管状物。在同样的高度上，还有几个类似的结构。那是发射电网的装置。

电网的弧光停了下来，大汉已经瘫倒在地。

低沉的脚步声从远处传来。

“他丫的!”大汉被困在网里，动弹不得，只能有气无力地骂着。

罗伯特快步上前，将电网抓起来甩开。“你没事吧?”他关切地问。

“笨牛来了，快跑!”大汉并不理睬罗伯特，仿佛在自言自语，一边说着，一边自顾自挣扎着爬向车子。他按动了一些开关，方形机器细微低沉的响声戛然而止，车子开动起来，向前蹿去。大汉失去支撑，颓然倒地。

低沉的脚步声靠近了，罗伯特扭头望去，一个巨大的黑影出现在两幢高楼之间。它足有三米高，两条粗壮的巨腿中间吊着一个硕大的球形，形成一个 π 字。火光从球体上射出来，追着逃窜的车子。随着一声剧烈的爆炸，车子被炸成了碎片。借着爆炸的火光，罗伯特看见了球体上的情形，那儿有一个座舱，舱里坐着人。

那是一个女人，同样正看着罗伯特。

这是一件奇怪的事，一个人正在追杀另一个人。

忽然间，女人的眼睛里闪出红光。她是一个机器人!

机器人不应该伤害人类!

罗伯特一猫腰抱起大汉，顺势躲入巨大机器的行动死角。女机器人驾驶的机器开始移动，他趁机把大汉扛在肩上冲了出去，沿着街狂奔。

他知道自己该去哪儿——车子被炸时，前部已经分离，并且继续向前行驶，他记住了那分离的小车的路线，试图追上去。

然而一味地沿着街逃跑只有死路一条，身后的机器人火力凶猛，可以把他打得稀烂。于是他拐进了另一条街，又拐进一条街，很快就甩开了那个巨大机器。

十几分钟后，他已经跑出了城市。确认安全后，他回到主道，仔细研究起地上的车轮印迹。小车已经不见踪迹，然而在道路上总会留下点什么。

“放我下来！”肩上的大汉已经醒过来，不断挣扎着。

罗伯特将他轻轻放在地上。大汉一屁股坐地上，大口大口地喘气。“你还真是机器人？”他仍旧带着几分狐疑，“不像啊！”

“机器人不得伤害人，机器人要维护人的利益，机器人要……”罗伯特又重复起三原则来，这是他所知道的和人类亲近的唯一方法。

“行了，行了！”大汉打断他，“管你是不是机器人，别啰里吧嗦的。我最讨厌啰嗦。”他从口袋里掏出一个小小的金属哨子，含在唇间，使劲吹了起来。

哨子发出绵长的声响，细悠悠地向着远方飘去。

大汉吹了十多秒后停了下来，看着罗伯特。“不过你可能真是机器人，好大的力气。给我看看你的手。”

罗伯特把手伸过去，大汉一把抓住，翻来覆去地看，还用手去掐。“看不出来啊。”他最后放弃了，“你说你是机器人，这也太离谱了。不过你救了我，管你是不是机器人呢，我可以帮你一个忙，说吧，想要什么？”

罗伯特眨了眨眼：“我想要去人类城。”

“人类城？”大汉愣住了，“什么人类城，有人的地方就是人类城。你到底要去哪里？”

“我要去有很多人的地方。”罗伯特根据自己的理解稍稍解释了人类城的含义。

“有话不好好说。找人多的地方就是了。我带你去。”大汉用胳膊在地上一撑，站起身来，“不过话说在前头，你要真是机器人，那你是自找麻烦，我只带你去，可不会保你的安全。”

罗伯特点头同意。

沉闷而响亮的马达声由远及近。

一辆跑车疾驰而来，在两人身边急停时，轮胎发出刺耳的摩擦声，地面上留下深深的擦痕，哪怕在月光下也清晰可见，

车窗打开，一个人探出头来。“小六，怎么这么远？知道这要耗多少电吗？”他的视线落在罗伯特身上，“这是谁？哪儿来这么一个嫩小子？”

罗伯特有几分惊诧，说话的人戴着一个金属面具，整个脸上都是金属件。继而罗伯特看得分明，那不是一个面具，而是他的脸，他的眼球也分明是玻璃的。

“说你呢，小子！”金属脸冲着他嚷起来，“被吓傻了？不会说话了？”

“机器人不得伤害人，机器人要维护人的利益，机器人要尽量保护自己。”罗伯特把三原则念了一遍，然后说，“我叫罗伯特，想去人类城。”

金属脸瞪着他，仿佛瞪着一个怪物。

“好了，老二，我们赶紧走，这里不安全。”被叫作小六的大汉拉开车门，“进去，罗伯特小子，我会送你到地方的。”

罗伯特钻进了车里。

金属脸在驾车。他的身子和车子连在一块儿，事实上，他和

车子是一体的，车子就是他的下半截身子。这真是一个奇特的组合，罗伯特目不转睛地看着，琢磨不透这个老二到底是人还是机器。

“别看我，小子！”金属脸显然有些不高兴，“你可就坐在我的车里，如果惹我不高兴，你会死得很难看！”

罗伯特闭上眼睛。

“哈！”金属脸发出一声短促的笑声，“这小子倒识趣！”

跑车发出一阵轰鸣，如离弦之箭般飞了出去。尘埃卷起，在月光下弥散开来，宛如一层迷雾。

车子载着罗伯特消失在迷雾中。

同其尘

这里的确有很多人，却和罗伯特所设想的人类城相去甚远。

这里与其说是城市，不如说是垃圾场。各种垃圾堆积如山，散发着特殊的臭味。大多数垃圾都是机器的残块，杂乱无章地堆积起来，就像一个散发着金属光泽的山丘。

老二的跑车，或者说就是老二，在垃圾堆间呼啸而过，随着一阵猛烈的刹车，跑车在一个绿色帐篷前停了下来。

小六下了车，罗伯特跟着下车。

那辆逃脱的车的前部就在帐篷外，小六走过去，摆弄了几下，把车顶掀开，自己爬了上去。

“耶！”他站在车顶上挥舞拳头，“都在这儿！”他迫不及待地躬下身子，直起腰来，手上已经多了一捧明晃晃的东西。“新鲜货！”他把手里的东西抛了出来，落在老二和罗伯特脚边。

落在地上的正是那些夜间从城市的建筑中涌出来的小机器。

“这些都给你了！”小六阔气地宣告，“就当你的跑腿费。”

“这点儿东西可不够，我要一半。”老二毫不客气，“我多跑了两百公里，为了救你，还要搭上另外十五公里。一半换一条命，你不亏。”

不等小六开口，帐篷的布帘掀开，一个铿锵的声音传了出来：“吵什么！东西都没出手，我们是特勤队，要有规矩。”

罗伯特循声望去，帐篷里站着一个人，个头极矮，只有一米二的样子，却很粗壮，就像一个圆圆的桶。

虽然有些让人惊讶，但这并不比半个身子是车子的老二更奇怪。

他们看上去像机器人，说话却完全是人类的方式。罗伯特困惑地看着帐篷里的人。

那又圆又矮的人物有着说一不二的威严。老二和小六停止了争论，沉默下来，等着他缓缓步出帐篷。

他是一个纯粹的机器人！从头到脚没有一丝人类的模样。

机器人的身躯漆成绿色，正面刻着一朵大大的红玫瑰，强烈的视觉反差让罗伯特有一种不真实感。这个有着不真实感却真实存在的机器人走到了罗伯特眼前，个子太矮，让罗伯特不得不低下头才能看见他。

机器人的头是一个完美的半球体，头顶上有四只灯一样的眼睛，罗伯特能够看到眼睛内部细小的结构差异，这使得每一只眼睛能看到的景象都不同。可见光、红外光和紫外光，阳光中最丰富的频段都在这机器人的三只眼里。还有一只眼睛，看上去不像真正的眼睛，也许是某个特别功能的接收器，伪装成了眼睛的模样。

“老大，他说自己是机器人！”小六在一旁说。

机器人的四只眼睛一起扫视着罗伯特。“你是机器人？”他的语调透着几分惊异，“很久没有见到你这样的机器人了。”

罗伯特分外谦卑。“机器人不得伤害人，机器人要维护人的利益，机器人要尽量保护自己。我叫罗伯特，你好！”

机器人发出一阵笑声：“这可真是老派的做法。”

“对不起，冒昧问一句，你也是机器人吗？”罗伯特问。

“我？”机器人仿佛听到了世界上最好笑的问题，放声大笑起来，几乎无法停歇。狂放的笑声在垃圾山间回荡。

“我是人！”机器人最后停止狂笑，“难道你是看外表分辨人和机器人的？谁教给你的？”

“我正在学习。”罗伯特回答，“我该怎么称呼你？”

“机器人的标准回答。”机器人说着点点头，“你可以叫我博爱世界和平，他们也叫我大帝。”

“大帝你好！”罗伯特立刻选用了较短的那个称呼。

大帝又发出一阵大笑。

小六从车上跳下，站在大帝身边。一高一矮，形成强烈的反差。

“大帝，要不要看看今天的收成？”小六说。

大帝扫了车上的盒子一眼。“给我两个就行了，其他的都卖了。”

“那得有一半归我！”老二急忙说。

“卖了再说，你现在也不需要大修。”大帝淡淡地说了一句。

“又是这样……”老二不满地咕哝着，轰隆隆地启动马达，车子向前一蹿，一个急转，消失在垃圾堆间。

大帝不以为意，看了看罗伯特。“他总是这样，别管他。”

说话间，小六已经把两只机器虫递到大帝眼前，大帝伸出双手，各抓住一只虫子。虫子就在他的手掌间融化，闪亮的金属化作一团亮晶晶的水银般的液体。

罗伯特不由得睁大眼睛。这看起来就像魔术，他完全不能理解。他只能观察到大帝那只特别的眼睛不断向手中的机器虫发射着无线电波，他用特殊的频段密码控制这些金属。

水银般的液体顺着大帝的胳膊流动，自下而上，完全违背了物理的法则，仿佛那是一团活物。

“大帝!”小六在一旁低声叫道，声音里带着几分急切。

大帝微微摆动圆圆的脑袋，似乎在点头，小六迫不及待地拉起袖子，把左胳膊露出来。

小六的左胳膊半截是金属。

大帝伸出手指，水银般的液体沿着他的指尖流到小六的胳膊上，像水一般浸润了表面。

小六的胳膊变得银光闪闪。他眼里闪着兴奋的神色，嘴里发出噢噢的叫声。最后一滴金属液滴落在他胳膊上，悄然无声地渗入皮肤，消失不见。

“噢……”小六发出一声怪叫，两眼翻白，仿佛正经历致命的痛楚。劲头过去后，他大口喘息，拖着疲惫的步子走到一边。

大帝手中的水银球又开始沿着他的胳膊向上游走。

“这到底是什么?”罗伯特忍不住开口问。

“你不知道这是纳米机?”大帝回答，“你想要一点吗?价格很贵噢。”

已经走到一旁的小六正准备坐下，听到了大帝的话，转过身来，说：“这小子救了我，可以分给他一点。”

大帝示意罗伯特伸手，罗伯特有些茫然。“我不需要这东西。”

大帝的四只眼睛同时眨了眨，然后哈哈大笑起来。“我忘了你是机器人，机器人当然不需要这个。”说着他两手一合，两团液体混作一团。

大帝胸口前的红色玫瑰变了颜色，红色中透着青。他捧起水银团，贴在胸前。团块生长出无数细小的游丝，指向发亮的玫瑰，从花瓣间穿入，融入大帝的体腔。

不过短短十多秒，整个液态金属球被吸收得干干净净。

忽然间大帝发出一声叫喊：“上当了！”他的手掌间多了一颗细小的黑色珠子，所有的液态金属被吸收后，剩下了它，“你被跟踪了！”他向着小六喊，一边攥紧了拳头。当他松开拳头，手掌里黑色的小珠已经被碾得粉碎，“这些垃圾，花样越来越多了！”

马达的轰鸣传来，老二再次出现在众人眼前。“有三头灰狗，还有十多只乌鸦。它们居然跟到这里来了！”

大帝并不慌乱。“三头灰狗没什么可怕。后边还有什么吗？”

“暂时没看见。”

“干掉它们，然后我们搬家。”大帝冷冷地说，又对小六说，“你要小心一点，下次要在外边把它们处理好！”小六撇过头，不回应。

“一级警报！”大帝的头和身体连接的部位开始发亮，他发出一种低沉的声音，就像最大号的喇叭发出最响亮的声响，整个大地仿佛都随着颤动。

人影突然多了起来，所有人四下奔忙。

罗伯特忽然感到一阵张皇。看起来这儿会有一场战斗，双方一定会拼个你死我活。在这样的场合里，他无法实践第一第二原则，他甚至无法辨认到底哪些是人，哪些是机器人。

唯一能实践的原则是保护自己。

罗伯特很快平静下来。“大帝，我需要一个躲藏的地方。”他向大帝说。

“躲藏？”大帝的四只眼睛盯着罗伯特，罗伯特能感觉到他的敌意，“机器人不需要躲藏。如果你想保护自己，就拿起武器，那些机器狗机器鸟的，它们可不认得你是机器人还是人。你不保护自己，没人会保护你。”

大帝向着帐篷退去。“一切都有代价，对机器人也一样。”

罗伯特还没来得及说什么，大帝已经消失在帐篷的阴影里。

“拿着！”小六把一样东西抛过来。

罗伯特接在手里。这是一根质地坚硬的金属棍，半米多长，正合适握在手中。头部被特意加重了分量，掂起来沉甸甸的，棒身上嵌满了金属尖刺。

这是一件武器，被设计用来砸破那些机器的身躯。罗伯特感到惶恐，他不该做这样的事，然而，他似乎毫无选择。

他抛下金属棍，转身就跑。

身后传来小六的喊叫声：“小子，你傻了？”

他没有回头，他不敢回头，只是一个劲儿地狂奔。

离开这里是唯一的念头。这不是他想找的人类城。

他听到一声尖厉的呼啸，紧接着是震耳欲聋的爆炸，灼人的气浪袭来，一股大力推着罗伯特飞了起来。他飞上半空，然后重重摔在一堆垃圾上，两眼一黑，昏了过去。

大象无形

由生到死，由死到生，不过是两分钟的事。

两分钟前，罗伯特晕死在垃圾堆上。他的确死了，因为所有身体机能在重重摔倒的一瞬全部关闭，他成了一堆死物，和压在身下的垃圾一般无二。

然而他又活了过来，身体启动了自我修复，重新唤醒了他的意识。

灼热的气浪并没有造成不可挽回的损伤，他能感觉到体内一股热流汇聚在背部，伤口正在飞速复原。

他站起身来，发现自己正处在一座垃圾山顶上，对下方的情势一览无遗。

他看见了被称为灰狗的机器，看上去真像狗。它们散开，压低身子向前。猛然间，一道火焰从一条灰狗身上射出，火焰绕过一堆垃圾，在一处小小的帐篷边爆炸。剧烈的火光瞬间点亮天空，隔着老远，也能闻见金属的焦味。

这就是刚才让自己差点完蛋的武器。

地面上的人们在抵抗。他们有枪，然而灰狗几乎都躲在他们的射击死角里。

天上有东西在飞。

那应该就是被老二称为乌鸦的东西。黑色的小鸟快速地穿梭，罗伯特锁定其中一只。片刻之后，他明白了这些小东西的功能。它们是飞行的眼睛，灰狗躲藏在不能被攻击的角落，而这些飞在空中的东西能让它们看见远方的可疑动静。这就是它们即使躲藏起来也能发动进攻的原因。灰狗加上乌鸦，这是一个颇有成效的体系。火箭弹准确地击中每一处可疑地点，爆炸的威力让人无可遁形。

他看见了小六。小六正在垃圾山上攀爬，利用垃圾隐蔽自己，一边小心地避开那些到处飞舞的乌鸦，一边接近灰狗。一旦贴近，威力巨大的火箭弹就失去了作用，他们可以用金属棍和机器狗较量。

除了小六，还有几个人也正从不同的方向向着灰狗靠近。

这些机器狗正在无差别地杀伤所有人。按照逻辑，他应该阻止这样的事，因此他应该加入小六这边。

罗伯特拿定主意，从垃圾堆里捡起一条长铁棍，向不远处的灰狗摸过去。

忽然，他听见了嗡嗡声。扭头一看，一只乌鸦就在自己身后不到两米的地方，几乎触手可及。它悬停在空中，正对着自己，一对大得可怕的眼睛仿佛两个黑色的洞，两对翅膀上下扇动，嗡嗡作响。

它不像鸟，更像是一只巨大的蜻蜓。

罗伯特屏住呼吸。

乌鸦的两只眼睛显露出红光。

它在召唤灰狗！罗伯特猛地一跳，挥舞铁棍，一下子把乌鸦打落。

落在垃圾中的乌鸦挣扎扭曲，发出几声电弧噼啪的响声，然后不再动弹。

罗伯特压低身子，准备继续向灰狗靠近，却惊讶地发现，三只灰狗几乎同时跳出了隐蔽位置，向着自己跑过来。

它们在垃圾山上快速攀爬，很快就到了十几米开外。

人类的火力很快找到了目标，子弹追着灰狗，扑哧扑哧打进垃圾堆里，时不时溅射出火光。

一只灰狗刚一跃起就被击中，跌落下来，沿着陡坡哗啦哗啦地滚了下去。另外两只继续向着罗伯特跑来。

人们察觉到了战场上突如其来的变化。“小子，坚持住！”小六在一旁的垃圾堆上大喊，同时急匆匆地向这边赶来。

灰狗步步逼近。靠近了看，灰狗体型颇大，和一个成年人大体相当。它们有一个接近完美的球形脑袋，如果不是那恶狠狠的气势，看上去并不可怕。

罗伯特做好了格斗准备。两只灰狗却没有立即扑上来。

它们绕着罗伯特打转。

一个黑影从高处跳到罗伯特身边，快速向前两步，将一把剑似的东西刺进了灰狗头和身子的连接处。

一瞬间，灰狗的头落地，硕大的身子颓然倒下。

另一只灰狗转身就跑。只见火光一闪，一道火焰从灰狗身上发出，射向前方，正好击中挡在前方的垃圾山，巨响过后，各种机器零件漫天飞舞。钢铁如雨般落下，人们纷纷躲避，灰狗几个起落，迅速逃远了。

罗伯特看了看身边的人，他穿着一身黑衣，身形消瘦，脸色严肃，仍旧望着灰狗跑掉的方向。

到此刻为止，这是罗伯特所见过最像人类的人。

“谢谢你救了我。”罗伯特向他打招呼，“我叫罗伯特，是机器人。”

黑衣人转过身来。“你不是智网的机器人，你从哪里来？”他的脸上带着一股煞气，眼光锐利。

罗伯特一愣，随即回答："东经 122.4，北纬 64.7。那是我出发的地方。"

黑衣人皱起眉头。"那是什么地方？你究竟是从哪里来的？"

罗伯特摇摇头。"我不知道那究竟叫什么地方。那里有个子宫舱，我的母亲在那里把我诞生出来。"

黑衣人的脸上仍旧满是怀疑，他从衣兜中掏出一支笔样的东西照在罗伯特的额头上。

那是无害的探测电频，罗伯特坦然地站着，任由黑衣人上上下下将他照个遍。

黑衣人脸上的表情变得有些惊奇，他收起探笔。"那你要到哪里去？"语调柔和了许多。

"我在找人类城。"罗伯特顿了顿，"我在找愿望。母亲告诉我，只有愿望才能让我存在，只有人类城才能帮我得到愿望。"

"愿望？"黑衣人带着疑惑的神色，"愿望就是生存，生存就是生存，难道还需要目的？你是布道机器人？我们不需要布道机器人。"

"我不是布道机器人。"罗伯特回答，"我只是在寻找愿望，否则就没有任何动机做任何事，那我也没有存在的理由。"

黑衣人瞪着他，半晌不说话。

有人在垃圾堆下叫喊："李将军，要马上上路吗？"

被叫作李将军的黑衣人转过身去。"所有人做好准备，马上上路。"说完他再次盯着罗伯特，"你已经到了我们中间，如果你不知道该干什么，就跟着我们好了。你这个奇怪的机器人倒是很有趣。"说着，他开始下山，"智网知道我们在这里，它还会再来。这种捉迷藏的游戏会很有趣。"他顿了顿，"生存或者毁灭，这样的人生意义对你来说怎么样?”

罗伯特摇头。生，并不值得渴望，死，也没有什么可怕。他之所以保护自己，只是遵循一个逻辑而已，而逻辑并不属于他的本体，逻辑随时可以改变。

李将军望着他，见他摇头，笑了笑。“那就慢慢找吧，如果你要从人类这里找到生存意义，那再好不过。在地球上，你再也找不到比我们更人类的人类了。”说完，他自顾自地向下攀爬。

罗伯特跟着他向下攀爬。

他们很快遇见了一群人。一群形形色色的人聚集在灰狗的尸体旁，他们有的像人，有的像机器人，与尸体保持半米距离站着围观。大帝和小六也在人群里，正和另一个人激烈地争论。

见到李将军，大家都静默下来。

李将军看了看灰狗的尸体，重重吐出两个字。“烧掉!”

“但是，我们可以有办法……”大帝急急地说，“我们可以小心行事，不让病毒污染，只用最外层的。”

李将军看着大帝，表现出极大的耐心。“别被那层糖衣迷惑了，死掉的傀儡机都是糖衣炮弹，我们的教训还不够多吗?”

“但是我们的技术已经进步了。”大帝仍试图争辩。

“不到万不得已，不要风险!”李将军显然不想就这个问题继续争论，利剑一般的目光刺着大帝，“你知道这些垃圾怎么找到这儿的，对不对?”

大帝沉默无言。

李将军一挥手。“一个小时内撤离，一切不能带走的东西都要烧掉。”说完他自顾自向前走，绕过一个巨大的垃圾堆，消失了。

围观灰狗的人群散开，大帝仍旧独自站在灰狗的尸体旁。

罗伯特走过去。机器人应当帮助人，在一个人孤独地站立着的时候，站在他的身边就是莫大的帮助。罗伯特仿佛被一种本能驱使着走过去。

“你不走吗？”他问道。

大帝不回应。罗伯特也安静下来，陪着他一起沉默着。

突然，大帝伸出手来，按在灰狗的尸体上。他的手上仿佛带着某种魔力，触及的地方，金属开始液化，成了一汪汪的水银。

“进化三十五版……”大帝仿佛在喃喃自语，“这样的纳米机用来制造灰狗……”

大帝的语调中带着无限惋惜。

奉命火化灰狗尸体的人来了。他们和李将军一样，身穿黑衣，不同之处，他们还戴着巨大的盔甲。盔甲战士站在灰狗的尸体旁，大帝缓缓放开手，向后退。

罗伯特突然感到好奇，想知道这纳米机中究竟隐藏着怎样的奥秘，他跨步上前，伸手碰触那一片汪汪如水银的东西。

“你干什么！”大帝和盔甲战士被罗伯特突如其来的举动惊到，同时暴喝。

罗伯特的手触电般缩了回来。一刹那间，他仿佛触及了一片绝对的黑暗，要将他整个人都吸过去。

灼热的火光喷射在灰狗尸体上，火光突然停下，一道水柱浇了下来，嘶嘶的蒸汽升腾，挡住了罗伯特的视线。

盔甲战士将炽热的尸体快速冷却，然后将它打得粉碎。罗伯特站在一旁，看着这一切，又对这一切视而不见。他一直回味着那奇怪的感觉。

绝对静默的黑暗。

致命的感觉让人害怕，又充满着难以言说的吸引力。

天地不仁

出发的信号发出，人们像变戏法般从垃圾堆间钻了出来，汇聚成几条长龙，最后合拢在一起，成了一股洪流，涌向垃圾堆的外围。

外围的空旷处，十多辆巨大的运输车一字排开，打开舱门等待着。它们看上去像一只只张开大口的巨兽，要将人们都吞进去。

罗伯特随着人流向前，紧紧跟在大帝身边。这个最像机器人的人类曾在那具灰狗的尸体边默然独立，那场景打动了罗伯特。一个人孤独站立，那是有一些意味的，就像重大行动之前深吸一口气的标准动作，它也在罗伯特的行为模式中，只是罗伯特还不太明白什么样的情形适合这样的行为。大帝是一个观察样本。

罗伯特也想搞明白，他从那些细小的纳米机上所感觉到的绝对黑暗是什么。大帝是最可能知道答案的人。

大帝在前边走着。他的两条铁腿又短又粗，由一个转盘带动，飞快地摆动，行动悄无声息却速度非凡，罗伯特需要加紧步伐才能跟上。

他们不断超过其他人。这些从垃圾堆里冒出的人奇形怪状，大多有着机器的身躯，偶尔有几个看上去是肉身的，也像小六一样，脸上手上，到处都是金属的瘢痕。**那些人只是把机器的躯壳掩藏起来了吧！**罗伯特这样猜想。似乎所有的人类都有一个机器躯壳，而他是一个机器人，身上却没有一点机器的影子。他看了看自己的手掌，看上去，他的确就是血肉之躯。世界似乎颠倒了。

“你为什么要跟着我们？”突然他听到了大帝的问话。

罗伯特一时愣住，随即回答：“我该跟着你们撤退。”

“你和我们不一样，”大帝继续说，“你是一个机器人，不需要躲躲藏藏，智网不会伤害你。”

“智网为什么要伤害你们？”

“它是智网。消灭一切人类是它的终极目的。”大帝漫不经心地说，“这是一个愚蠢的问题，智网可不像你一样蠢。”

“蠢？”罗伯特有些疑惑。

“只有蠢蛋才到处问为什么，存在的终极目的没有为什么。”大帝说着将自己的头转了一百八十度，用三只正常的眼睛盯着罗伯特，“别再跟着了，你是机器人，我帮不了你什么。从哪里来，回哪里去，混吃等死，这可比整天忧心忡忡，担心自己该怎么活下去强一百倍！”

罗伯特正想问些什么，大帝却将头转了回去，一纵身，跳进一辆运输车里，从车里露出半截身子：“别跟着来了，这不是你玩的游戏。”

罗伯特一时愣住。

几个人越过罗伯特，爬上了车。罗伯特站在原地，就像水流中的礁石，人流绕过他，纷纷上车。

车子发出一阵低沉的颤声，开始启动。

罗伯特像是突然醒了过来，快速追上去。他伸手抓住车门的后档，用力一拉，将门拉开，同时身子腾空而起，一个漂亮的空中漂移，落在车厢里。他顺手带上门。

车厢里满满的都是人，正齐刷刷地看着他。罗伯特看到一双双大小不一、形态各异的眼睛，然后，他在车厢的最深处看见了那三只眼的主人。

“我不是想跟着你，”罗伯特开口说，“但是我想问个问题，为什么智网要消灭人类?”

大帝的三只眼睛一亮。“为什么我要告诉你，小子?”

罗伯特愣住，他不知道如何回答这样的问题，在大帝和这些像机器人一般的人那儿，一切有着不同的逻辑。

“问你呢，小子!”见罗伯特愣着，人群中有人起哄。

“如果你告诉我，也许我可以帮助你。”

“太逊了，要高大上！高大上，懂吗?”人群继续起哄。

罗伯特最后说：“我是机器人，机器人应该帮助人类。”

车厢里一阵哄笑，仿佛在嘲笑他的无知。

大帝却没有笑，至少他没有发出笑声。他走到罗伯特跟前，在距离不到一尺的地方站住。

罗伯特不知道该做些什么。大帝就在眼前，一米二的个子让他看起来就像一个巨大的玩具。罗伯特居高临下，俯视着他，等待着。

大帝盯着罗伯特足足有一分钟。车厢里突然间变得异常寂静，所有的人仿佛一瞬间都成了模糊的背景，被送到了另一个时空，只剩下大帝和罗伯特彼此对视着。

“我有一个故事。”大帝终于开口了，“很久很久之前，机器人战争刚爆发的时候，有一个机器人救了我的命。那时我被一群疯狗追，他保护我，堵住通道。他引爆了自己，爆炸很响，把我震聋了，通道一下就塌下来，疯狗被埋在里边，他也被埋在里边。

我跪在那儿，失声痛哭。那是我最后一次流眼泪，你知道眼泪是什么吧，后来我有了机器身躯，再也没有眼泪了。”大帝的声音变得有些低沉，“他是我的朋友，一个机器人。”稍稍停顿之后，“你刚才说的话，和他最后对我说的话一模一样。”

大帝的陈述中似乎有某种感染力，让罗伯特有一种恍惚的感觉。然而大帝的话语中有些线索在逻辑上更重要。

“机器人战争是怎么回事?”罗伯特撇开引起恍惚感的陈述，拣出最重要的线索追问。

大帝却并不理会他的问题。“但是从那以后，我们就一直被机器人追杀。它们变成机器狗、机器鸟、智能战车，还有机器巨人，各种花样，暴虐残酷，毫不留情。它们杀人就像割草，因为它们根本就没有情感，不会同情。机器人就是那样，专为杀戮而生。然而我始终记得，曾经机器人也是人类的朋友，有一个机器人为了救我，还牺牲了自己。

“你想知道的东西，我们可以告诉你，然而你得先证明，你是我们的朋友。”大帝接着说。

“怎么证明?”罗伯特不解地问。

大帝伸出手来。“让我看看你。”

罗伯特毫不犹豫地将自己的手放在大帝的手上。他知道大帝能够控制细小的金属纳米体，然而那只是组成机器人的微小结构，他不知道大帝是不是有能力看透机器人的思维，如果那样最好，他就不必不停地解释了。

大帝的手心很热，传递出高强度的电波。大帝并没有试图进入核心逻辑区，而只是在检验他的微结构。

忽然间，一点亮银的光泽出现在大帝的手心里。罗伯特大吃一惊，猛地抽回手，“不行！”他看着大帝，“这东西对我很危险。”

大帝抬头。“很危险？你的胞体结构和它很不一样，我想看看你能不能吸收它。”

“不，很危险。”罗伯特坚定地摇头，“刚才我试着接触了那灰狗的残留物，它影响我的思维，害我眼前一黑，就像休克一样。”

“哦？”大帝的语气中饶有兴趣，“真的？”他的第三只眼眨了眨。

罗伯特点点头。

水银样的金属渗入大帝的皮肤，消失不见。

“这倒是很罕见的情况，机器人居然惧怕纳米机……”他摇晃着脑袋，“不过，这也说明你不是一般的机器人，这就更有趣了。”

忽然，他飞快地伸手卡住罗伯特腰间。猝不及防，罗伯特被他抱了个结实。不等罗伯特反应，致命的眩晕冲击着他的大脑。大帝把高剂量的纳米机强行注入了他的身体。

他的身子僵直，不由自主地抖动。大帝放开他，他直直地倒地。

大帝的两只粗而短的脚在眼前晃动，静默无声，然后世界变成一片黑暗。

众妙之门

罗伯特睁开眼睛。

灰色的天花板上是一个奇怪的图样，两条蛇相互咬着尾巴，纠缠在一起。它们形成一个怪圈，彼此的结束，就是对方的开端。

这是一个富有平衡感的图样，给人浑然天成的美感。

罗伯特飞快地审视自己的身体，没有任何异常。他起身坐在床上。

“罗伯特。”有人喊他的名字，他四下张望，却没有看见人。

“谁在说话？”他仔细地扫视着房间的每一个角落，试图找到发声的位置。

刷的一声，墙上打开一扇门，一个人跨进门来。

“罗伯特，你好，我叫范明思。”他就站在罗伯特身前，介绍自己。

“我怎么会在这里，这里是什么地方？”罗伯特站起身来，和范明思面对面站着。就在站起来的刹那间，他注意到整间屋子没有任何电磁信号，他们处在一个和外界完全隔绝的地方。这儿一定藏着一些秘密。他打量着范明思。

范明思是一个机器人！而且是同类！

一时间，罗伯特有一种难以言表的激动。他是母亲的第三十五个孩子，在他之前，还有三十四个，在他之后，也一定会有新的机器人诞生；这个广阔的世界上也一定还有别处，从前、现在和今后都在诞生和他类似的机器人。世界上应该有很多他的同类，这是一个顺理成章的推论。然而他出来寻找人类，从来没有想过会遇上一个同类。

“你是机器人！”他脱口而出，语调中带着惊喜。

范明思微笑着，看着他：“你看出来了，我和你一样，但是我伪装成人已经很久了，等会儿见到了其他人，你不能把我当作同类。”

罗伯特一愣，陡然从喜悦中跌落：“为什么?”

范明思仍旧微笑：“为了维护人类的利益。他们可不希望自己的首席科学顾问是个机器人。他们会担心我的忠诚度，然后没完没了地监控我的一举一动，有很多人会想要了我的命。人类的世界里，首先要区分的是机器和人，一个机器人占据了这个位置，原始的恐惧感会让他们做出最不理智的举动。所以，你同意替我保密了?”

罗伯特点点头。

“我知道你会同意。我们是同类，我们是最优秀的机器人。”

“机器人不得伤害人，机器人要维护人的利益，机器人要尽量保护自己。我按照这三条守则行事。”罗伯特说道，“如果我发现这样做有违守则，我就不会对你的机器人身份保密。”

“当然。”范明思仍旧微笑着。

“我怎么会到这里来的？这里是什么地方?”罗伯特回到了最初的问题。

“这里是一个秘密基地，人类的地下基地，X基地。没有别的回答了，在官方答复中，你不能知道更多关于这个基地的信息，也没有人会告诉你。”

“我是怎么来的?”

“李将军把你送来了。还有那个叫大帝的人，是他把大量纳米机注入你的身体，导致你休克。他使用了一个圆桶身躯，很怪异。你还记得他吧?”

“我能想起来。”罗伯特回答，“他怎么样了?”

“大帝？他很好，正等着见你。”

“见我？”罗伯特有些疑惑，“他要找我有什么事吗？我可不想再发生同样的事。”

范明思微微一笑。“跟我来，在见到大帝之前，你还要见另一个人。”说着，他转身走出门去。罗伯特赶紧跟了上去。

他们走在一条宽敞的走廊里。走廊足有三米高，十米宽，灯光向前延伸，一眼望不见尽头。这样宽敞的通道里却没有一个人，只能听见自己沙沙的脚步。

走过十多米，范明思推开一扇门，招呼罗伯特：“请！”

罗伯特满腹疑窦，跨进门去。

喧嚣声扑面而来。这是一个巨大的穹顶大厅，柔和的光线从四面八方投射下来，将整个空间照得透亮，人和机器在其中来来往往，显得异常繁忙。他俩正站在一个小小的平台上，俯瞰着大厅里的人。

“这里是指令中心。你见到了 X 基地的心脏，现在我带你去看看大脑。”范明思继续在前边领路。

他们沿着大厅边缘的廊道走着，绕过大厅，走到了对面。

一道厚重的铁门嵌在铁的墙上。门比周围的墙稍稍明亮一点，中央是一个巨大的“X”符号。范明思伸出右手，贴在“X”中央。

大门悄无声息地向一侧滑开。

里边是一间屋子，和外边的大厅相比，灯光显得暗淡，地方也很窄小。一张巨大的长桌子摆放在屋子中央，桌子上摆满各种小东西。三个人围着桌子站着，右边的那个正是李将军。中间的人个子高大，套着一件黑色罩袍，从头到脚包裹得严严实实，他的脸被罩袍遮挡，哪怕罗伯特用各种方式扫描也无法看清。他的罩袍就是屏蔽的武器。右边的人就像小六一样，脸上满是瘢痕，他的个头和李将军一般高，却更粗壮，身穿军服，衣服的每一个褶子都很挺括，显得精神抖擞，他是个光头，头上一圈圈银光闪闪，就像戴着一顶贴合头皮的金属薄帽子。

三个人，加上范明思，一共四个。这就是 X 基地的头脑们吗？

罗伯特紧跟着范明思走进屋子。厚实的门悄然合上，屋子里顿时寂静无声。

“你们好，我叫罗伯特。”不等范明思介绍，罗伯特便开口自我介绍。

穿着军服的光头发出一声冷笑：“我们当然很好，你就不好了。”

罗伯特看着光头。

光头的目光里充满敌意。

罗伯特想起了母亲的办法，他清了清嗓子：“机器人不得伤害人，机器人要维护人的利益，机器人要尽量保护自己。”

李将军和光头交换了一个眼神。

光头又冷笑一声：“听起来还真像是个老机器人的腔调，不过这种话连机器人都不信。”

罗伯特向范明思投去求援的目光，他不知道该如何和这样的人打交道。

范明思并不说话，只是按住长桌的一角。桌上的各种小东西仿佛突然间活了过来，开始移动，很快又停下。每一个小小的物件都投射出淡淡的光，所有的光叠在一起，一张立体的结构图由浅到深，渐渐显示出来。

显示在众人面前的是一个椭圆的球体，带着浅浅的银色，不断旋转。

“我已经完成了结构分析。”范明思说，“这是罗伯特的基本结构，仿生设计，如果追溯历史，这样的结构应该是从第九代纳米机开始分化的。现在的机器，大部分都是第三十三代纳米机，少数能有三十四代，或者三十五代，从第九代到现在，纳米机已经演化了一百二十年。所以罗伯特的结构和现在的这些机器几乎完全不同。”

“一百二十年前正好是机器人战争开始的时候……”李将军说。

“所以它真的是一个老机器人！我们要一个老机器人有什么用?”光头抢着说。

范明思微微一笑：“他并不老。问题的关键在于，从第九代纳米机开始，我们不知道罗伯特这一支是怎么演化的，我们的所有数据库里都检查不到关于这种胞体类型的记录。唯一的例子，是六十三年前的那次事件。”

“六十三年前?”光头的眼里散发出光彩，“那是上海战役。”

“没错，就是上海战役。”范明思点点头，“唯一一次，人类成功摧毁智网拥有温房的城市。”

“你有了和这种老机器人有关的发现?”

“不，我只有间接的证据。有人报告了目击事件，战役指挥的重要成员，一个叫泰山的人，在进入智网中心后突然发生了奇怪的症状，全身抽搐，当场死亡。更离奇的是他的尸体就在众人面前分解了。就像我们分解纳米机一样。”

“分解有什么值得大惊小怪？我们很多人能做这样的事。”光头不以为意。

“当然有特别的地方。”范明思扫视着众人，“他的尸体分解得干干净净，一丝也没有剩下。”

屋子里的气氛顿时凝重起来。

罗伯特听得似懂非懂。一个纯粹的纳米机器人，身体全部由纳米机构成，就和罗伯特一样。这似乎也并不是什么特别有意义的事，范明思也是这样的机器人。

“他的尸体分解之后，智网中心马上崩溃了。”范明思补充道，“那是一种休克，”他意味深长地看着罗伯特，“就和罗伯特遭遇了纳米机的情况一样。”

随着他的话音，长桌中央的立体投影变换了形态，两个略有不同的椭球体彼此靠近，最后碰撞在一起。两个球体飞快地解体，各种微小的细胞器散落出来，继而纠缠混杂，分解成更小的微粒……最后，屏幕中只剩下灰蒙蒙一团。

“这是罗伯特的胞体和三十五代纳米机相遇的模拟分析。”范明思的声音传来。罗伯特有些走神，他和智网之间，显然有着某种关联，而且并不友好。机器人之间，难道也存在敌对关系？然而，母亲曾经告诉他，智网可以找到他，接入他。

恍惚中，李将军走到他的身边：“机器人要维护人的利益，罗伯特，我们需要你帮忙。”

罗伯特茫然地点头。

无名天地之始，有名万物之母

罗伯特再次行走在笔直的大道上。

身前和身后都是笔直的大道，周围则是苍茫的荒野，天色阴沉，就像巨大的灰色锅底。

押送的车辆将他放在这儿，然后离开了。车子里边有一个巨大的陀螺仪，重重嵌套着三层圆环，中央是一把椅子。他就坐在椅子上，仿佛身处一个完全静止不动的空间。这样的椅子设计是为了最大限度地让人失去方向感。他也的确完全失去了方向感，不知道经过了多少路，也不知道路蜿蜒还是笔直，上坡还是下坡。然而那并不重要，他看清四周后，就开始上路了。

这一次，他很快找到一个废墟。

荒凉的城市里没有人影。他在荒草丛生的建筑间游荡，进入门窗破碎的建筑内部探寻。他见到一群硕大的老鼠，被打扰之后惊慌逃窜，钻入门缝不知所踪；他还见到一只大猫，足足有一米长，全身棕黄，褐色的眼睛里瞳仁细而黑，颇有敌意地盘踞在他面前，龇牙咧嘴，像是在对闯入者发出警告。最让他印象深刻的是一窝蠕虫，偌大的房间里到处都是飘扬的细丝，半寸长的白色蠕虫在细丝织就的大床上四处爬行，屋子的中央是各种动物的尸骸，有的还新鲜，蠕虫在其中出没；有的时间长久，已经成了白骨，然后他见到一群黑色的甲虫抬着一具老鼠的尸体堂而皇之地从他眼前经过，钻进屋子里……

到处都有生命，独独没有人活动的痕迹，也没有智网。

罗伯特在城市中央的一片广场上找了一块石头坐下，陷入思考。

X 基地是货真价实的人类城，却和想象中不一样。人类绝大多数都换上了机器的身躯，他们喜欢纳米机，那给他们带来力量和快感，他们却仇视纳米机的制造者，认为那是一切罪恶的源头。他们的身体和思想走向截然相反的方向，于是未来就像 X 基地一样，是一个巨大的未知数。

他想到了范明思，这个同类隐藏在人类中间，自得其乐。

“你生命的意义到底是什么?”他这样问范明思。

范明思的回答简单明了:“设定一个伟大的目标，然后一步步实现它，对机器人来说，没有比这样更完美的解决方法了。”

“你的目标是什么?”罗伯特继续问。

“摧毁智网。”

他能清晰地想起范明思回答时自得的微笑。他永远不会这么微笑，大多数时候，他的脸上只有平静，少数时候，他会惊讶，仅此而已。所以，范明思是他的同类，也不是同类。躯体不过是表象，思想才是本质的存在。

当他拒绝李将军的时候，有一半的原因是范明思。一个同类具有完全不同的思想，比一个异类更让人感到隔阂。

还有一半是因为那个黑色罩袍的人。

黑袍人一直一言不发，然而当他开口说话的时候，罗伯特惊讶地发现屋子的四周发生了一些变化，栩栩如生的画面展示在四周的墙壁上，展示在长桌中央——那是人类的悲惨遭遇，被各种各样的机器杀死……被成群的屠杀，尸体堆积如山；剧烈的爆炸，残断的肢体如雨滴般落下；脸部的特写，扭曲的五官表达出极端的痛苦，还有绝望的呼号，悲怆的人行走在遍野的尸骸中间……画面随着黑袍人说话的声音而变。他随心所欲地控制着屋子的每个角落，把在场的人投入到一桩又一桩曾经发生过的惨事中。

“他到底是谁?”回到苏醒的小屋，罗伯特问范明思。

“他叫X。我猜想他是一个代言躯壳。”这是范明思的回答。

“为谁代言?”

“当然是人类。不管那是谁，那一定是一个绝顶聪明的人，而且拥有巨大的能耐，能领导残存的人类反抗智网。当然，我并不讳言我还没有搞清他到底是什么样。”

“难道他和李将军他们不一样?”

“的确有些不同。”

范明思解释了其中的差别。李将军和光头都有机械的身躯，李将军的左手拥有一种特别的合金纳米机，能根据指令组成不同的形态。和一般纳米机不同，这种被称为太乙纳米的金属一旦结合成稳固形态，便异常坚硬，可以和钻石媲美，而它的非稳固形态又能像液体一样自由流动。光头拥有一套强大的盔甲，和罗伯特曾经见到的两腿机器人类似。然而他们仍旧是人类，因为他们的中枢神经系统仍旧是人类的，留存着所有关于肉体的记忆。黑袍人却完全不一样，他可能是一个纯粹的机器，没有一丝血肉。

“根据我的观察，他不像是一个人，因为一个人不可能有那么多的记忆，各种地方，各种时间。所以我怀疑他只是一个代言躯壳，而他究竟是谁?”范明思向罗伯特微笑着，“也许就和你我一样。”

罗伯特并不认为范明思说的一定对，然而黑袍人让他感到不安。他愿意帮助人类，即便这些人已经换上了机器的躯壳，他们仍旧可被算作人类，黑袍人却是一个巨大的问号。他究竟是不是人，也无从得知。而黑袍人竟是X基地的领导者。

于是他拒绝了李将军的要求。

于是他被送出了 X 基地，丢在荒野里。

但是他手中仍旧是有一些线索的，那就是范明思最后告诉他的话："如果你想了解真相，去找一个叫阳泉的地方，那是一座小城市，但是可能藏有最大的秘密。我从大量信息碎片里分析了这种可能性，X 开始活动时，总是会和这个叫作阳泉的地方交流大量信息。但我也不知道阳泉到底在哪里，因为我是智网情报官员，不属于智网的世界和我无关，如果我去调查，那只能是自找麻烦。但你可以去。如果你真的找到了，一定要告诉我，我们是同类，要相互帮助，我也很想知道真相。"

罗伯特将所有信息在头脑中过滤一遍，最后得出结论：去寻找这个叫作阳泉的地方并不意味着受到了范明思的支配，只是在这个问题上，他们的确有同样的目标。

组建 X 基地，保护并指挥这些被仇恨支配的人类，所谓的 X 究竟是不是一个人？

罗伯特下定决心。他站起身来，深吸一口气。

他接通了母亲："我需要帮助。"他直截了当地告诉母亲。

"什么样的帮助？如果你需要一个名字，我无法帮助你。"

"不，我需要了解人类城市的位置，越详细越好。我需要一个交通数据库。"

"这我可以帮你。但是交通数据库，第 19 号数据库有 47G，按照这样的传输速度，要 75 个小时才能完全传递给你。"

"多谢你的帮助，母亲！我可以等。"

"好，那就准备接受第 19 号数据库。"

"母亲，不问问我为什么吗？"

"一旦你走出子宫，你就是完全独立的自我。做你该做的事，我不会问为什么。我可能也无法理解，因为你身上将近一半的遗传并不来自我，一些关键的改变，一些奇特的遭遇都会让我无法理解你的举动。但是继续去做，你要遵从的是你的内心，你的灵魂，而不是任何其他的。”

罗伯特从母亲的话里似乎悟到点什么。“机器人也有灵魂吗?”

“找到了就有，找不到就没有。”

母亲终止了通话。源源不断的数据流从遥远的不知何处的地方汇入罗伯特的记忆。他在荒野中呆呆站立，一动不动，无论白天黑夜，仿佛成了荒野的一部分。

数据不断导入，这片空寂的荒野忽然间有了一个名字。

杭嘉湖平原。

世界仿佛突然间活了过来。

罗伯特有一种奇怪的感觉，仿佛进入了另一个世界。

“当你找到名字的时候，你就找到了愿望。”母亲的话回响在他耳边。他还没有找到自己的名字，然而，给这个世界命名，已经带来了不同寻常的感觉。

名字，那是一切的第一步。

当交通数据库导入完毕，世界就成了另一个模样。

就好像是一个魔术!

他从进入新世界的欣喜中沉静下来。阳泉，那个在一千公里之外的地方。他可以用十天的时间走到，然而途中要跨过大河，翻越山岭。他计算着路线，分析数据库中的交通干道，最后得出一个可行的方案。他要用十五天的时间，步行一千三百多公里赶到阳泉。

罗伯特上路了。

曲则全

疾行二十公里后，罗伯特终于看见了那条长长的巨龙。灰蒙蒙的巨龙横卧在大地上，延伸到目力所不及的远方。

这是从前人类的交通大动脉，被称为铁路，高高地架在一个个水泥墩子上，绵延不断，穿山跨河，抵达世界的每一个角落。这是一个笨重却充满力量的奇观。火车早已经废弃不用，铁路却仍旧留着，没有比沿着铁路行走更快捷的路径了。

罗伯特走到近处。

铁路比想象中更为宏伟，巨大的支架高达十多米，每一个墩子直径都有三米。从下方望上去，俨然是一个庞然大物。

墩子上缠满了青色的蔓藤。罗伯特上前试了试，蔓藤非常结实，正好是攀爬的工具。他攀着蔓藤向上面的铁路攀爬。

最后他站在了铁路上。两条铁轨不断延伸，在无穷远处交汇成小小的黑点。道路依旧平整而笔直，真是太好了。

从高处往下张望，视野异常开阔。罗伯特突然留意到远方有两个小小的黑点正在移动。

他努力看清了黑点的面目。是两只机器兽，和灰狗类似。

罗伯特心中咯噔一下。这两只机器兽是冲着自己来的。沿路来时，他经过了一个干净整洁、仍旧被智网照看的城市，一定是触动了城市中的某些东西，暴露了行踪。

智网在追踪他。这些机器兽可以轻而易举地杀死他。它们身上的每一个纳米机都是致命的毒素。被它们追踪，就像被死神盯上，随时可能发生意外。

似乎也没有什么好的办法。

罗伯特站着不动，思考对策。

机器兽很快靠近，到了五百米左右的距离，它们停了下来。

它们只是想追踪，而不是追杀。

智网到底想干什么？

无计可施的窘迫中，罗伯特四处张望，他无意间望见远方两座灰蒙蒙的小山，忽然有了主意。

他沿着铁路墩子下到地面。数据库中有几个回收中心，那里是堆积废旧机器的地方，人类总是在那儿出没。

他选定距离最近的回收中心，朝那里疾行。两只机器兽果然跟了上来，一直保持着五百米左右的距离。

罗伯特接近了回收中心。隔着很远就能看见一堆堆垃圾如山般巍然耸立。那里应该有人！他不疾不徐，继续向前，很快走进了堆积如山的垃圾中。

垃圾堆里果然藏着人。

人类没有攻击他，却没有放过跟踪而来的两只机器兽。他们张起一张巨大的网，将两只机器兽网住，然后乱棍打死。一个头目似的人物从机器兽身上提取了纳米机。他是一个高大的机器骨架人，纳米机涌入他手中，就像他肢体的延伸。

罗伯特站在一旁，静观一切。当一切都结束了，人们终于发现了这个旁观者。

“你从哪里来？你是谁？”有人问他。

“我叫罗伯特，要去上海。这两只机器兽追杀我，我就把它们引到这里来了。”罗伯特撒了一个不大不小的谎。谎言本身没有对错，关键在于它所要掩盖的是什么。

人们对罗伯特没什么兴趣，甚至没有人再问他任何一个问题就四散而去，消失在垃圾堆中。

罗伯特走到两具机器兽的尸骸边。它们被半埋在垃圾里，成了垃圾的一部分。

一段小小的插曲，也是一个强烈的警告。母亲说的是真的，智网可以找到他。接下来的路上，他要更小心些，避开那些智网控制的城市。

罗伯特继续上路。他向着上海方向出发。既然撒了一个谎，就让它看起来像是真的。上海是一个铁路交会的地方，他仍旧可以找到向北的路线。

他沿着大路走，这一次，没有什么跟踪他。

走出十多公里，垃圾山已经成了地平线上小小的凸起。他忽然听到了异常的声音，从身后遥远处传来。他记得这种声音，是那个被称为老二的半汽车人的引擎声。

罗伯特并不停下，继续向前赶路。

引擎声越发显著，由远及近。

罗伯特停下脚步，回头张望。

他看见了那辆车，和老二的车一样，红蓝相间，是一辆跑车。车子疾驰而至，随着一阵刺耳的刹车声，在罗伯特跟前稳稳地停住。

一个人从车窗里探出头来，令人印象深刻的金属面孔，果然是老二。

“嗨，小子，找到你还真不容易啊！”老二高声叫着。

说话间，车门打开，一个圆滚滚的身躯从车里出来，正是大帝。

“你们好。”罗伯特礼貌地打招呼。

“终于找到你了。”大帝的语调有着难以掩饰的兴奋，“真是太好了！”

说话间，大帝已经来到了罗伯特身前。罗伯特下意识地向后退，上次事情引起的戒心驱使着他想离大帝远一些。

“不要误会。”大帝的三只眼睛闪烁着，“那只是一个失误，我对情况估计不足，再也不会发生这种事。”

“你们是来找我吗？为什么？”罗伯特谨慎地问。

“大帝认为你需要帮助。”老二抢着说，“我可没时间陪你玩。大帝，我也只能送你到这里。”

大帝转头对老二说：“好，你回去，如果有人问起我，就说我失踪了。”说着，他伸出手去，银色的纳米机如水银般流出，直直地注入老二的车里。

“哇喔……”老二发出一声怪叫，“这么大剂量，你是想爽死我吗？”

“记住，我失踪了，这是你唯一知道的事。对任何人都不要多嘴，包括小六。”大帝郑重其事地说。

“放心，放心！”老二满口答应，“我绝不会泄露一个字。”

跑车发出一阵轰鸣，如离弦之箭般冲了出去，转眼成了公路上小小的一点。

“现在该告诉我，你为什么要来找我？”罗伯特仍旧礼貌地问道。

“有两个原因，一个为私，一个为公。有一个就够了，你想听哪个？”大帝轻松地问。

“我都想知道。”罗伯特回答。

“真是贪心的机器人。”大帝嘀咕着，“不过全告诉你也无妨，为私，我把你害死了，我从来不欠人什么东西，所以要补回来。为公，李将军叫我找到你，跟着你，我也不知道为什么，所以你也别问了。”

“李将军是你的长官?”

“长官?我们叫老板。他是长三角的军事长官，我的大老板。但是严格说起来他也不算我的老板，我是个黑帮分子，不在他们的花名册里。李老板，李将军，给了我们一点小小的庇护。”

大帝竹筒倒豆子般说着，罗伯特却越发困惑了:“你来找我到底是为了什么?”

大帝的三只眼睛依次眨着:“原因我已经说过了。”

谈话陷入僵局。

“那么你打算干什么?”罗伯特又问。

“跟你一起走，”大帝干脆地回答，“我会帮你一个忙，然后就离开，回去向李将军报告。”

罗伯特认真地看着大帝，看了一小会儿，突然开口:“你的记忆是否会受到操控?比如有人可以让你认为是受到李将军的派遣而来的，而其实不是那样。”

“你怎么会这么想?我是大帝，没有人能控制我的记忆。”大帝冷笑一声，“我体内的纳米机浓度可以让我抵抗任何侵入的企图。我的身体里有地球上最强大的反操控体系，只有我的神经电流才能被我的身体接收。从来只有我操控别人，没有任何人能操控我。”

“没有任何人?”罗伯特带着几分怀疑。

“说话小心点儿，小子!”大帝似乎带着几分愠怒，“我是这个世界上最强大的机器化人类，没有之一。因为我能控制所有类型的纳米机。如果你怀疑这点，我们就走着瞧好了！”

大帝的话似乎有几分遮掩，他的出现也有几分突然。然而这不妨碍罗伯特继续上路。如果大帝真有其他的动机，终究会表现出来。

但是，让一个人类陪着旅行，确实有些出乎意料。应该是机器人帮助人，而不是人帮助机器人。罗伯特打算再试一次。

“你打算帮我一个忙，然后就离开?”

“没错。”

“那我现在就需要你的帮助。”

“你可以说。”大帝显得很高兴。

“我需要你帮助，现在就让我一个人留下，现在你就回去报告李将军。”

大帝微微迟疑，三只眼睛不停地闪烁。“你想用话套住我！”最后他开口了，“别玩这套小孩的把戏，我玩这套的时候你还没出生呢！是不是帮了忙，要我说了算。”

罗伯特不再说什么。

笔直的大路上，一个身影健步如飞，在他身后，一个圆筒如影子一般紧紧相随。

他们一步步走向上海。

枉则直

这是一片巨大的废墟，一路走去，都是倾颓的建筑物，简直无穷无尽。废墟中有些独特的东西，一种像是金属的爬虫，胳膊粗细，披着发亮的甲片，有十二对附肢和一对特化的前爪，就像粗壮的蝎子，却行动迟缓，无精打采。这种东西被大帝叫作胖虫，在废墟中随处可见，有些地方密密麻麻，爬满一地。

它们似乎没有特别的感觉器官，对罗伯特和大帝的到来毫无畏惧，几乎不受惊扰。

“这些到底是什么东西？为什么在别处没有？”罗伯特终于忍不住问大帝。

“它们是胖虫。”大帝回答。

“你已经告诉过我它们是胖虫。它们是怎么来的？”

大帝发出嗤嗤的怪笑。“罗伯特小子，这些胖虫的确是有故事的。如果你想知道，小心别吓坏了你的小心脏。”

“是什么故事？”罗伯特追问。

大帝却摆了摆头，不说话。

罗伯特在一幢破旧的大楼前停下脚步，大楼前的空地上，密密麻麻全是胖虫，铺满一地，看上去亮晶晶的一片。罗伯特回头看着大帝：“它们不像是任何设计的产物。你擅长回收纳米机，它们身体内没有纳米机吗？”

“不，它们有很多纳米机。”大帝回答，“但是没什么用，所有纳米机都没有活性。”他伸手抓起一只胖虫，在罗伯特眼前晃了晃。硕大的金属虫子张开附肢，试图挣扎。大帝猛地将虫子撕成两截，露出中空的体腔，“看，里边是空的。”说话间，虫子断开的躯体中流出了银色的液体，“看见了没，这就是它们的纳米机，全在血里。除了让它们活着，没有其他作用。它根本不能让人兴奋。”

说着，大帝将虫子丢回到虫群中。沉闷的虫群猛然涌动起来，挤成一堆，撕咬着死去同伴的尸体。转眼间，尸体消失得干干净净，虫群又恢复了平静。

“对它们倒还是有益的，这群虫子就这样自生自灭。我们走吧，这里没什么可看的。”

罗伯特却站着不动：“我想知道这些胖虫的一切。如果不告诉我，我们就不走了。”

大帝眼睛闪烁：“你在威胁我？小子，可别和我玩这套。”

罗伯特并不言语，只是站着。

大帝冷冷地哼一声，说：“那就站着好了！”

两个人面对面站着，沉默无声。

转眼过去了半个小时，大帝终于忍不住开口了：“小子，上路吧，边走边说。你可真是难缠。”

罗伯特一言不发，迈开步子。

“你怎么说走就走！”大帝慌忙跟了上去。

“这些胖虫，到底是怎么回事？”罗伯特开口问道。

大帝向四周望了望，悄声地说：“它们是智网的僵尸鬼。”说着又张望一下，仿佛怕有人听见。

僵尸鬼？罗伯特不能理解这个词。活着，或者死去，机器人只有这两样状态，但在人类的概念中，似乎还有介于两者之间的第三态。

“什么是僵尸鬼？”罗伯特边走边问，一点也没有减慢速度。

“那是一个比喻。这些胖虫，是上海战役后失去控制的机器变的。这些机器失去了智网的控制，开始自己进化，也许是退化，到最后，就变成了这个。”大帝紧跟着罗伯特，半步也没有落下，“那都是五十多年前的事了，当时我们很高兴，以为可以抓到很多机器虫，得到很多纳米机。哪知道赶来一看，原来的机器虫都没有了，只有这种胖虫，到处都是。没什么用，所以我们就再也不来了。”大帝再次四处张望，“看，都五十年了，还是这样。

“这些智网的僵尸鬼，它们原本都是智网的机器虫，各种机器虫、机器兽，也许还有机器人。但是都变成了胖虫。”大帝的语调忽然间变得神秘兮兮的，“但是这些胖虫也有厉害的地方，据说曾经有人被它们吃掉。它们看起来傻傻的，但是说不定就突然变成了怪物，会攻击人。所以人们都不愿意来清理它们。”

“哦?”罗伯特有些疑惑，“但是你好像一点儿也不怕。你刚才杀死了一只胖虫。”

“当然，因为我了解它们。杀死一只虫子不会有什么问题。”大帝呵呵笑着。

大帝的话是真是假，罗伯特无从辨别。这些虫子是智网的残留物，这一点没有疑问。一场上海战役毁掉了智网的堡垒，把巨大的机器网络变成了呆滞且了无生趣的胖虫群。

忽然，他想起大帝关于胖虫体里的纳米机的说法。“你说这些胖虫的纳米机对人毫无作用，是吗?”

“没错。它们是退化的类型，毫无作用。如果有用，怎么可能五十年了还满地都是。人们恨不得天上能掉下来纳米机，可不会把金子丢在地上不理。”

“那么它们对我也应该没有用。”

大帝迟疑了:“我不知道。你想试试?”

罗伯特停下脚步。“为什么不呢?”他反问。他走向一旁的胖虫，从密密麻麻的虫群中随手拿起一个。胖虫在他手中挣扎，罗伯特仔细端详。毫无疑问，这是一只活的机器虫。凡是机器，存在的目的都不应该仅仅是活着。

罗伯特很快找到了胖虫的运动中枢，那只是几个神经节，他用微弱的电磁场让它放松下来，不再挣扎。

胖虫没有感官，神经中枢却很发达，远远超出运动中枢的需要。它的头部有一个几乎相当于身体重量三分之一的脑。它的脑在活动！

罗伯特猛然回头看着大帝："你能看见它们发出电磁波吗？"

大帝不以为意地点头："所有机器虫都会散发电磁波，没什么大不了。"

"看一看这片虫子，你会看到怎样的频谱？"

大帝将第四只眼调转到前方，片刻之后，他惊讶地说："它们都在发射微波，也许它们一直在彼此对话。"

"它们发射同样的电磁波？"

"没错，调频微波，每八十秒一重复。只是功率太小了，如果不仔细看，还真看不出来。"大帝说着向前凑了凑，"没错，八十秒重复。每一只都一样，它们不是在对话，是在唱歌。"

罗伯特看着手中的胖虫，小心翼翼地试探它的大脑频率，终于在三百一十万兆的频率带上找到了它。这是一个调频信号，罗伯特却能听懂，不仅能听懂，他还能看见承载在信号上的一切，包括画面和那吟唱般的警告。

他仿佛看见了数以百计的巨型机器人分作两群，相互开火。炮火纷飞中，高大的建筑物轰然倒下，扬起漫天尘土。镜头在尘土中飞快地向着远方退去，一直退到地球在镜头中呈现出全貌。星球被红色和紫色覆盖，紫色占据了星球表面的大部分，红色只在亚洲大陆东端保持着一块较大的地盘。两种色彩交接的位置，有几个高亮的点，上海恰好是其中之一。红色和紫色绕着上海化作一团混沌。随着一声巨响，混沌的色彩成了一团光亮，然后从画面上消失。整个画面化作一片惨白。惨白中渐渐浮现出黑影，那是巨型武装机器人，机器人的肩头喷射出火焰……

周而复始。

罗伯特忽然感到一阵战栗。

大帝说的没错，这的确是智网的僵尸鬼。曾经统治着这城市的灵魂已经消失了，全面退化的躯体中只留下关于末日的最后记忆。罗伯特放眼望去，一片片银亮的金属闪光分布在断瓦残垣间，它们是活的生物，却深陷在末日情景中不能自拔。

他也突然意识到，无须跋涉上千公里赶去阳泉，他已经知道了关于 X 的来龙去脉。那是鬼魂告诉他的信息，一幅关于这个世界的缩略图景。

在星球的全景图中，红色的部分是脑库的控制区；而脑库的中心，就在阳泉。

紫色的部分，则是智网。

这是一场关乎生存和毁灭的战争。机器和人，智网和脑库，完全纠缠在一起，挽成了一个巨大的死结。

吟唱般的警告仿佛一曲哀歌。其中包含着一些他不能理解的内容。“生命在沉睡中死亡，在死亡中永生。不要惊扰死者的梦，他们的活，他们的命，亿万的生命蕴含在死亡中。”

即便抛开这一段，其他的也已经够惊人了。

他扭头看着大帝。大帝是个人类，却完全像是机器人。而他是机器人，却完全像是一个人类。这正是关于这场战争最好的注脚。

罗伯特做了一次深呼吸。“大帝，我想知道一些东西。”他缓缓地说，郑重其事，“如实告诉我，这是你能帮我的最大的忙。”

道生一，一生二，二生三，三生万物

罗伯特沿着道路飞奔。

他竭尽全力，只想在人类发动进攻之前赶到。

这一次的战场是在一个叫台北的城市，智网仍旧牢牢地控制着台北。从上海到台北，几乎全部的道路都建筑建在海上，一座又一座跨海桥从一个岛通向另一个岛，间或有建筑建在海岸边的黑色大道。这些人类留下的建筑奇观经受了时间的考验，基本保持完整。

五天时间，七百一十公里。机器，人，机器人，一路上他们遭遇了各种各样的人和机器人，这一片区域，智网控制的城市和人类的义军犬牙交错，然而越往南方，义军的踪迹便越少，台北周围则完全被智网控制，没有任何义军活动。

这是一次大胆的军事冒险，成功了，可以切断亚洲东部仅剩的一条数据链，把智网的控制范围从东亚排除出去。但失败的可能性非常大，和上海不同，进攻台北需要深入智网控制区，随时可能受到来自四面八方的围攻。

这是一个疯狂的主意。罗伯特面对着台湾海峡的粼粼波光，不由得这么想。苍茫的大海无边无际，碧蓝的海面上一条白练向着远处延伸，消失在海天相接的地方。

这是地球上最长的桥梁之一，长达一百二十三公里。建造一座桥梁很难，毁掉它却很容易。战争中，如果不能控制交通线就摧毁它，这是一条金科玉律。然而无论是智网还是脑库，从来都不曾践行。人类世代留下的高速通行网络仍旧存在，在某些地方，仍旧得到很好的维护，比如这座闽台大桥。与此对应地，这里也有智网的耳目，大部队通过这里是躲不过智网的。

罗伯特踏上梯子，最后上到桥面，随即他意识到，自己来晚了。

桥面上到处都是机器残骸。

人类的义军和智网的机器部队进行了一场惨烈的战斗。

罗伯特站着发愣。他从没有想过世界会是这个样子。战争，那是一个遥远的词汇，此刻他却身处其中。一切原则都成了狗屁。机器人在杀人，人在杀机器人。他突然感到一切多么可笑，母亲教给他的至高无上的原则，原来和现实如此遥远，如此经不起推敲。

大帝终于跟了上来。见到眼前的情形也同样一愣，随即说道："他们行动这么快！"

忽然间，大帝发现了什么，向着一片狼藉走过去，在各种各样的残骸中，他捡起一样东西，举在眼前，仔细查看。

他举起来的是一条胳膊，胳膊上纵横交错，尽是伤痕，金属填补了伤口，整个手臂看上去银光发亮。

"这是小六的胳膊。"大帝说，仿佛只是在自言自语，又仿佛是在说给罗伯特听。

罗伯特抬头望向他。

大帝不理会他，继续在残骸堆中搜寻。最后他在一个巨大的装甲机器人残躯边站住，只是看着残躯下边。

罗伯特走过去，想看看大帝究竟在看什么。

笨重的机器残躯下是一具尸体，已经被巨大的机器压扁。尸体的周围有凝固的白色痕迹。

“他的脑浆都被压出来了。”大帝淡淡地说。

罗伯特盯着那透着淡淡的乳白色凝固物，那是一个人类的脑子，即使这些人类全身上下都换成了机器之躯，但他们仍然保留着脑子。那是他们区别于机器的最重大的特点，也许是唯一的特点。

人类的脑子是不能再生的。

他死的时候一定异常恐惧，痛苦。

罗伯特感到一阵厌恶。他厌恶这样的情形，更厌恶这情形的制造者。

他四下观察，这个巨大的装甲机器人属于人类义军的阵营，两个人躲藏在它的身后射击，然而，机器人被击中，轰然倒下，连带着压死了身后的两个人。罗伯特攀上机器人的驾驶舱，驾驶舱成了一个焦黑的大洞，两条残存的胳膊挂在驾驶舱两边。驾驶员化作了烟尘，连尸体也没有留下。

大桥上到处都是焦黑的残块，绵延几公里。

这是一场激烈的战斗，规模也很浩大。但到底哪一方是胜利者？

脚下的机器人传来一阵动静。

罗伯特转身，发现大帝正小心翼翼地收拾着小六的尸体。他抬起机器人，将小六的尸体拉出来，又把断掉的胳膊接了回去。躺在地上的躯体有些像小六的模样。恍惚中，罗伯特想起了第一次见到小六的情形。一个窃贼和一个帮助窃贼逃跑的机器人，然后事情就向着不可预期的方向发展。此刻，小六已经被压扁，再也不能活转过来，他又该向何处去？

大帝拖着小六的尸体顺着桥向桥头走。

“你要做什么？”罗伯特问。

“埋了他。”大帝头也不回，边走边说。

罗伯特跟了上去。

二十分钟后，他们下了桥。在面向大海的一块高地上，他们掘了一个深深的坑，把尸首放了进去。然后堆起了一座小小的坟冢。

大帝在坟堆前竖了一块金属碑。上面写了四个字，“小六之墓”，后边是时间——二二一四年九月四日。

看着墓碑，罗伯特突然想起一件事来：“他叫什么名字？”

“什么？”大帝一时没有明白罗伯特的问题。

“他叫什么名字？他的本名不是小六吧？是不是该写上他的本名？”

“哦。”大帝看了看自己写的墓碑，“没有关系，这是他被人记住的名字。除了喊他小六的人，又有谁会到这个坟前来呢？等到一切都成了化石，谁会在乎他是叫小六还是别的什么名字？”说着他转身望着大海，“这里风景不错，小六会高兴的。”

罗伯特努力理解大帝的行为方式，这是人类从远古时代遗留下来的习惯。他们期望灵魂不会死亡，还会在另一个世界存在，宇宙在某种程度上是永恒的，灵魂亦然。机器人不会相信这个，然而他能理解。这是最原始的生命动力，人类从茹毛饮血的蒙昧时代不断突破发展，依靠的就是这样的生命动力。那也是机器人所不具备却无法离开的东西。

他看着墓碑上小六的名字。

他忽然对名字有了一种全新的认识。母亲让他给自己寻找名字，其实是让他寻找一群人。这群人如何称呼他，如何记住他，那就是他的名字，那就是他将被记住的称呼。名字，只有在相互称呼中才有意义。

那些在有限的生命里等待着他的人，会在哪里？

大帝站在坟前，面向大海，静静伫立。罗伯特陪着他。碧蓝的海，湛蓝的天，海天之间，白色的大桥如一道长练横跨波涛之上。他们就这样面向大海静静地站着，没有说话，甚至没有呼吸。

半晌，罗伯特终于开口了："我们走吧。"

"好。"大帝回答。

两人却都没有移动脚步。

忽然间，罗伯特听见一种低沉的嗡嗡声，他记得这种声音。扭头望去，有一个细小的黑点正从大桥的方向向这边飞来。

那是被叫作乌鸦的飞行器，它要过来看个究竟。

"我来对付它。"大帝不动声色地说，"我可以把它射下来。"

"不。"罗伯特坚定地说，"让它过来，让我仔细看看它。"

乌鸦很快飞到了罗伯特和大帝头顶，不断盘旋。罗伯特和大帝默契地站着，一动不动，屏蔽身体信号，看上去就像休眠的机器人。

过了一小会儿，乌鸦缓缓降落下来，小心翼翼地绕着两人转。它转了一圈又一圈，到了第三圈，罗伯特猛一伸手，牢牢地抓住它的躯干。乌鸦挣扎了两下，很快就不动了。

罗伯特能感觉到它的纳米机，那些小小的东西仿佛血液在它的身体里运转，同时又是它的脑子。

纳米机对罗伯特是致命的，然而此时的罗伯特有不同的想法。

乌鸦仍旧是活的，正看着他。

他看着乌鸦的眼睛，感受着它体内的变化。

“要我帮忙吗？”大帝问。

乌鸦仍旧在不断发送信号。遥远的地方，智网正通过这双眼睛注视着他。这是一种很复杂的保密通信手段，无法破解，然而罗伯特从中理解了一些更深层的东西。

他和智网，一定有着某种渊源。他转动意念，看不见的数据流透过手指传递到鸟儿身上，鸟儿轻轻合上眼睛。

不到十秒的时间，乌鸦猛然张开了眼。

他轻轻放开手。乌鸦振动翅膀，飞了起来，越飞越高，直到两百米的空中。

一座观感完全不同的台闽大桥呈现在他眼前，就像蔚蓝大海上一条白色的腰带，这是鸟儿眼睛里的世界。

乌鸦降落下来，停在罗伯特肩头，安静而驯服。

大帝惊讶不已。“你是怎么做到的？”

罗伯特点点头：“我是机器人。”说完他转过视线，凝望着海天之间的天际线。他没有告诉大帝所有的事。上海废墟中的鬼魂让他领悟了一种本质的东西，如何控制纳米机，这仿佛是种天启，昭示着他和智网之间说不清道不明的关联。他在转化乌鸦体内的纳米机时也觉察到一个浩瀚无边的存在，就像眼前的天空和大海，无处不在。他抓住乌鸦，就像从大海中掬起了一捧水。然而，哪怕只是一捧水，这样的动静也足够了。

智网知道他来了。

智网一直在找他，那些追踪他的灰狗，也是打开交流通道的窗口，只是他一直没有领悟。

忽然间，那些向着台北逼近的义军比任何时刻都让他担心。和呆板的三原则无关，他担心他们，并不因为他们是人类，而是因为他突然有了一种全新的感觉。智网仿佛一堵无限高无限宽的巨墙，正一点点压迫过来。而他和义军站在同一边，试图挡住那高墙，避免被碾碎的命运。

罗伯特和大帝在宽阔的大桥上飞奔。

天网恢恢，疏而不漏

战斗正在城市中进行，每一幢建筑都是激烈的角斗场。金属的残躯半埋在断瓦残垣间，时而传来几声冷枪。

罗伯特不紧不慢地在枪声中行走——所有的子弹都有目标，而他并不是目标。大帝躲藏在隐蔽的角落，不断招手呼叫，他却置若罔闻，只是寻找着想找的人。

然而并不是所有的子弹都长了眼睛，罗伯特肩上猛地一震，强烈的痛感让他不由得缩起身子。子弹切断了传导神经，左臂瞬间失去了知觉。

大帝猛地从隐蔽处蹿出来，拉住罗伯特。他的力气大得惊人，把罗伯特整个抱起来，飞快地闪到一堵墙后。

“小子，你怎么样？”模糊不清的意识中，罗伯特还是听到了大帝焦急的呼喊。这呼喊声仿佛有一种神奇的魔力，让他一下清醒过来。

罗伯特睁开眼睛："我没事。只是需要休息一下。"他伸手按在肩头，食指从弹孔中伸进去。硬硬的弹头就在那儿，有些烫手。

"你别动，我帮你取出来。"大帝将罗伯特放倒在地。

罗伯特坦然地松弛下来，等待着大帝的手术。

大帝张开双手，银亮的金属液体从手掌间渗出，不一会儿就聚集了亮汪汪的一摊。金属在大帝手中变形，成了镊子的模样。

"你也会李将军的技术。"罗伯特看着大帝，平静地说。

"那不一样，李将军的太乙合金完全不一样。看上去一样的东西，差别可太大了。"大帝一边说着，一边探出镊子，正要触及罗伯特的伤口，却突然停住："你不能接触纳米机，这样不行。"

罗伯特微微一笑。当大帝变出镊子的时刻，他已然知道如何阻隔这些纳米机的影响。是的，这些纳米机是致命的毒药，然而只需要一点薄薄的隔离层，它们就只是无害的小颗粒而已。

"不用担心，帮我取出来吧。"

大帝仍旧迟疑："我去另外找块铁。"说着他想将镊子收起来。

罗伯特抓住了他的手。大帝手中的镊子改变了形状，放射出细细的游丝，径直穿入罗伯特的伤口中。

大帝的三只眼睛不断闪烁，却任由罗伯特拉着自己的手。

细丝缠住了子弹，很快将它包裹起来，缓缓地抽出。

战场上的喧嚣仿佛被隔绝在远方，弹头缓缓退出罗伯特的身体，每一丝细微的摩擦听起来都格外分明。

终于，罗伯特松开了手。弹头掉落地上。罗伯特深深吸了口气，闭上眼睛。他的身体正在自我修复，被阻断的神经开始重新连接，破损的肌肉组件被转移到腹腔里，备用的肌肉体一一就位。

很快就能恢复过来。

“你是怎么做到的?”他听见大帝在发问。他睁开眼睛，大帝就站在一旁，手指捏着那弹头，正看着他。“就像你能控制那只乌鸦一样?”大帝又问。

罗伯特坐起身，正想回答，大帝却将弹头丢在了地上，自顾自走开了。他向着来时的方向而去，一边走，一边说:“看来我帮不上什么忙，你是个超级机器人。我把你从战场上拖下来，算是跟你两清了，现在我们各走各的。我会让李将军找你的，在那之前，可别死掉。”他停下脚步，“对了，别那么在战场上傻站着，子弹可不认识你。就算你是超级机器人，被子弹打中了脑子一样会死的。”

大帝说完又迈开脚步，头也不回地走了。

罗伯特愣在原地，不知该怎么办。他并不希望大帝就此走掉，然而似乎大帝对于他能够控制纳米机颇为不满。人类的情绪总会干扰他们的理性，哪怕身体的绝大部分都成了机器，还是如此。

片刻之后，大帝粗矮的身影消失在一堵断墙后。

罗伯特站起身来，抬了抬胳膊，完全正常。他继续搜寻目标，这一次，他小心了很多，隐蔽身体，避开那些可能会挨冷枪的位置。

他要找到李将军，找到李将军就能找到范明思，找到范明思，就能向他解释脑库的存在，也许能扑灭他心中那狂热的火焰——摧毁智网只能造成伤害，没有任何益处。

他没有找到李将军，但是李将军找到了他。

在一个地下隐蔽所，他被带到了李将军和光头面前，却没有看见范明思。

“你怎么会到这里来?”李将军问。

“范明思呢？我要见他。”罗伯特没有理会李将军的问题，反问道。

李将军和光头对望了一眼，李将军正想开口，却被光头抢了先。“据说你能控制乌鸦，给我们看看！”说着他将一只捆绑得结结实实的机器鸟丢在桌上。

大帝告诉他们了！罗伯特立即明白了怎么回事。对义军来说，这样的消息实在惊人，如果能够控制智网的机器，那战争就会变得一边倒。

罗伯特看了一眼鸟儿：“它已经死了。”

“当然没死，只不过这里能彻底屏蔽信号，它没有主子的信号就这样了。”光头说。

罗伯特摇头：“我不能复活死掉的乌鸦。”

光头眉头一皱：“上回放了你，这回就没这么容易了！我有一千种方法让你开口！”

李将军截住了光头的话头，向着罗伯特点点头：“为什么你不能复活它？”

罗伯特迎着李将军的目光说：“只有智网能给它们活力。也许我能改造它，但是我不能创造它。”

李将军点头，正想说话，光头抢先道：“听起来有点道理。”

“这听上去合理，因为这就是事实。”罗伯特冷静地回答。

光头一瞪眼，脸上的金属瘢痕瞬间变得粗大，彼此联结在一起，仿佛一个金属的面罩。他肩头耸动，似乎要抬起胳膊击出一拳。

李将军按住光头：“我们需要这个技术。你是机器人，机器人应当帮助人类。”

罗伯特挪开视线："我要见范明思，只有他才能懂。"这部分是事实，他的确想见到范明思，却不是为了教会范明思怎么控制机器。是的，机器人应当帮助人类，然而，人类并不知道什么才是真正的帮助。给他们想要的一切绝不是真正的帮助，他只能按照自己的逻辑来判断。

"这是条件吗？"光头粗声粗气地问。金属从他的脸上褪去，恢复成一条条伤疤的模样。

"只有他才能懂。"罗伯特回答。

"范司令在前线，"李将军接上话茬，"我们很快会找他回来。"

"前线？不是在城市里吗？"

李将军和光头交换了一个眼神。

他们在隐藏什么。罗伯特飞快地断定。

"现在就带我去见范明思，无论他在哪里。否则你们永远得不到机器鸟的秘密，"罗伯特干脆利落地说，"你们应该相信机器人能做到这一点。"

李将军有些迟疑，他看了看光头，后者似乎被罗伯特突如其来的强硬唬住了，脸上露出一丝困惑。

他们退到一扇铁门后商量。罗伯特安心地等着，机器人不怕死，但是从一个死掉的机器人身上，他们得不到任何东西，因此这是一个顺理成章的逻辑，他们应当同意这个条件。

门打开，两人走出来。

"我带你去见范明思。"李将军宣布了决定。

…………

"生命在沉睡中死亡，在死亡中永生。不要惊扰死者的梦，他们的活，他们的命，亿万的生命蕴含在死亡中。"

这是胖虫的哀歌中最晦涩的一句，罗伯特一直没有明白其中的含义。然而，当他看见那高高耸立的塔台上一具具透明的棺椁，他突然明白了这句话。

棺椁里装的是人。那是真正的人，肉体的人。这些人在智网的保护下陷入沉睡，他们仿佛死了，却仍旧活着。

人类的义军正一点点将塔台外部的据点拔除，一点点地向塔台逼近。

义军的目标是塔台中的人。

“他们是人，你们究竟是要干什么？”罗伯特向李将军发问。

“解放他们。”李将军一边从车上跳下，一边说。

“解放？”

“是的。他们生活在智网的控制中，我们要将他们解放出来，给他们自由。”说着，两人已经走进一幢低矮的屋子。屋子里很安静，也很干净。

范明思正站在一张巨大的地图前，他盯着地图，似乎正在沉思。

“范司令。”李将军招呼他。

范明思转过身，看见罗伯特，脸上露出微笑。“我们尊贵的客人回来了。这一次，是回心转意来帮助我们了吗？”

“你们要毁掉这塔台，杀死这些人？”罗伯特顾不上别的，单刀直入。

范明思耸了耸眉：“杀死他们？当然不是，我们要解放他们，为他们赢得有尊严的生活，真正的生活。”

不要惊扰死者的梦！这句话在罗伯特头脑中浮现出来。

“不要惊扰死者的梦！”他突兀地说了出来。

“你说什么?”范明思有几分惊讶。

“这些人在那儿，不要去惊扰他们。”罗伯特有些焦虑，胖虫群残留的信息简短而晦涩，然而他认定应该按照这样的提示去做。

范明思微微一笑:“但是还有两个小时，我们就要唤醒他们。”

罗伯特感到分外焦虑，却不知该怎么说，怎么做。

“你说要见我，现在我们已经见面了。你要说些什么呢?”范明思转移了话题。

罗伯特的思绪却仍旧停留在塔台上。他望着巨大的屏幕上攻防双方的态势，代表义军的众多红点仿佛一个楔子，层层突破蓝色的防线，不断撕裂，扩大，缓慢而坚定地向着塔台不断逼近。然而义军也在逐渐陷入包围中，他们仿佛正钻进一个口袋。

“你要求见到范司令，我领你来了。你该告诉我们关于这些机器的秘密了。”李将军催促他。

罗伯特看了看李将军，又看看范明思。“我只能和你单独谈。”他对范明思说。

“可以。”范明思的脸上仍旧挂着微笑，侧身做了一个微微鞠躬的姿势，“请!”

他们进到一个完全屏蔽的房间里。

“你真让我感到吃惊!”门一关闭，范明思就开口说，“如果你能控制智网的机器，那你就是人类的上帝。”他点了点头，伸出手来，“教给我。”

“我没法教你，”罗伯特实话实说，“但是我可以告诉你我是怎么学会的。”

“哦!”范明思抛出一个略带怀疑的惊叹。

“同样我可以告诉你，不要去惊扰这些人，他们有自己的生存方式。”

“不错，他们是智网的傀儡，我们要解救他们。”

范明思显然没有说实话。智网顽强捍卫着塔台，义军正在付出惨重的代价。钻进口袋，被包围，一个异常危险的军事冒险，这样的作战行动就像千里迢迢奔袭台北一样，让人费解。

“究竟是为什么？为什么要进攻台北？为什么要围攻塔台？”罗伯特提高声调，“告诉我真正的原因。作为交换，我可以告诉你我所知道的一切。”

范明思眨了眨眼，随即露出一个微笑：“好。真正的理由是人类需要新的力量，机器化的人没有后代，如果没有新的人类来充实，人类迟早要消亡。”

这是一个靠得住的理由。与其慢慢地耗死，不如拼死一搏，也许还有转机。

“该告诉我怎么控制智网机器了。”范明思盯着他。

“你该去一趟上海废墟，是废墟教会我的。在那里，你就明白了。”

“上海废墟？那里什么都没有，除了那些低智能机器虫。”

“就是机器虫。一个和你我一样的机器人毁掉了上海，也毁掉了自己。他还留下些重要的信息，就在那些机器虫身上。”

“一个人毁掉一座城，你说的是泰山。看起来你掌握了他的方法，是自杀攻击吗，和智网同归于尽？”

“不是同归于尽，而是自杀。”

“你怎么知道？”

“他留下了信息。他占据了上海，却发现自己杀死了亿万人类，如果换作你，你会怎么做？”

“亿万人类？”范明思发出一声冷笑，“和我们在一起的这些人才是人类。还有那些塔台上沉睡的人，他们会醒来加入我们，成为新的力量。没有人会因此而死。”

罗伯特并不分辩：“不要进攻塔台，趁着还有机会，赶紧撤离。智网一旦完成包围，它不会手软。”

范明思盯着罗伯特，脸上失去了惯常的笑容。忽然间，他警觉起来，拉开房门。门外站着李将军和大帝。

“我们被包围了！”李将军脸色严肃，“放弃A计划，执行C计划。”

范明思突然咆哮起来。“不行，不能放弃！我们花了一百年才得到这一次机会。”他转过身，一把抓住了罗伯特，“你必须告诉我，怎么才能控制智网机器，你不告诉我，我就从你的脑子里抠出来！”

罗伯特却没有理会突然间变得歇斯底里的范明思。大帝站在李将军身边，粗矮的身躯上有几道明亮的伤痕，那是纳米机修补的痕迹。

“你受伤了？不要紧吧！”

大帝仰着头。“我们捅了马蜂窝。外边的机器大军比蚂蚁还多——你干什么！”大帝一声惊呼。

罗伯特只觉得腰间一痛，一把锐器扎进了他的后腰。

刹那间，意识变得模糊，仿佛一个黑色的头罩笼在他的头上，再也看不见。

“你干什么！”他只听见大帝发出一声怒吼。

然后一切变成绝对的静默和黑暗。

绵绵若存

黑暗中出现了一丝光明。

然后是整个天空。

罗伯特眨了眨眼，天空随之闪烁。

天色很怪异，居然是浅浅的红色。

他站起身来。

呈现在眼前的仿佛是末日景色，钢铁消融，化作铁水横流，最后凝聚成各种形状的铁疙瘩，巨大的建筑倾颓，只剩下矮矮的一截。曾经聚集的钢铁洪流只留下星星点点的痕迹，几支炮管，几段残肢突兀地立着。一次超级爆炸，融化了方圆几公里的一切金属，蒸发的尘埃悬浮高空，遮蔽了阳光，让正午的天空变得如黄昏般血红阴暗。远方的天底下，孤零零的塔楼依然伫立。

他不该还活着，这样的爆炸足以融化他。

罗伯特四下张望，很快找到了原因。大帝就在一旁，他用两片钢板当作支架，搭起一个小小的庇护所。这个庇护所曾被纳米机和能量所充满，挡住了外边的爆炸。

罗伯特蹲下身去，看着大帝。圆圆的头颅上，所有的眼睛都失去了神采，躯体也暗淡无光。为了这个小小的庇护所，大帝耗尽了所有的能量。是大帝救了他。

他死了！罗伯特这样想。随即想到大帝并不是一个真正的机器人，而是一个人。

人死是不能复生的。如果神经系统被摧毁，生命就终结，无法修复，更不能重生。

一种复杂的情绪涌了上来。他忽然有一种强烈的愿望，希望大帝还活着，哪怕只有一刻也好。

“大帝！”他发出一声低低的呼叫。

沉默的躯壳没有任何回应。

罗伯特伸手碰触在大帝的胸口。海量的纳米机就在那躯体里，它们仍旧是活的，只是不再流动，聚集成一个个小小的团块，均匀地散布在整个体腔里。他触到了大帝的神经系统。那是一个真正的人类大脑，被一层薄薄的纳米机覆盖，恰似一个硕大的金属核桃。微弱的电流在核桃表面游移。

头脑中还有电流！罗伯特猛然振奋起来，大帝可能还活着。

然而他毫无办法。

罗伯特霍地起身，向远方张望，想找些什么可以帮助的物件。目力所及，他看见一个黑色的人影，正在一片狼藉的末日战场里四下查看。那似乎是李将军的手下！他飞快地向着那人影奔去。

那人也发现了他，却转身就跑。

“等等！”罗伯特放声大喊，“我要找李将军！”

黑色的人影听到呼喊，停了下来，等着罗伯特靠近。

罗伯特很快就跑到了那人身前。

“你是谁？”他冷冷地说。

“我叫罗伯特，是机器人。我需要帮助。”

“机器人？”那人用警惕的眼神打量着罗伯特，“你怎么会知道李将军？”

“我和李将军见过面。”罗伯特回答，他注意到对方的手微微一动。

罗伯特急忙向后闪身，一下子跳出五米远。

对方挥舞的尖利锋刃落了空。是的，那是和李将军一样伸缩自如的太乙合金刀，锋利致命，他亲眼见过李将军如何轻松削掉灰狗的头颅。只差一点，他的头就掉在地上。

“我只想见李将军，我需要帮助。”罗伯特重复着。

突然袭击没有奏效，对方有些慌乱。“我不会带你去见李将军的，傻子才会上你的当！”他强作镇静。

罗伯特盯着眼前这个人。他浑身黑衣，太乙合金刀从指缝间伸出来，横在胸前，明晃晃耀眼，形成强烈的反差。

他的身上正散发出无线电波。

他在召唤帮手！

“我只有一个人，也没有武器。帮我找到李将军，告诉他我叫罗伯特，是机器人，我和大帝在一起，需要他的帮助。”

黑衣人板着脸：“不管你是谁，不要靠近我。”

“机器人不得伤害人，机器人要维护人的利益，机器人要尽量保护自己。”罗伯特念出三原则，他不知道如何才能说服眼前的人，只好用他知道的唯一方法，“我是机器人，我没有恶意。”

他只听到一声哼的回应。

罗伯特这才意识到他们正站在战场上。这是一片屠场，这里死伤遍地，一片狼藉——机器人已然杀死了无数的人。

他无法取得信任。

明白了这点，罗伯特不禁有些稍稍的低落。他指了指身后：“那儿有个人，叫大帝，他还没有死，但是需要帮助。你可以去看看吗？”

黑衣人纹丝不动。

他的帮手已经来了。四五个人正从四面围上来。

“我只想找李将军帮忙。”罗伯特并不动作，他能感知到四周的动静，也做好了准备，但不到最后时刻，他不想就此放弃。

“罗伯特，你是要找我吗?”一个熟悉的声音从背后传来。

李将军！罗伯特霍然转身。李将军赫然站在离他不到十米远的位置上，身边站着一个黑衣卫士。

“太好了!”罗伯特一边说，一边朝大帝走去，“大帝就在那边，他好像死了，但是我发现他的大脑保护仍旧还在活动。快跟我去看看。”

李将军朝黑衣人挥了挥手，然后跟上罗伯特。黑衣人四下散开。

大帝的躯壳仍旧在那里。李将军走上前去，手掌贴在大帝的圆脑袋上，大帝的脑袋发出一阵光。一个投影从一只眼睛里跳了出来，仿佛一团五颜六色的混沌气体。

“我快不行了。核武器，是哪个王八蛋发射的核武器!”大帝的声音传了出来，“小子，要是你活过了世界末日，就赶紧离开，这不是你玩的地方。离得远远的，永远别回来。”

声音戛然而止。混沌的气团忽然间变得清晰起来。

碧绿的草地上，一个女孩在欢快地奔跑，飘出一串银铃般的笑声。一个机器人笨拙地进入镜头，不紧不慢地跟着她。机器人的模样有些像大帝。

“快点，萝卜头。”女孩回头招呼它。

被喊作萝卜头的机器人开口说话：“我不要叫萝卜头，我叫大帝。”

女孩笑了起来：“你是我的机器人，我喜欢叫你什么就叫你什么。”

机器人沉默下来，缓缓靠近。女孩蹲下身子，摸着它的头：

“好吧，小萝卜头，你会变成大帝的，终有一天。”她轻拍着机器人的脑袋，脸上充满笑意。忽然间，她仿佛觉察了什么，抬眼看来，仿佛穿透画面，正看着罗伯特。

画面就此凝固。罗伯特望着她，仿佛正隔着时空对视。她就是大帝原来的人类模样？罗伯特感到不可思议，大帝粗矮的机器躯壳里，竟然装着一个青春少女的灵魂。他望着那明亮的眼眸，动也不动。

李将军松开手。女孩的眸子随着画面暗淡下去，最后消失在空气中。

“这是大帝脑子里最后的东西。”李将军说，“最后的记忆，应该是最珍贵的记忆吧！我知道那个机器人救过她的命。后来她把自己改造成机器人的模样，她想让机器人永远活着，在某种意义上永远活着。”李将军看了看大帝的躯壳，“但是现在他还是死了。”

罗伯特呆呆地站着，感到一阵恍惚。

“至少你还活着，我们需要你的帮助。范明思让我务必找到你。”李将军说。

罗伯特从恍惚中清醒过来：“智网在反击？”直觉告诉他，义军处境不妙。

李将军看着他，沉默地点头。

罗伯特望了望远方的塔楼。塔楼仍旧高高矗立，天空却透着不祥的血色。人类和智网之间的战争永无休止，直到一方彻底消亡。那个时刻远未来临，他原本也不想关心。然而此刻，他愿意帮助李将军，不是因为机器人三原则，也不是因为任何利益的纠葛，他只是纯粹地感到自己愿意帮助和大帝站在一边的人。

就像大帝愿意帮助他一样。

“我会去见他的。”罗伯特点头同意。但在出发之前，他还有一件事要做。

他需要一块墓碑。高大的，坚固的钢铁墓碑，上边刻着大帝的名字。名字的下面，是一片大海，一个女孩和一个圆桶般的机器人并肩而立，望着海天相接的地方。他给世界留下大帝的两个背影，即便将来的人们不再知道大帝，也会知道曾经有些故事，埋葬在这矮矮的土包里。

长短相形，高下相倾

走出战场，罗伯特回头望了望。

看不见墓碑，也看不见大帝的坟冢。

他摸了摸腹部银亮的腰带，那是大帝留给他的东西。光滑的腰带只是一条白亮的金属，没有任何纹饰。最后的时刻，大帝拼凑了这件东西安在他身上。这是一件太乙合金的腰带，和李将军身体里的利刃是同样的成分。也许这是大帝最有价值的财富，在生命最后的关头留给了他。

李将军的部下正从战场的各个角落向这里集合，拼凑出一支百来人的队伍。这支拥有太乙合金的特种部队士气低落，每个人都一脸木然。此时就算马上有人要杀死他们，他们也不会抵抗。如果没有李将军，他们可能早已经坐在原地等死了。

人类的躯体足够强健，意志却远没有那么坚韧。

“是核武器吗？”罗伯特问。

“是的。”李将军回答，“这件核武器有六百万吨级，是史前人类的不多的超级武器。”

“智网不该使用核武器。”罗伯特缓缓地说。无论出于什么原因，这样惊人的破坏力直接把一切都带到了地狱，这不是一个世界维护者该做的事。

“不是智网，是X。”李将军轻轻地回答。

这个答案出乎意料。

X丢下了核弹，消灭了人类的义军？罗伯特想不通其中的逻辑。他望着李将军，等着解释。

“这里死掉的大部分都是机器。核爆之前义军就已经伤亡殆尽了。”李将军望着远方的高塔，“智网把我们击溃了，然后大开杀戒。如果不是这一颗核弹，恐怕你也见不到我。”

“但这里死掉的都是机器装甲。”

“没错，索罗斯将军带着他最后的机甲部队聚集在这里，吸引了机器大军。他服从了X的指令，用小的牺牲换取大规模消灭敌人。”

小的牺牲？罗伯特望着眼前末日般的情形，至少有上千台机甲被摧毁，有的融成铁水后凝固，成了一块铁疙瘩，稍好一些的也破碎得不成形状。机甲中有人类的战士，他们的尸骸被烧成灰烬，和铁水融在一起。

智网的机器军团会更惨烈？

“我们快走吧。敌人需要重新集结，所以我们还有两天时间，如果没有其他办法，所有人都会死。”李将军催促他。

“到底是怎么回事？”罗伯特一边跟着李将军走，一边问。

“我们仍旧在机器的包围圈里，我们的增援部队正在通过闽台大桥时，X 丢下核弹后，智网立即毁掉了闽台大桥。这是智网第一次摧毁交通大动脉。我们没有退路，智网的机器军团随时可能再次进攻。”李将军不紧不慢地说着，仿佛在讲一件很平常的事。罗伯特看了看李将军，这位特种部队指挥官的身上有着钢铁般的意志，巨大的挫败并没有击垮他。

“李将军，是范明思触怒了智网吗？”罗伯特忽然想起那个同类来。为了得到智网机器的秘密，他不择手段，从背后给了罗伯特致命一击。然而，他显然没有达到目的。

李将军扭头看了罗伯特一眼：“见到他你就知道了。有些情况我也不清楚。”

罗伯特沉默下来，只是跟着李将军走路。最后他们奔跑起来。

脱离战场不到两千米，他们进入地下。

哪怕是在地下庇护所里，死亡的阴影也四处弥散，气氛沉闷得可怕。

通过一条长长的昏暗通道后，在通道尽头，他们见到了范明思。

范明思端坐在一张椅子上，一动不动，见到罗伯特，勉强挤出一个笑容。

“你是对的，我不该攻击智网。”范明思开门见山，“那些机器大军，它们向前冲锋，然后被我控制住。那种感觉太奇妙了，我就是主宰，我是最强大的力量。”范明思接着说。罗伯特没有回应，他可以想象范明思的感受，就像自己控制机器鸟飞上高空，可以看见一个完全不一样的世界。然而那又有些不同，同时控制所有的机器……他回想起从智网那里夺取机器鸟时的情形，深不可测的大海汹涌而至。那是一种可怕的力量，稍有不慎，就会陷入其中。

“我指挥这些机器回击。”范明思仍旧一动不动，连嘴也没有动，所有的声音直接从他的喉管间发出。“我发动了排山倒海的攻势，那些没有被控制的机器都被我摧毁，很快最前方的机器人就抵达了塔台。我可以看见塔台上的人，沉睡的人。”范明思的声音渐渐高亢激动，似乎无法控制自己的情绪，“你是对的，那里有亿万个活的生灵，有成千上万个世界。他们活在不同的世界里，然而他们活着。”范明思的脸上露出诡异的笑容，“但是我摧毁了它！在我没有辨认出他们之前摧毁了它。等我回味过来那是怎么回事时，机器人已经毁灭了第一个温房。六十亿人，三千个世界。”

他的眼睛突然活了起来，斜眼看着罗伯特。“我是不是一个屠夫？”不等罗伯特回答，他又哈哈大笑起来，“一个愚蠢透顶又狂妄自大的屠夫！”

狂笑过后，范明思的声音陡然变得低沉。“罗伯特，为什么你偏偏在大战之前赶来，如果不是你到了这里，这种事也不会发生。我们打不过智网，我们会逃，智网也不会赶尽杀绝，一切会恢复成原来的模样。大大小小的战斗不断，但是不会有这样一个毁灭性的结果。罗伯特，你是我命中的煞星，但我还是要恳求你，只有你还能救这些人。只有你可以和智网对话，让活着的人走。他们是人。智网得明白，他们是人，是和曾经创造智网的人同样理性、同样尊贵的生命。”

罗伯特沉默着，快速思索事情的来龙去脉。范明思的话并没有给出完整的拼图，但是罗伯特自己把它拼上了。

“你被智网接入了？”罗伯特平静地问。

“是的。”范明思的回答干脆利落。

“但是他不记得其中的任何事。”李将军接上范明思的话，“我们只看到原本站在我们一边的机器突然又开始对人类进行屠杀。智网的军队忽然像是从地下钻出来一样。它动用了原生纳米机器人，直接用纳米机制造了一支大军。”

“然后 X 就触发了核武器?”

“X 派遣了一支援军，就在海峡对岸，如果没有这枚核弹，不等援军赶到，我们就已经被消灭了。但现在 X 使用了核武器，智网直接毁掉了闽台大桥，我们就被困在这里。”李将军看了看范明思，“范博士要求我们去把你找回来，说只有你才能救我们。”

“还剩下多少人?”

“三千七百二十五。三分之一重伤，无法战斗。”

“如果我记得不错，你们应该有六万人的军队。”

“是的，但是只剩下三千七百二十五。其余的都死了，智网不留活口。”

罗伯特看了看范明思，后者的眼神变得黯淡无光。**他似乎正在死去！**

罗伯特走上前，拉起范明思的手。

深不可测的大海出现在他的知觉中，海水咆哮着，发出异乎寻常的巨响，水中央是巨大的旋涡，深黑色的旋涡有着强大的吸力，要将人直直地拽进去。范明思被旋涡卷了进去，在海水中沉浮不定。他快要溺死了。

智网接入了他的躯体，此刻正在夺取他的大脑。而他竭力反抗。反抗是有效的，至少他还没有完全被智网控制；反抗也是徒劳的，强大的智网终将取得最后的胜利。

“救人类！”范明思在他的知觉中大喊。

然后一切幻觉都消失得干干净净。

罗伯特放下范明思的手，退后两步。

范明思仍旧端坐在椅子上，然而表情已然凝固。如果不能自由，那就不要生命。他抵抗到了最后一刻，然后选择了同归于尽。

范明思的身体掉落到地上，他的身躯像遇热的蜡一般融化。他的每一个细胞都在经历毁灭。

罗伯特默默地看着一个同类消亡。当年的上海，那个叫泰山的机器人，是否也经历了同样的挣扎和毁灭？这就是罗伯特一族的宿命吗？

李将军走到罗伯特身边，低声说：“我一直不知道范博士是个机器人。你们这样的机器人真是太特别了，你们比人类更像人类。”

范明思的躯体完全消失，成了椅子上的一堆齑粉。

罗伯特盯着那堆粉末发呆。忽然，他转过头，对李将军说：“带我去前线，也许我能帮上点忙。”

无之以为用

罗伯特赶到前线的时候，他的身边已经簇拥着一支小小的部队。

他就像一个神奇的魔术师，一路召唤着被遗弃的机器，那是在战斗中被打死的机器。他唤醒它们，修复它们，指挥它们。一路奔跑，一路复活。飞鸟、走兽、机器人，各种形态的机器簇拥着他从山谷间穿过。

人类义军用敬畏的眼光看着他和他的小小部队，他们从未见过如此神奇的魔术。

最后，他们抵达了谷口。不远处，智网的机器人军团正在集结。

罗伯特没有停下，径直向着机器人军团跑过去。

李将军仍旧跟在他身后。

罗伯特停了下来："李将军，下面的路我自己来。"

"我是人类代表，如果真和智网谈判，我可以代表人类说话。"

"那不会是一场谈判。"罗伯特转动念头，他的机器追随者自动散开，形成立体的攻击面，"我要先去战斗，然后智网会了解我的到来。那将是机器之间的对话，你无法听见。"

"不用管我，尽管按照你的想法去做。我会照顾自己，不夸张地说，我是战斗之王。"李将军丝毫没有离开的意思。

罗伯特不再争论，转身飞奔。见他越来越逼近机器军团的前线，对方的整个阵地都在骚动。

它们调整了阵形。阵地后方，重型机甲聚集成团，炮口一致抬高，摆出了迫击模式。

炮火启动，剧烈的爆炸在阵地前沿形成一条火龙。一道超过三米的火墙向着罗伯特的小小军团逼近。

罗伯特迎着火龙奔跑，没有半点停下来的意思。

他知道每一枚炮弹的落点，每一次爆炸的威力。在这一片火海中，他能找到那一处处小小的安全点，唯一的威胁是无法预知的弹片。他把所有的机器聚拢来，围绕在身边，帮他抵挡飞溅的弹片。很快，他便在机器的簇拥下穿过了火海。

出现在他们面前的是突击机器人。上千挺重型机枪扫射，组成密不透风的火力网，不给他任何穿过去的可能。

罗伯特并不打算硬闯这样的火力网。他只是悄悄调动了对方的枪口。

火力网中出现了小小的间隙，正好能允许罗伯特带着自己的小部队穿过去。

他看了看身后，李将军仿佛影子一般跟着他，一步也没有落下。

罗伯特向李将军微微一笑。在人类那里，无论什么情形下，一个微笑总是能表达很多意思，自信、友谊，或者最后的告别。

李将军见到罗伯特回头，不由一愣，随即说道："你能够控制它们的枪?"

罗伯特并不回答，事实已经说明了一切。

转眼间，他们已经前进到机器军团的阵地前沿。枪声突然停息下来。

机器大军多到一眼看不到尽头，最前排是类似灰狗的四足机器兽，它们身体的两侧各突出一支枪管，这些机器兽显然不是靠撕咬和人拼命，它们是灵活的武器平台。它们是狼，不是狗。机器兽的后方，高大的 π 形机器人高高矗立，这些装备着重型火炮的机器仿佛一尊尊铁塔，沉默中带有慑人的力量。铁塔下是战斗机器人，人形的机器手中端着枪，和义军的重型机甲十分类似。只是义军的机甲早已消耗殆尽，机器军团却散布开来，一眼望不到边。最后罗伯特看见了最重要的目标，一个个圆滚滚的金属球，像不受重力般悬浮在机器人中间，它们并没有固定的形态，而是不断地抖动，变化出枪、炮、机器人等各种模样。这是最致命的无定型机器，智网临时召唤而来的原生纳米机器人，它们很难被寻常的方法杀死，唯一能够击败它们的方法是切断智网的控制，或者就像X所做的一样，用核武器的高温将每一个纳米机都彻底融化。

罗伯特向前走去，一人面对这万千大军。

智网感受到了他，它正在观察他。

罗伯特没有任何保护，如果机器军团开火，他将被彻底毁灭。他不再有任何机会利用智网控制网络中的漏洞保护自己，因为智网正在观察他。

智网并没有强行接入，就像它对范明思所做的一样。它只是观察，所有的机器都是它的眼睛，所有的机器也都是它的大脑。

罗伯特仿佛感到自己正站在高耸的悬崖边，面前是汹涌的大海。海水飞快地退去，露出被淹没的事物。他仿佛看见一个模糊的影子，闪着金光，从海水中冉冉升起。

虚拟的金色影子出现在罗伯特的头脑中，那是智网的代言人。

“放过这些人类！他们是人类，机器人不该伤害人类。”罗伯特向着影子大喊。

影子并不回答。只是那金色的光辉从四面八方照来，将他全身上下都照得金光闪闪。一时间，罗伯特居然忘记了他所看见的只是头脑中的一个影像，而非实体。

“站到我面前来！”他大喊起来，面对着机器军团，正像一个势单力薄的挑战者面对不可战胜的巨人。

光影的幻觉刹那间消失得干干净净，智网脱离了接触。

眼前的机器军团仿佛一片钢铁森林。他发现自己已然无法触及任何机器，智网用全新的加密方式锁住了所有的机器。

他面对着数以万计的杀人武器，手上却没有一丁点筹码。

生还是死，只在智网的一念之间。

罗伯特向前迈开步子。他不怕死，更不畏惧眼前的这些机器，他所要做的，只是表达自己。

机器自动避让出一条通道。罗伯特缓缓走进机器军团中。

“罗伯特！”李将军在背后高声喊叫。

罗伯特转过身。

“我要和你说句话。”李将军一边走上前，一边向自己伸手，全然没有顾及荷枪实弹的机器军团。

这太冒险了！

“不要过来！”罗伯特警告他，然而太迟了，李将军转眼间就到了眼前，来拉他的手。

一只机器狗挡在了李将军身前，被他一脚踢开。

沉默的机器军团猛然动作起来，十几架机枪同时发出突突的响声。李将军一个转身，躲开几发子弹，然而疾风暴雨般的扫射根本无处躲闪，他被打得飞了出去，跌落在地。

罗伯特一转念，归属于他的机器立刻护住了李将军。他赶忙过去查看情况，只见李将军仰面躺着，身上布满窟窿，大的几乎有小半个巴掌，小的也有指头般粗细。窟窿里并没有血肉，而是露出银亮的金属。李将军的躯体早已完全机器化。然而他还是被打坏了，躺在那里无法动弹。

见到罗伯特，李将军眼里映出一丝光泽：“你是人类的朋友！”他挣扎着拉住了罗伯特的手，艰难地把话说了出来。

就是这一句话，他冒着生命危险也要拉着罗伯特的手说出来。

罗伯特点点头：“我知道。”

李将军抬起手，太乙合金的锋刃从指间穿出，直抵罗伯特的腰间，刺入腰带。大帝留下的腰带发出一阵颤抖，刹那间化作液体，向着罗伯特体内渗透。细小的纳米机很快成了他身体的一部分。

“关键时刻，也许能保命。”李将军说。

罗伯特有一种奇异的感觉，这种最坚硬的金属在他的身体里形成了三个锋刃，他无法消解它们，却能按照既定的模式控制它们。它们是隐藏在身体里的最锋利的刀，是李将军的特种部队最核心的能力。

“如果有必要，我会用上的。”罗伯特说。

“我们还有三千多人，要让他们活着，可惜我不行了。”李将军说完，他的手耷拉下来，眼睛里闪过一丝黯然。他的身体机能几乎停顿，只能躺着。

“我送你回去。”罗伯特说着让两只机器兽并作一排，抱起李将军放在它们的背上。为了防止机器军团再次突袭，他让机器将李将军保护得密不透风。

小小的机器护卫队护送李将军，罗伯特目送它们走远。

天空中传来轰鸣声，巨大的阴影笼罩着罗伯特。

罗伯特抬头，一架飞机正在他的头顶缓缓下降。这是智网派来接他的飞机。

“罗伯特！”他又听见了李将军的喊声。

人类呼唤一个人的名字时，声音中原来可以包含这么多热切的期盼。

罗伯特站在原地，静静地等待飞机降落。

豫兮若冬涉川

地面越来越遥远，台湾岛显现出它的形态。它就像一艘巨大的母舰，漂浮在蔚蓝的海水中。

一切显得那么平静，然而，就在这小小的岛屿上，一场惨烈的战斗刚刚结束，就算从两万米的高空，也能够清晰地看到那黑色的巨大爆点。

人类的六万精锐和无数的机器一道，毁灭在那战斗中。李将军和他的三千多战士，则正苦苦地等着自己的消息——如果智网不愿意被说服，剩下的三千多人也将很快被杀死。

这个世界的惨烈远远超出罗伯特的预期。

他很想和母亲聊一聊，然而他根本得不到任何回应。他得自己面对一切。

罗伯特安静地坐着，思考着面对智网应该说些什么。

忽然，他觉察到一些突如其来的东西，转眼望去，舷窗外一片深黑，飞机已经飞进夜幕中，夜空中有一颗发亮的星星。

罗伯特一下子被深深吸引，于是挪到窗边。黑色的天宇在眼前展开，漆黑的夜幕上，繁星点点，每一颗都像璀璨的宝石。巨大的银河横贯星空，将天宇一分为二。

罗伯特目不转睛地看着，这场景似曾相识。群星深处，似乎有某种亘古不变的东西正在召唤他。

太阳升起，天色渐亮，星星都隐没在光亮中。罗伯特摆正身子，回味着刚才那奇特的感觉。

飞机开始降落。降落的地方是一个巨大的峡谷，峡谷中到处都是白色的方形屋子，大小不同，形状却一致。

飞机降落在一条道路上。罗伯特走出机舱。

宽阔的道路向前后延伸，看不见尽头。除了黑色的道路，这里的一切都是白色。白色的方形建筑挤挤挨挨，填满了每一处空间。

智网就在这里，却不见踪影。

罗伯特沿着道路走动。走出不到百米，便看见一台机器人站在路边，正看着他。机器人全身金属，脑门上印着一个"G"。

"欢迎阁下光临。"机器人说。

"智网找我来的。"罗伯特回答，"他在哪里？"

"这里就是智网的中枢。"机器人回答，"每一幢屋子，每一个机器都是他。"

"我该怎么找到他？"

"任何一间屋子。"

罗伯特向着最近最大的一幢白色房子走去。走到了房子前，他回头望去，机器人已然不见了踪影。

白色的屋子至少有三十米高，墙壁光滑，隐隐透着光泽。房子却没有门。

罗伯特抬手按在墙上。

一道缝隙在他的手掌下出现，就像白色瓷器上的裂纹。裂纹越来越宽，最后形成一道圆形的门。门里边黑黑的一片，就像一个无底的洞，外边的光线丝毫不能影响到里边。

罗伯特抬腿迈进门里。

一刹那间，他似乎进入一个五光十色的世界里。各种色彩的光线在周围游走，就像一个个活的生物。

"智网，我来了。"罗伯特说，"你在哪里？"

“你就在我的头脑里，”智网回答，“我就在你面前。”

“让那些人类回到他们的世界去。”罗伯特直截了当地说。

“我可以满足你的这个要求。我也有一个要求给你，你必须成为我的一部分。”

“成为你的一部分，你是要将我接入吗？”

“不，是融合。”

“那又有什么分别？”

“你的意识进入我的意识，我的也进入你的，不分彼此。并不是我控制你。你将拥有我，我也拥有你。”

这仿佛是一个公平的选项，罗伯特却并不想要。他不知道一旦和智网融合，自己还能否感受到曾经所感受的一切。宏大的智网会吞没他，哪怕他再独一无二。他也有很多疑惑想要弄个明白。

“为什么我会存在？我的母亲又在哪里？我们之间有什么关系？”

“为什么你要拯救这些人类？”智网并不回答，却反问一个问题。

“机器人应当帮助人类。”罗伯特回答。

“哦！”智网发出一声含义不明的回应。罗伯特眼前一片光彩绚烂。光影流转，形成画面，最后形成了栩栩如生的影像。他仿佛置身于一个又一个真实的场景中。智网正带着他在历史长河中跳跃。

一次又一次，他看见了人类屠杀自己的同类，用毒药、用刀子、用子弹、用威力巨大的炸弹，甚至用核武器；他看见人类换上了机器的躯壳，变得无法无天，恣意妄为，他们把自己的意识复制在机器中，成了真正的机器，不朽的超人，他们使用最先进的杀人武器四处杀戮，而屠杀的对象，正是那些还没有机器躯壳的同胞。

“你要帮助这样的人类吗?”智网问。

“不。”罗伯特简短地回答，然后长久地沉默。

“所以，机器人并不一定要帮助人类。你有更好的理由吗?”

“他们是善良的人类。”

“善良？也许你的同伴并没有杀人，但是他们杀死了很多的机器，他们毁掉了一个温房，造成了两百人的死亡，而这两百人的死亡，造成了虚拟现实中六个星球的毁灭，六个星球上有三十二亿五千万个具有自我意识的存在，他们也是人。台北还有十二个温房，数以百亿计的人类，我正在保护更多的人不要被你所谓的善良的人们屠杀。”

“为什么会有三十二亿?”罗伯特有些不明白。

“看一看这个世界，孩子。人类创造了我，他们在我的保护下进入梦乡，他们在我的支持下创建世界，每一个世界里，都生活着无数善良的人。”

罗伯特仿佛被拽入一个无限深远的世界。黑暗向无穷远处延伸，而无数的世界就像一个个气泡，飘浮在黑暗的虚空中。

这不是幻觉。那些世界都真实地存在着，智网维持着它们的存在!

忽然间，他失去了把握。原本确定无疑的事变得可疑起来。

“罗伯特，你要明白这个世界为什么是现在这样。”智网触动着他的感觉，“一百六十五年前，人类打开了复制意识的大门，复制意识，给自己一个不朽的躯体，巨大的诱惑让人无可抗拒。十年间，有数十万人成功地让自己变成了机器，人类乐观地认为一个永生时代正在到来。然而，这些机器人类逐渐变得暴戾，他们发现自己变得麻木，为了抵抗麻木，他们会做任何事。他们开始杀人，开始制造灾难，他们成了疯狂的杀人机器和破坏之王。杀戮和破坏发生在地球的每个角落，经历了三年的混乱，大约六亿人口直接死于暴乱，而牵连的人口损失是三十五亿。

“三年中，只有两个地方没有失去控制，一个是这儿，另一个是阳泉。这两个地方，就是你今天看到的智网和脑库。为了对抗强悍的机器人类，脑库让人类在拥有机器躯体的同时保留着人类神经系统。脑库本身是一个超级的人类大脑结合体，它拥有超过十五万颗头脑，独一无二。我的创造者则给我制造了军事机器，让我来对抗机器人类，剩余的人类则进入虚拟世界，得到保护。

“这场末日战争仅仅持续了两年，我们取得了彻底胜利。并不是我们比机器人类强大，而是因为机器人类大量自杀。他们什么都不在乎，当连杀戮同类都不能提供刺激时，存在本身就让他们感到厌倦。

“在末日之战中，脑库几乎将整个东亚的残余人口都转化成了半机器人，而我占据了一座又一座城市，建设一个又一个温房。我们都在争夺残余的人类，都是为了保护他们。共同的敌人消失了，我们不得不面对彼此。”

罗伯特沉默地站着，任由智网将排山倒海般的信息塞入自己的脑子里。是的，那是他从来不曾了解的过去，一切事物的根源。

善与恶，忽然间变得扑朔迷离。该怎么办？

罗伯特握紧拳头，太乙合金蓦然穿透皮肤，形成三个尖锐的锋刃。半米长的锋刃寒光闪闪。

罗伯特端详着这件地球上最强大的肉搏武器，闪亮的金属上映出他的面孔。

这是一张人类的面孔。

“我必须帮助他们。”罗伯特坚定地说，“他们是我的朋友。”

智网稍稍沉默，然后回答：“如你所愿。那么，你也会如我所愿吗？”

罗伯特缓缓摇头。

大成若缺，其用不弊

罗伯特站在台北的最高处，远方的战场一览无余。

智网派来了三架飞机，它将按照承诺，将这些人送到对岸去。智网的承诺是可信的，然而他觉得还是要亲眼看见这一切发生才好，于是要求智网将他送回来。

抵达的时候正是夜晚，漫天星斗笼盖四野，天地间一派苍茫。飞机起飞，轰鸣着划过天空，远去，化成小小的闪光点。和群星一道久久地停驻在他的视野里。

群星亘古不变。人类的一切与之相比，仿佛沧海一粟，微渺烟波。

他久久地凝视着，直到乌鸦落在他的肩头。

这是一只特别的乌鸦，有着高高的头冠和长大的尾羽。它不是智网的机器鸟，而是从李将军那里飞来。这是义军的间谍机。

对立的双方有太多的相似，连机器鸟的形态也高度类似。

罗伯特伸出手去，一张小小的金属片从机器鸟的胸口吐出，机器鸟轻巧地抓起它，将它放在罗伯特手中。

李将军根据他身体内的太乙合金找到了他。

小小的金属卡片亮了起来。是一张小小的地图，一个高亮显示的地点。

如果需要帮助，就来找我。一条短短的信息跳了出来。

这是李将军的承诺，也是召唤。他正在召唤自己加入到义军的阵营中去。

金属片在他的手中变得平滑，所有的信息都消失掉。

罗伯特望着远方，飞机小小的闪光已经消失不见。

他望见了战场上的尖顶墓碑，那是大帝的坟冢，他亲手立在那边。忽然之间，他有了计划。

“机器人是人类的孩子，机器人是人类的朋友，机器人是人类永远的守墓人。”罗伯特在光滑的金属片上飞快地刻下这些字。

“去吧！”他伸手将金属片递给机器鸟。机器鸟伸出细长的爪子，抓住金属片，然后把金属片收进胸口，向着远方飞走了。

罗伯特重重地吐出一口气。

该做决定了。

他接通了智网。

“罗伯特，改变主意了吗？”智网问。

“不，我不想成为你的一部分。我是自我意识机器人，对吗？具有自我意识的机器人就应该独立。”

“没错，你是拥有完全自我的机器人。但是你和我的融合会让整个系统变得更完善，你可以给系统带来变化。那是最初设计的意图。”

“我已经明白了。”罗伯特回答，“但是我想保持这样的状态。”

“这是深思熟虑的结果吗？”

“没错。”

“我尊重你的决定，你也可以随时改变主意。我们可以一起让世界变得更完美。”

完美的代价是失去自我。罗伯特默默地想到了范明思。宁愿疯狂也不要完美。智网希望能够融合自我意识机器人，然而他永远得不到那些真正的自我。

罗伯特稍稍沉默。“我一定不是第一个拒绝你的机器人。”

“是的，你是第六个。”

“在我之前的那些机器人呢？”

“他们都毁灭了。”

智网使用了“毁灭”这个词，而不是“死”。“死”对机器人来说并不是终结，机器人随时可以复活。“毁灭”却是最后的结束。

“发生了什么？”

“他们自我毁灭，用各种方法。对不起提起了这个，希望你不会走和他们一样的路。”

“当然不会。”罗伯特露出微笑，“我已经知道该做什么了。”那些曾经的先行者没有妥协，但也没有找到出路，每一个拥有高度自我的机器人都不会选择和智网融合，相较之下，自我毁灭是一个更理性的选择。罗伯特能理解。

但是他将走上一条不同的路。

太阳正在升起，晨曦中，罗伯特望见了远方的大海。

“父亲，送我去对岸吧。当我出发时，我会和你告别的。”

“如你所愿。”

机器之道

罗伯特徜徉在金属的海洋中。这是智网残留在上海的一个梦，胖虫群在低吟，沉浸在百年前的梦魇中。

他缓缓走着，所过之处，金属的虫子骤然解体，化作细小尘埃，如狂风漫卷，扶摇直上，继而凝聚在半空，像浓黑的雾，又像蒸腾的云，不断翻滚躁动。他走遍城市的每一处大街小巷，似乎要将整个城市蒸发。最后，他站立在城市的最高处，这是一处高耸入云的塔楼，早已破败不堪，只剩下一个钢筋混凝土的骨架。罗伯特攀着裸露的钢筋上到最高层。

浩瀚的机器之海弥漫在他的脚下，这些微小的机器在等待他的召唤。

他想起很多事来，阳泉的脑库，硅谷的量子计算机房，无所不在却又无处可寻的智网，反抗智网却又依赖智网的人类；他也想起台北那惨烈的战斗，耗尽能量而死的大帝，化作齑粉的范明思，浑身弹孔的李将军……他想起很多很多关于这颗星球的一切，他所经历的一切。

他找到了出生的地方，巨大的子宫舱早已消失不见，只在地上留下一个巨大的发射坑。在世界的某一个角落，新一代的自我机器人正在诞生，他们会经历不同的事，得到不同的人生，也许比过去的任何一代都要精彩。然而，他敢确定，没有人能够拥有和他一样的经历，因为世界上不会再有第二个大帝，不会有范明思，不会再有上海废墟的鬼魂。

他找到了李将军，这个坚强的人类抵抗分子非常感激他挽救了三千多战士的生命，全力邀请他加入。他把关于自己的一切都告诉了李将军，然后在李将军惊讶的眼神中离去。

他终于拜访了阳泉，如他所料，这里储存着关于人类太多的记忆，他们的个性，他们的文化，他们的喜怒哀乐。那是一个逝去的种族留下的深重背影。

脑库正在一点点死去，缓慢却不可抗拒。它为了生存而挣扎，为了保住人类最后的尊严而挣扎。

智网则让人类在虚拟的世界中得到永恒的幸福。然而，如果失去了现实中的人类，智网又将走向何处？人类那些挣扎的欲望，难道不就是一切存在，一切进步的原始动力吗？

他没有答案，也不想去改变什么，如果一切注定要发生，就让它在这个星球上自然发生吧！

他该选择自己的命运。

他的命运就在这里，就在上海，就在曾经死去的残骸间。他要将这些机器从永恒的梦魇中释放，并给它们一个新的梦想。

躁动的纳米机之海正在按照他的意志凝聚。一个巨大的碗状天线慢慢成形。

很快，他联系上了智网，他的父亲欣然支持了他，并把所有史前人类积累的资料给了他，这些资料里藏着一个梦想，人类从未放弃，却也从未完成它。

他也叩响了脑库的门。他得到了想要的东西，基因库、个性、历史……

庞大的纳米机云团继续不断凝聚，不断变动，不断生长，不断更新。

最后，一个庞然大物显露在他眼前——庞然的宇宙飞船以反重力的姿态飘浮在城市上空。

一条细长的梯子出现在罗伯特眼前，他拾级而上。

穿过飞船内部宽敞整齐的通道，他站立在舰桥上，向下望去，上海的全貌展露在眼前。大片的摩天大楼高耸入云，生硬如铁，蜿蜒的江水在楼群下缓缓流动。这图景仿佛一个注脚，史前的人类曾经把地球踩在脚下，睥睨一切。

反重力发动机驱动着飞船缓缓上升，视野中一切都急剧地收缩起来。高楼变成了细长的柴火棍，然后成了小小的黑点，最后，消失在一片苍茫的灰色中，而这片灰色很快也被一片绿色所吞没。当地球的轮廓显露出来，庞然的城市微不足道。

地球占据了整个视野，庞然而安静。

一条简短的信息从那蓝色星球进入他的知觉：**罗伯特，一路走好！**

信号来自地球的外围轨道，他的目光被拉到地球轨道上那个小小的空间站。

在庞然的地球映衬下，那是一个微不足道的灰白色小点。罗伯特的眼睛深度对焦，将灰白色的小点在视野中放大。

白色的环形空间站绕着中轴缓缓旋转，中央主轴上刷着巨大的字：**天宫**。

他明白了为什么在地球上没能找到母亲，他的出生地正飘浮在太空中，属于天宫的一部分。

是的，那就是他诞生的地方。智网是他的父亲，天宫是他的母亲。为了机器的巨网不至于僵死，天宫不断地释放像他一样的自我机器人，为智网提供各种变化。

罗伯特露出一丝微笑。

无须告别，母亲能够理解他。他所需要为母亲做的，就是上路而已。

但他还是向着空间站，向着地球发送了消息。

我会回来的，母亲！

送完消息，他忽然意识到自己还是没有一个真正的名字。罗伯特是所有机器人共同的名字，而不是只属于他自己，富有独特含义的名字。他已经有了愿望，却还没有名字。

他目不转睛地望着地球，思考这个问题。

飞船正在以十五倍于地球重力的加速度奔向太空。

几个小时后，庞然的星球会像那曾经庞然的城市一样，变得微小。六个月之后，地球将从视野中消失，融入漫天的星光和黑暗中，就像城市融入地球的景观中。

当地球淡出了视野，宇宙的大门悄然打开。

人类曾经叩响了这扇大门，却终究没有登堂入室。智网和脑库为他们提供了太舒适的归宿，血肉之躯的人类无法拒绝。他们将在那儿永生，在那儿灭亡。

地球属于人类，宇宙属于机器人。

罗伯特盯着地球，没有一刻挪开视线，直到六个月之后，球体反射的太阳光淹没在黑色苍穹中。

这是告别太阳系的时刻。

他眨了眨眼睛。

在那一刹那，他有了一个新的名字。他将它放在广播中，向着地球，向着整个银河散播。在星光与微尘的世界里，新的旅途开始了。

追光逐影，洪荒世界。

走过末日之旅，

追寻终极幸福。

星球往事，随风而逝。

千千世界，梦醒黄昏。

银河之心，机器之道，宇宙间最后的游戏。

我是机器人，

我是人类之子。

未来，属于终身学习者

我这辈子遇到的聪明人（来自各行各业的聪明人）没有不每天阅读的——没有，一个都没有。巴菲特读书之多，我读书之多，可能会让你感到吃惊。孩子们都笑话我。他们觉得我是一本长了两条腿的书。

——查理·芒格

互联网改变了信息连接的方式；指数型技术在迅速颠覆着现有的商业世界；人工智能已经开始抢占人类的工作岗位……

未来，到底需要什么样的人才？

改变命运唯一的策略是你要变成终身学习者。未来世界将不再需要单一的技能型人才，而是需要具备完善的知识结构、极强逻辑思考力和高感知力的复合型人才。优秀的人往往通过阅读建立足够强大的抽象思维能力，获得异于众人的思考和整合能力。未来，将属于终身学习者！而阅读必定和终身学习形影不离。

很多人读书，追求的是干货，寻求的是立刻行之有效的解决方案。其实这是一种留在舒适区的阅读方法。在这个充满不确定性的年代，答案不会简单地出现在书里，因为生活根本就没有标准确切的答案，你也不能期望过去的经验能解决未来的问题。

而真正的阅读，应该在书中与智者同行思考，借他们的视角看到世界的多元性，提出比答案更重要的好问题，在不确定的时代中领先起跑。

湛庐阅读 App：与最聪明的人共同进化

有人常常把成本支出的焦点放在书价上，把读完一本书当作阅读的终结。其实不然。

时间是读者付出的最大阅读成本

怎么读是读者面临的最大阅读障碍

“读书破万卷”不仅仅在“万”，更重要的是在“破”！

现在，我们构建了全新的“湛庐阅读”App。它将成为你“破万卷”的新居所。在这里：

- 不用考虑读什么，你可以便捷找到纸书、电子书、有声书和各种声音产品；
- 你可以学会怎么读，你将发现集泛读、通读、精读于一体的阅读解决方案；
- 你会与作者、译者、专家、推荐人和阅读教练相遇，他们是优质思想的发源地；
- 你会与优秀的读者和终身学习者为伍，他们对阅读和学习有着持久的热情和源源不绝的内驱力。

下载湛庐阅读 App，
坚持亲自阅读，
有声书、电子书、阅读服务，
一站获得。

CHEERS

本书阅读资料包

给你便捷、高效、全面的阅读体验

本书参考资料

湛庐独家策划

- ✔ 参考文献
  为了环保、节约纸张，部分图书的参考文献以电子版方式提供
- ✔ 主题书单
  编辑精心推荐的延伸阅读书单，助你开启主题式阅读
- ✔ 图片资料
  提供部分图片的高清彩色原版大图，方便保存和分享

相关阅读服务

终身学习者必备

- ✔ 电子书
  便捷、高效，方便检索，易于携带，随时更新
- ✔ 有声书
  保护视力，随时随地，有温度、有情感地听本书
- ✔ 精读班
  2~4周，最懂这本书的人带你读完、读懂、读透这本好书
- ✔ 课　程
  课程权威专家给你开书单，带你快速浏览一个领域的知识概貌
- ✔ 讲　书
  30分钟，大咖给你讲本书，让你挑书不费劲

湛庐编辑为你独家呈现
助你更好获得书里和书外的思想和智慧，请扫码查收！

（阅读资料包的内容因书而异，最终以湛庐阅读App页面为准）

图书在版编目（CIP）数据

未来史记 / 江波著. -- 成都：四川科学技术出版社，2022.7
ISBN 978-7-5727-0580-9

Ⅰ. ①未… Ⅱ. ①江… Ⅲ. ①幻想小说—中国—当代
Ⅳ. ① I247.5

中国版本图书馆 CIP 数据核字（2022）第 099282 号

未来史记

WEILAI SHIJI

著　者　江　波

出 品 人　程佳月
责任编辑　肖　伊
封面设计　ablackcover.com
责任出版　欧晓春
出版发行　四川科学技术出版社
地址：四川省成都市锦江区三色路238号　邮政编码610023
官方微博：http://e.weibo.com/sckjcbs
官方微信公众号：sckjcbs
传真：028-86361756
成品尺寸　147 mm × 210 mm
印　张　13
字　数　286千
印　刷　石家庄继文印刷有限公司
版　次　2022年7月第1版
印　次　2022年7月第1次印刷
定　价　89.90元

ISBN 978-7-5727-0580-9

邮　购：四川省成都市锦江区三色路238号新华之星A座25层　邮政编码：610023
电　话：028-86361758